ステイシー

リュー
ル

聖女が「甘やかしてくれる優しい旦那様」を
募集したら国王陛下が立候補してきた
瀬尾優梨
Illust. 昌末

聖女というよりもはや悪魔だ。

「コニング子爵。おまえは、奴隷禁止法に逆らい領民の少女たちを売り飛ばした。その罪で、おまえを摘発する」

白いローブ姿の女はそう言うと、周りに控えていた騎士たちを見やった。

「皆、子爵たちを捕縛しなさい。星女神教会に汚れた金を寄進しておもねろうとする輩に、慈悲を与える必要はない！」

「かしこまりました、ステイシー様」

指示を受けた騎士たちは素早く動き、ステイシーと呼ばれた女に踏みつけられる子爵やその家族、使用人たちを手際よく縛り上げていく。

罪人たちが悲鳴を上げながら連行されていく阿鼻叫喚の有様を見つめながら、ステイシーはつぶやいた。

「……お腹がすいたなぁ」と。

❀1章❀ 聖女、国王に求婚される

ステイシー・リートベルフは、うんざりしていた。

「私の可愛いステイシー。おまえももう二十歳なのだから、そろそろ結婚を考えてみてはどうだ？」

「……はぁ」

ステイシーは、正面のソファで不気味なほどにこやかに語ってくる男をじろっとにらみつけた。

悪徳貴族の屋敷を魔法でぶっ壊したステイシーは教会に帰り、腹ごしらえをしてさっさと寝ようとした――のだが、そこに下級神官が手紙を持ってやってきた。

差出人は、リートベルフ伯爵――ステイシーの実父。「大切な話があるから、すぐに帰ってきなさい」と書かれているそれを引き裂き便所に流してやったのだが、その直後本人が教会に押しかけてきた。

どうやらステイシーの考えが読まれていたようで、非常に腹立たしい。だが教会の前でごねられても迷惑なので、渋々中に入れることにした。もちろん、茶を出したりはしない。

しばらくぶりに会う父は、いやにご機嫌だった。ひょろっとした体は貧相だが、目だけはぎらぎら光っている。金と権力が大好きだということを全身で表しているかのようなこの男が、自分の実の父だなんて……ステイシーは、受け入れたくなかった。

（……「私の可愛い」だなんて、白々しい。私が偉くなったからって、手のひらを返して）

猫なで声の父親を冷たくにらんだステイシーは、ソファの上でふんぞり返って足を組んだ。淑女にあるまじき姿勢ではあるが、ステイシーはこれまでの人生の半分以上を田舎で、残りを教会の神官として過ごしてきたこともあり、この男の前で淑女であろうという気持ちは一切なかった。

「……随分な手のひら返しですね。伯爵家の下働きだった母に手を付けて妊娠させたくせに、自分の結婚の邪魔になるからと身重の母を田舎に追いやる。そうして生まれた私の顔を一度も見に来ず、母の死後に引き取ったかと思ったら醜女《しこめ》扱いして放置したくせに……よくもまあ、そんなことが言えますすね？」

積年の恨みをつらつらと吐き出すと、父の顔色が変わった。だが目の前にいる生意気な娘は今や、教会でも屈指の実力を持つ「聖女」であるからか、怒りの表情を瞬時に引っ込めて笑みを張り付けた。

「それについては、申し訳ないことをしたと思っている。だからこそ、おまえに幸せな結婚をしてもらいたくてな……」

「あほらし」

「な、何だと？」

「ああ、すみません、本音が漏れました」

別にうっかりでも何でもなく、わざと言ってやったのだが。

伯爵家当主であるこの男にここまで偉そうな物言いをできるのは……ひとえに、ステイシーの「聖女」という称号のおかげだ。

「……で？　一度は見捨てた娘が神官として手柄を立てたから、自分の駒にするべく今になってごまをすり、結婚を勧めているということでしょうか？」

「い、いや、そういうわけでは……」

「理由は何であれ、私は星女神教会で働くのが大好きなので、結婚するつもりはありません」

「だがな、ステイシー。是非ともおまえを妻にと、既に数多くの貴族が縁談を持ちかけてきていてな……」

（……なるほど。ここ最近、教会にまで手紙が届くようになっているとは思っていたけれど……そういうことだったのね）

どうせステイシー本人に意思確認する前に父が勝手に、「うちの娘をもらってくれる人はいないか」と言って回ったのだろう。

目の前で汗をかきつつにこにこする父を魔法でぶっ飛ばしたいのが本音だが、ステイシーは生まれ持った才能である魔法を世のため人のために使うことを女神に誓った身である。今は使えないのが、非常に残念だ。

（でも貴族の中には、親とかに命じられて渋々縁談を持ちかけてきた人もきっといるわよね……）

ステイシーの髪は少し癖のある黒に近い灰色で、下ろすと腰ほどの長さになるため仕事中は一つにくくっている。目はありきたりな赤茶色で、「知的」「性格が悪そう」と賛否両論な目つきをしている。

このステイシーの容姿は、儚《はかな》げな美人だった母にはあまり似ていなかった。だが魔法の才能には恵まれており、星女神教会の神官になってからは魔法の能力を伸ばし、実力で信頼を勝ち取り実績を重ねてきた。自分でも、なかなかの肉体派だと思っている。

さらにこのクライフ王国の貴族の間では、しとやかでおとなしくあまり自己主張をしない女性が好まれているそうだ。ステイシーのようにがさつで偉そうな女を進んで娶《めと》りたがる者なんて、そうそういないはず。

（できることなら、貴族の方にとっても都合が悪くないようにこの話をぶっ潰したいところね……）

ただ潰すだけならこの父を張り倒すだけでいいが、それだけでは他の貴族たちは諦めないだろう。いくらステイシーが性格に難ありでも、伯爵家の娘で聖女の称号まで得た女となれば価値はいくらでもある。

（自由になりたくて、頑張ったのにね……）

やれやれ、と肩を落としたステイシーは、顔を上げた。

「……まあ、いいでしょう。貴公子たちからもお声が掛かっているのなら、無下にもできません
し」

「おお、では！」

「しかし。夫となる男性の条件は、私が決めますね」

調子づいた父を制して続けると、とたんに相手の顔色が変わった。

「なっ……そ、それは困る！」

「なぜですか？　むしろ……私の希望を無視してあなたの都合のいい男のもとに嫁がせて困るのは、あなたですよ？　女神の娘である神官が還俗《げんぞく》して結婚することの意味……信仰心の薄いあなたでも、分かっているでしょう？」

クライフ王国で信仰されている星女神教では、愛と豊穣を司る星女神を奉っている。

星女神は、かつて男性に力で支配されていた女性たちに神秘の力——魔力を与えた。星女神が「この力で、弱き者たちを守りなさい」と命じたため、女性は差はあれど皆魔力を持って生まれる。

その中でも特に魔力の高い者は「女神の娘」と呼ばれて、神官として国を支える使命を授かっている。神官たちは女神に倣い、その職に就く限り独身と純潔を貫く必要があった。

だが星女神は妊娠や出産も重んじているので、我が娘たちが愛のある結婚や子を産み育てることを望むのならば、還俗することができる。どうしても男性優位になりがちな世間だからか、星女神

教は女性にとても優しかった。

……そう、星女神は女性――それも自分の娘である神官たちには非常に甘い。自分の手元から離れて結婚や子育てに臨む娘たちを蔑《ないがし》ろにする者は、許さない。

特に己の実力をもって聖女の地位にまで上り詰めたステイシーが嫁ぎ先で不幸な目に遭おうものならば、星女神教会はきっと夫の一族を――そしてそんな縁談を組ませた父を罰するだろう。たとえ相手が王侯貴族だとしても、教会は容赦しない。

さしもの父も教会からの報復は怖いようで、はっとした様子でうなずいた。

「あ、ああ、そうだな。もちろん、ステイシーの希望を全て取り入れよう！　おまえが望む貴公子は、どんな者なのだ？」

（……よし、言質は取ったわ）

ステイシーはにやりと笑うのを隠そうともせず、冷や汗をかく父を見つめた。


『星女神教会の聖女・ステイシーは、以下の条件全てに合致する男性を夫として希望する。
・とろとろに甘やかしてくれること
・とびっきり優しいこと
・誠実で、浮気を絶対にしないこと
・ステイシーが家事を一切しないのを許可すること

・身長は三十八トル以上であること
・猫が好きなこと
・金持ち（少なくとも年収二十万クルル以上）であること
・筋肉質で、片手でレンガブロックを粉砕できること』

「……ということで、これでお願いします」

書類を書き上げたステイシーがそれを父親に差し出すと、一読した彼はさっと青ざめた。

「お、おい、なんだこの条件は!?」

「あらやだ、お父様はひょっとして犬派でしたか？」

「そこではない！　いや、そこも大概なのだが――この後半、おまえ、ふざけているのか!?」

「何をおっしゃいますか。これは紛れもない、私の本心です」

ステイシーは口では真面目なことを言うが、顔はニヤニヤしている。

夫の条件として挙げたものは、ステイシーの個人的な趣味が大半だ。

まず、優しくて甘やかしてくれる人がいい。世界で誰よりもステイシーのことを想ってくれて、浮気もよそ見もせずに一途に愛してほしい。ステイシーと一緒に過ごす時間を大切にして、たくさんデートをしてくれる人がいい。

また、ステイシーは恒温《こうおん》動物なら何でも好きで、特に猫はずっと飼いたいと思っていた。だから、

猫のいる屋敷で一緒に暮らしたい。冬の寒い日に暖炉の前で、愛する旦那様とたくさんの猫たちと一緒に暖を取る――なんて幸せなことだろうか。

それから、父のようにひょろひょろガリガリの男よりがっしりした体を持つ人がいい。騎士だと体格もいいからしっかり稼げるだろうし、健康な人だったら末永く一緒にいられるだろう。

そして父も突っ込んだこれ以降は、無茶ぶりばかりだ。というのも、ステイシーはここで無茶苦茶な条件を出すことによって、求婚者に諦めさせるつもりなのだ。

クライフ王国の成人男性の平均身長はだいたい三十五トルなので、三十八トルは超大柄だ。ステイシーは三十三トルくらいなので、見上げるほどの身長差になる。

そしていくら高給取りの騎士でも、年収二十万クルルまでいく者はそうそういない。特にステイシーと同じくらいの年齢の者なら、高くても十万クルルくらいだ。そしていくら剛健な騎士でも、レンガブロックを片手で粉砕できる者はそうそういるまい。

だから、これらの条件一つ一つなら「当てはまる者もいるかもしれない」くらいだが、全てをクリアする者はそうそう……否、まずいない。いないと分かっているからこそこれらの条件を出したし、普通の者ならこんな無茶な条件を見れば「この女はヤバい」と思って求婚を取り下げてくれるだろう。

これなら求婚者たちは仕方なく求婚を取り下げるし、ステイシーはわがままな変人扱いされるだけなので痛くもかゆくもない。そして父には「条件に合う人は現れなかったですね」と嬉しそ――

ではなくて悲しそうな顔で言い、星女神教会に戻るのだ。

（んーっ！　考えるのも楽しかったわ！）

笑顔で脅し続けた結果、父は渋々書類を受け取ってくれた。「もし改竄《かいざん》でもしようものなら……分かっていますよね？」と脅したので、勝手に書き換えたりはしないはず。

我ながらいい仕事をしたとすっきりのステイシーは父親を追い出してから、自室のベッドに入った。夜から明け方までずっとコニング子爵を縛り上げるために奔走したので、疲れていた。

あの条件を提示してからは、求婚の手紙はぱったりと途絶えたようで、ステイシーはほっと安堵した。

だが……。


「ステイシー。おまえに求婚者だ」

なぜかやつれた顔の父に言われて、退屈しのぎに爪をやすりで磨いていたステイシーはしかめ面をしてみせた。今日また父が押しかけてきたため、ステイシーはいたく不機嫌だった。

（あんな無茶ぶりの条件に合う人なんて、いるはずがない。ということは……条件に合わなくてもいいから結婚を、とかいう物好きがいたのね。めんどくさっ）

「それはそれは。……で？　そんな酔狂な方は、どこのどなたでしょうか？」

「……いかだ」

「なんと？」

「……国王陛下だ」

「……ぇぅい？」

父の、思ってもいなかった返事にステイシーは、やすりを取り落とし、変な声を上げてしまったのだった。

＊　＊　＊

ステイシー・リートベルフは物心ついた頃から、クライフ王国の田舎にある小さな屋敷で母と一緒に暮らしていた。

大自然の真ん中に建つ屋敷は小さくて古びているが、温かみがあった。老年の従者やメイドたちは孫のようにステイシーを可愛がり、繊細で儚い印象の母はいつも優しくステイシーを抱きしめてくれた。

派手なドレスや豪華な食事はなかったけれど、大好きな母と優しい使用人、そしておおらかで気さくな近くの村人たちに囲まれて、ステイシーはのびのびと育った。

ステイシーは出生後間もなく受けた魔力診断でかなりの数値を出したそうだが、成長して改めて測定すると優秀な神官になれるほどまで伸びていた。だからステイシーは「将来は神官様になる！」と志し、村の人から譲ってもらった魔法の本をわくわくしながら読んで育った。

だがステイシーが十二歳のときに、母は病に倒れて帰らぬ人となった。

母の墓の前で泣く日々を過ごしていたステイシーだがある日、リートベルフ伯爵の使いだという一行が屋敷を訪れた。ステイシーはリートベルフ伯爵と母の間に生まれた娘で、母の死を聞いた伯爵がステイシーを娘として迎え入れると言ったそうだ。

大好きな人たちから無理矢理引き離されたステイシーは、王都にある伯爵邸に連れて行かれた。

そして、知らない夫婦――リートベルフ伯爵夫妻に引き合わされた。

だが父を名乗る伯爵はステイシーの顔を見るなり、「こんな不細工は要らん！」と一蹴した。使用人や村人から可愛い可愛いと言われて育ったステイシーは、ひどくショックを受けた。

その後、伯爵はステイシーに見向きもしなくなった。代わりにステイシーの部屋に来たのは、養母である伯爵夫人。彼女は、自分の夫をたぶらかしたステイシーの母を心底嫌っているようだった。

その娘であるステイシーにも軽蔑するようなまなざしを向けてきた。

だが……彼女はステイシーをにらみつつも、衣食住の手配をした。腹違いの弟妹たちよりずっと貧相だが、それでも養母のおかげでステイシーは生きていくことができた。

やがて養母に「高い魔力があるのだから、教会で働け」と言われて、ステイシーは伯爵家を追い出された。星女神教会は複雑な身の上のステイシーを温かく迎え入れ、神官として生きるすべを教えてくれた。

ステイシーは自分でも、図太くてずうずうしい面倒な性格だと思っている。そんな彼女が教会で勉強して神官として魔物退治を行ったりしたのは全て、「自分のわがままを貫き通すため」だった。

力がなかったら、人の言いなりになるだけ。だが力が、権力が、名声があれば、ステイシーは周りの命令に逆らってでも生きていける。

だからステイシーは生まれ持った魔力で神官として上り詰め、自分の思うままに生きることにした。危険な魔物討伐作戦にも自ら出向き魔法で魔物を倒し、教会に仇《あだ》なす者たちを女神の名のもとに締め上げてきた。

全ては、自分のためだ。そして結果として星女神の教えである「弱き者を救う」ことにもなっているのだから、誰にも文句を言われる筋合いはない。

――そうして教会内でも名が知れるようになった、去年。国王による魔竜討伐作戦への同行者を星女神教会の神官から選出するように、というお達しがあった。

現在のクライフ王国を治めるのは、リュート・アダム・ランメルス王。

彼はもともと第二王子で、先代国王である彼の兄は名君と皆から慕われていた。だが兄王は今から三年前に起きた落馬事故により下半身が自由に動かなくなったため、若くして王位を退いた。

リュートは幼い頃から騎士団で生活しており、王族ではあるが根っからの武官気質だった。そんな彼は戴冠《たいかん》した後も積極的に魔物退治に出向いていたのだが、今回の魔竜はかなり強力な個体で、最強の騎士と称えられるリュートでさえ無事に帰れるか分からないと言われていた。

リュートにまだ妃も子もいないため、万が一彼が戦死でもしようものなら国は大混乱に陥る。それでもなお彼が魔物退治に出向くのは、まだ即位して間もない彼が己の地位を確立させるためであり……また、「陛下はそうそう死なない」と皆から言われるほどの武人だからだという。

星女神教会の大司教は魔竜討伐作戦の同行者の代表として、ステイシーを指名した。ステイシーの能力は並外れていたし、少々のことでは動じない性格もまた、過酷な旅の同行者として適任だと判断されたのだった。

ステイシーはもちろん、喜んで任務を拝命した。そうしてサポート役の若い神官たちを連れて、国王の旅に付き従うことになった。

当時のステイシーにとっての国王リュートは、「王としてはちょっと頼りない人」という印象だった。

先代国王である兄・アロイシウスは頭の回転が速い切れ者だったが、帝王学をほとんど受けていないリュートは深く考えるのが苦手で、頭より体を動かす方が得意。そのため会議などでも兄のようにズバズバ意見を言うことはなく、「大臣はどのように思う？」と周りの者たちに頼りきりになっていた。騎士としては非常に優秀で愛想もよいので騎士団では慕われていたようだが、一部の貴族たちからは「頭の足りない王」と馬鹿にされているとか。

だから、国王は図体は大きいのに全く頼りにならない爽やかな脳筋、のような印象を持っていたのだが――旅をして、いろいろ分かった。

まず、リュートは間違いなく「爽やかな脳筋」だった。

「あなたたちが、星女神教会の神官たちだな」

挨拶に向かったステイシーたちを迎えたのは、がっしりとした体を持つ青年だった。少しふわっとした癖のある赤茶色の髪は毛先が肩に掛かるほどの長さで、深い青色の目には優しい光を湛《たた》えている。声は低く、かといって聞く人を威圧させるような凄みはない。

お辞儀をするステイシーたちにも手を差し伸べてきたので驚いたが、おずおず手を差し出すと嬉しそうに握手をしてくれた。ステイシーの手がすっぽり包まれるほど大きな手だが、握る力はひどく優しかった。

「魔竜討伐作戦に同行してくれること、感謝する。あなたたちの魔力で私たちを助けてもらうが……あなたたち全員が無事に教会へ戻れるよう、配慮する」

まさか、こんなことまで言ってくれるとは思わなかった。ステイシーが皆を代表して礼を言うと、

「騎士として当然のことだ」と微笑まれた。

そうして、魔竜の巣までの道中を共にしながら……ステイシーは、気づいた。リュートは決して「頭の足りない王」などではないのだと。

確かに、自分一人で物事を決定するのは苦手そうだった。だからこそ彼は周りにいる者たちを頼

り、頼った後には必ず礼を言う。だからか、キャンプでも彼の周りには彼を慕う騎士や使用人たちがいつも集まっていた。

リュートに興味を持ったステイシーは、彼の親衛隊から話を聞いてみた。

（……なるほど。陛下は、ご自分が政治を苦手とすることを分かってらっしゃる。だからこそ素直に人を頼るし……しかも、的確に人の本質を見抜いているのね）

リュートはすぐに他人に頼るが、その「頼る相手」の人選が見事らしい。「この件については、誰から話を聞くべきなのか」を瞬時に見極め、その人に教えを請う。もし腹黒いことを考える者がいても、「それはどういうことなのか」「今の発言は、おかしくないか」とナチュラルに突っ込むため、国王を傀儡《かいらい》にしようとした者も真正面から撃破されてしまうそうだ。

深く考えているわけではなく、ある種の野性の勘みたいなものらしいが――それもまた彼の才能だろう。それに素直で思いやりのある性格だからこそ、大臣や官僚たちも未熟な王に手を貸したくなるし、そんな王に魔の手を伸ばそうとする者がいても全力で守るのだという。

（先入観はよくないわ。……反省しないと）

キャンプで水汲みを手伝いながら、川辺に座り込んでいたステイシーは己の考えを改めた。これからは、噂ではなくて自分の目でリュートの人となりを見ていきたい。

「……おや、あなたは神官殿か」

「えっ？」

低い声がしたので振り返ると、簡素な服姿の国王が。首から掛けたタオルで汗を拭いているので、部下たちと手合わせでもしていたのかもしれない。ちょうどいいタイミングなのでステイシーが汲んだ水でタオルを冷やして渡すと、「ありがとう、気が利くな」と笑顔で礼を言ってくれた。

これまでは遠くから見るだけだったが、「足を洗ってもいいか」と言った彼がステイシーの隣に腰掛けて川下側の水に足を浸したので、その顔をまじまじと見ることができた。

(……うーん、近くで見ても……やっぱり美形だわ)

神官は純潔であることを求められるが、星女神は恋愛自体を禁じているわけではない。だから教会でも神官同士で恋の話をするし、ステイシーも見目麗しい男性などを見るのは好きだった。

筋肉質な体に、男らしくも甘い顔立ち。そんな若き国王が社交界に出れば、令嬢たちの恋心を一身に集めてしまいそうだ。

(でも、国王陛下に婚約者がいるという話は聞かないわね……?)

先代国王には王妃がいたが、リュートは二十二歳でありながら妃はおろか、婚約者の影すらない。この美貌で微笑めば、婚約者の一人や二人簡単に作れそうだが。

ステイシーがじっと見ていることに気づいたのか、足を洗っていたリュートがこちらを見てきた。秋晴れの空のような深い青色の目に見つめられると、ついどきっとしてしまう。

「私の顔を見ているようだが……泥でも付いていたか？　一応拭《ぬぐ》ったはずだが……」

「あ、いえ、大丈夫です。ただ、陛下が格好いいのでつい見とれてしまったのです」

　ステイシーは、正直に言った。もちろん、特別な意味はない。ただ、貴公子が女性に「お美しい令嬢ですね」と言うのと同じようなノリで国王の容姿を褒めただけだ。

　……それなのに。

「……えっ？」

「えっ？」

「……俺は、格好いいのか？」

　リュートは、心底びっくりしたように問うてきた。

（ええええ……？　この方が格好よくないのなら、世の男性の顔はイモ以下になってしまうわよ……？）

　ステイシーの方こそびっくりなので、思わずリュートの顔をまじまじと見てしまった。

「えっ……も、もちろんですよ。私がこれまでに出会ったことのある男性の中で一番、格好いいと思うくらいです」

「……」

「……あ、あの、陛下。すみません、いきなり変なことを……」

「……いや、変ではない。ただ……そういうことを女性から言われたことがなくて」

　さすがに今の発言は国王に対して無礼だったか……と気づいて後悔したが、リュートは大きな手でステイシーを制するとうつむいてしまった。いたずらな風でふわりと持ち上がった髪の隙間から見える耳は、ほんのりと赤い。

「その……あなたは確か、リートベルフ伯爵令嬢だろう？」

「あ、はい。ですが私は十二歳まで田舎で暮らし、それ以降も教会生活が長かったので、ほとんど淑女教育を受けておらず……」

「いや、責めたいわけではない。むしろ……なるほど。だからなのか」

ステイシーにはよく分からないがリュートの中では何か納得がいったようで、顔を上げた彼は嬉しそうに微笑んだ。

「リートベルフ伯爵令嬢……いや、名前で呼んでいいか？」

「え、ええと……恐れ多いのですが、ステイシーと呼んでいただければとても嬉しいです」

驚きながら言ったその言葉も、ますますリュートを喜ばせたようだ。

彼は「了解した、ステイシー嬢」と微笑んで水から足を上げた。

「もしよかったらたびたび、こうして話をしないか。ステイシー嬢となら、楽しくしゃべれそうだ」

「不敬罪にならないでしょうか……」

「ならない。……そんなこと、絶対にさせない」

リュートは、力強く言った。

そうしてステイシーは、旅の合間にリュートと話をするようになった。話といっても、教会での生活やステイシーの好きなものなど、本当に当たり障りのない内容ばかりだった。だがそれを聞くリュートはとても嬉しそうで、美男子の笑顔を見られるだけでもステイシーは幸せだった。

「恥ずかしながら、俺は魔法について詳しくなくてな。せっかくだから、いろいろ教えてくれないか？」

「かしこまりました。では、僭越《せんえつ》ながら……」

川辺での休憩中にリュートに頼まれたステイシーは、右手人差し指の先にぽうっと小さな明かりを灯した。

「おっ、これは俺も見たことがある。光の魔法だったか？」

「はい。私たちが使う魔法には二種類ありまして、こちらは『光』の方です」

神官たちが使う魔法には、「光」と「空間」の二種類がある。

「光」は主に、守護の役割を果たしている。神官たちの魔力は魔物を打ち破る力を持っており、爪や牙などによる攻撃やブレスなどから身を守る結界を張ることができる。

またこれを応用して、毒物検出に活用することもあった。植物性にしても動物性にしても、人間の体に害を及ぼす毒素もまた星女神の恩恵である光の魔法によって反応するため、高位の神官による検出魔法ならどんな微量の毒でも逃さず感知することができる。

ただ神官の魔法のもう一つの種類である「空間」は、潜在魔力が高めのステイシーはわりとすんなり習得できたが、訓練すれば必ず身につくわけではない。なにしろ、空間魔法は習得だけでなくて説明も難しい。

だがこれを扱えるようになると、空気を遮断して音声や匂いなどが外部に漏れないようにしたり、空気を圧縮させることで目に見えない弾丸を作り出したりできる。これまでにステイシーはいくつかの貴族の屋敷を破壊してきたが、それらもこの空間魔法を応用したものだった。

しかし、あまり能力が高くない神官が適当に空間魔法を使うと空気の弾丸を作ることはもちろんできないし、「空気が通らない」失敗作の壁になったりする。この壁の中に閉じ込められるといずれ呼吸ができなくなるため、ある程度の階級の神官でなければ空間魔法の使用は禁じられていることが多いくらいだった。

ステイシーの説明を受けたリュートは、何度もうなずいている。

「なるほど……。一応教養として知識は身につけていたが、やはり現役の神官の説明はより分かりやすいな」

「ありがとうございます。……陛下は魔竜を討伐なさいますが、その際も私たちがこの身を尽くして皆様をお守りしますね」

ステイシーは、胸に手を当てて宣言する。

魔竜は普通の竜よりも強力で、猛毒の息を吐き出したり毒牙で噛みついてきたりするだけでなくて、その血液にも毒素が含まれている。魔竜の首を刎《は》ねるのは、リュートの役目だ。その際、国王の身に一滴たりとも猛毒の血を浴びさせるわけにはいかない。ステイシーたちは、「国王陛下を必ずお守りする」という誓いのもと、討伐作戦に同行しているのだ。

だが、それを聞いたリュートは凜々《りり》しい眉をきゅっと寄せた。

「……あなたたちが尽力してくれるのは、大変助かる。だがだからといって決して、自分の命を粗末にしてはならない」

「えっ？　……え、ええと。もちろん、死にたくはありません。でも、私たち神官には代わりがいても陛下の代わりはいません。だから、陛下のお命を優先させるのは当然のことですよ」

「分かっている。……だが俺は、俺の無事と引き換えに神官を犠牲にして魔竜を討っても……嬉しいとは思えない」

大きな拳をぎゅっと固めて、リュートは言った。

「だから、あなたの方からも神官たちに言ってくれ。俺たちを守るのがあなたたちの役目だろうが、自分の命も同じくらい大切にするように、と。俺が言うより、同じ神官であるあなたが言った方が彼女らもすんなり受け入れてくれるだろう」

「……」

これは実質、国王陛下の命令だ。だからステイシーは従順にうなずきながら、リュートの険しい横顔を見つめていた。

（とても、優しい方なのね。優しい方だからこそ、国王としての立場に悩まれている……）

もし彼が、自分や国民たちの命を天秤に掛ける必要のない平和な国の国王であったならば、彼は名君として皆に慕われただろう。だがこの世界には魔物がおり、あちこちで戦争が起きているのが現状だ。

（……私にできる形で、陛下をお助けしたい）

そうして、誰一人欠けることなく魔竜を討ち、リュートが笑顔で凱旋できるようにするのだ。

＊　＊　＊

遠征の末に、一行は魔竜の巣に到達した。

「全員、警戒せよ！　誰一人として、欠けてはならない。全員で生きて帰るぞ！」

大剣を掲げたリュートが朗々と告げると、騎士たちのみならずその熱意にあてられた神官たちでさえ、「おー！」と声を上げて応えた。それはステイシーも同じで、甲冑を身につけたリュートの横顔に思わず見入ってしまう。

（すごい……！　これが、陛下のカリスマなのね！）

国王が先陣を切るからこそ、士気が上がる。国王が切り込むからこそ、彼を守らねばと皆が奮起する。もちろんその弊害もあるだろうが、リュートは自ら先頭に立つことで皆を奮い立たせているのだ。

魔竜の子分である小型の竜の始末は他の騎士や神官たちに任せ、錫杖《しゃくじょう》を手にしたステイシーはリュートについて巣の奥へと足を向ける。

「ステイシー嬢。あなたは作戦通り、俺に守護魔法を掛けてくれ。魔竜の首を落とし、血を拭いきるまであなたには耐えてもらう必要があるが……できるか？」

「はい、できます。やってみせます」

ステイシーが力強く応えたところで、耳をつんざくような咆哮《ほうこう》が上がった。見れば、土の塊を飛ばしながら起き上がった、毒々しい紫色の竜が。

「行くぞ！」

「はいっ！　陛下、ご武運を！」

駆け出したリュートの方に錫杖の先端を向け、まずは彼の体に守護魔法を掛ける。そして続いて、彼が手にする剣にも光の祝福を与える。強力な魔物を倒すには、光の祝福を与えた武器で首を落とすのが一番手っ取り早いのだ。

他の神官たちの守護魔法を受けた騎士たちを連れて、リュートは魔竜に挑んだ。竜がリュートに毒の息を吐きかけるたびに守護魔法が反応して、ガツン、と腹に重い一撃を食らったかのような衝撃と共にステイシーの魔力が削られていく。

（これは……かなり、やるわね！）

下級神官ならば一発で気を失っただろう衝撃も、ステイシーなら全身に力を込めることで耐えられる。危険になったらすぐに後方に退《ひ》けばいい他の騎士と違い、リュートは常に魔竜に挑む必要がある。だから、彼を守るステイシーが交代することも倒れることも許されなかった。

魔力バカな自覚のあるステイシーでも、長時間魔法を使っていると体力も魔力も消耗していく。

（陛下、頑張って……！）

頭がガンガンしてきながらも魔力を送り込んでいたそのとき、それまではリュートたちの方を見ていた魔竜の大きな眼球がぐるりと動き、岩陰に隠れるステイシーを見つめてきた。

（……まずい！）

普段なら空気の弾丸で反撃することもできるが、リュートを守ることが最優先の今は光魔法に注力しなければならない。ここで爪を振りかざされたら――とぞっとしたが、幸か不幸か魔竜は巨大な口を開いた。あれは、毒の息を吐くときの仕草だ。

（よ、よかった！　毒の息なら、なんとか耐えられる！）

こうなったら一撃は食らう覚悟で、耐えよう――と両足で踏ん張った途端、ステイシーの視界が青いもので塞がれ、腰を摑《つか》まれた。

「えっ？」

「じっとしていろ！」

ステイシーを正面から抱きしめた人が怒鳴り、どんっと力強く地面を蹴った。ステイシーがその人に抱えられて回避行動を取った直後、それまで自分が立っていた場所にどす黒い毒の霧が立ちこめていく。

「……あ」

「無事か、ステイシー嬢！」

ステイシーを助けてくれたその人――リュートは、汗で額に張り付く前髪を雑に掻《か》き上げるとこちらに背を向け、走り出した。毒の息を吐き出した直後の魔竜の首が伸び、無防備にさらされている。

「首を落とす！　援護を頼む、ステイシー嬢！」

「……は、はい！」

すぐに我に返ったステイシーが、魔力を最大出力してリュートを包んだ――直後、リュートの大剣がひらめき、ドシャッと鈍い音を立てて魔竜の首を切り飛ばした。大量の血が噴き出て、神官たちは歯を食いしばりながら騎士たちを毒の血から守る。

（やった……！）

すぐにリュートたちは駆け戻り、下級騎士たちが彼らの衣服を脱がしていく。血にまみれた服を全部着替えるまで、神官は守護魔法で騎士たちの肌を守らなければならない。

そうして、リュートが着替え終わり髪もきれいに拭い、「もう大丈夫だ」と言った瞬間――ステイシーは、気を失った。

ステイシーら神官たちの守護魔法のおかげで、国王含む魔竜討伐隊員たちのうち誰一人として欠けることなく王都に凱旋することができた。

魔力を使い果たしたステイシーたちはしばらく寝込んだが、彼女らとて自分の限度は分かっている。数日はベッドから起きられなかったが十分な睡眠と食事を取ると、皆元気に仕事に復帰できるようになった。

そしてステイシーたちは魔竜討伐における功績を称えられ、それぞれ昇級したり褒賞を与えられたりした。中でも神官たちのリーダーで国王リュートを守り抜いたステイシーには、「聖女」の称号が贈られた。

聖女の証しである銀のサークレットを大司教から授かったステイシーは、クライフ王国の星女神教会のトップクラスに上り詰めた。

聖女は他にも数名いるが、彼女らの中から司教、そして大司教が選ばれるのが基本だ。また大司教などにならずとも、聖女が還俗を望んだ場合に妻として望む者はあまた現れる。そして聖女を輩出した一族は一目置かれ、平民出身の聖女の場合は貴族のもとに養子に行くことが多い。

……そのため、これまでステイシーを半ば放置していた父伯爵は慌てて娘に会いに行き、手のひらを返した。そうして政略結婚を勧めてきたのだが――

まさかの国王・リュートが、ステイシーの夫として立候補してきたのだった。

＊　＊　＊

決められた日時に、国王リュートは伯爵邸を訪れた。国王の求婚ということでお付きや護衛も多く、父だけでなく伯爵夫人や異母弟妹たちも対応に追われている。

父についてはざまぁみろと思うが、ステイシーのことを嫌いながらも食事を与えてくれた伯爵夫人や、腫れ物に触れるような扱いではあるが意地悪などはしてこなかった異母弟妹たちには、申し訳ないと感じた。

今日のために隅々まで掃除された応接間に通されたリュートは、ステイシーを見て微笑んだ。魔竜討伐直後にステイシーは気を失ったしすぐに教会に戻ったため、国王とは手紙で情報共有を行うくらいで顔を合わせることはなかった。

約一年ぶりに見るリュートは、ますます精悍さを増していた。だが穏やかな笑顔は変わっておらず、ステイシーは緊張しながらもなんとか微笑みを返すことができた。

「久しぶりだな、ステイシー嬢」

「……お久しぶりでございます、陛下」

伯爵夫人が急ぎステイシーのために作らせたドレスは、流行のデザインらしくスカートがふんわり膨らんでいる。丁寧な縫製ではあるのだが、田舎では簡素なワンピース、教会ではシンプルな修道服で過ごすことが多かったステイシーにとって、豪華なドレスは少し着心地が悪かった。

国王のお付きたちのほとんどは外で待機する中、親衛隊らしい若い騎士と官僚らしい中年男性が応接間まで付き従ってリュートの背後に立った。よく見ると、騎士は四角い布包みを持っている。手土産か何かだろうか。

「国王陛下にお越しいただき、恐悦至極に存じます」

ステイシーが述べると、リュートは大きな手を振った。

「いや、こちらこそ丁重なもてなしに感謝する。それから……いきなりあのような手紙を送ったにもかかわらず、こうしてあなたと話す機会を与えてくれたことにも礼を言いたい」

「お気になさらないでください。それより、その……」

「ああ」

それまではどこか緊張の面持ちが残っていたリュートは、少し頬を緩めた。

「私は今日、ステイシー・リートベルフ嬢に求婚しに来た」

「……あの、陛下からそのように言っていただけて大変光栄なのですが……」

「あなたの言いたいことは、分かっている」

はっきりと言った後に、彼が背後にいた官僚から一枚の紙――父が作成した例の募集要項を受け取ったため、ステイシーはどきっとした。

（やっぱり、あの無理難題ばかりの募集要項のことよね……！）

前半はともかく、後半は確実に縁談を潰すためにノリノリで書いたものだ。あれに乗っかる人がいるとは……しかもそれが国王陛下だなんて思ってもみなかったため、ステイシーは気まずさに視線を逸らしてしまう。

そんなステイシーをまっすぐ見つめ、リュートは口を開いた。

「私はこれでも、一国の王だ。年収は二十万クルルをゆうに超えるだろう。それから見てのとおり、私は高身長だ」

「そ、そうですね……？」

「妃を迎えたなら他に愛人など持たず、ただ一人だけを愛するつもりでいる。浮気など決してしないと、星女神に誓う。もちろん、妃に家事などを任せることはない。また私はこれでも猫が好きで、居城では猫を五匹飼っている」

「まあっ！」

思わず声を上げると、リュートは紙から顔を上げて微笑んだ。

「あなたなら大歓迎だから、いつでも猫たちに会いに来てくれ」

「え、あ、ええと……ありがとうございます」

「ああ。それから……サミュエル」

「はいはい、こちらに」

リュートに呼ばれて、親衛隊の騎士が持っていた包みを差し出した。手土産だろうと思っていたのだが、国王が外した布の中から出てきたのは――

「……陛下、それは？」

「見てのとおり、レンガブロックだ」

「レンガブロック」

「今からこれを、片手で粉砕する」

「粉砕」

同じ言葉を繰り返すことしかできないステイシーに力強くうなずきかけると、リュートは立ち上がって大きな右手でレンガブロックを掴んだ。すぐさま騎士と官僚が大きな布を床に敷き、その中央にリュートが立つ。

（……えっ？　レンガブロックを……えええっ!?）

「あ、あの！　そこまでなさらずとも……！」

「案ずることはない、ステイシー嬢。何度も練習した」

「そうではなくて！　あれはその、ノリというか……」

「……ふン！」

思わず立ち上がったステイシーの必死の訴えもむなしく、レンガブロックを掴んでいたリュートの手がぐうっと握られ、豪奢な正装の腕の部分が盛り上がり――

――バキィッ！

亀裂が走ったかと思いきやレンガブロックはあっという間に握りつぶされ、欠片《かけら》となったレンガがぱらぱらと布の上に落ちていった。唖然《あぜん》とするステイシーをよそに騎士と官僚は携帯用の小さな箒《ほうき》でせっせと掃除を始め、リュートは満足げに右手を握ったり開いたりした。

「うん、練習の成果がしっかり出たようだな」

「……あ、あああの！　お怪我はないのですか!?　すぐに手当をします！」

「はは、この程度であなたの手を煩《わずら》わせたりはしない」

ほら、とリュートは笑顔で手のひらを見せてきた。白手袋には砂と化したレンガの破片が付いているが、彼本体は問題なさそうだ。

（……よ、よかった！　あんなふざけた募集要項が原因で国王陛下の右手が使い物にならなくなっていたら……！）

思わずふらっとしてしまったが、「おっと」とすぐに飛んできたリュートがステイシーの腰を抱き寄せて支えてくれた。先ほどは一瞬でレンガブロックを砕き、一年前の遠征時には大剣を手に魔竜の首を落としたその手だが、ステイシーの腰を支える手つきは――初対面で握手したときと同じ、優しさにあふれていた。

「すまない、淑女には刺激が強すぎたか……」

「い、いいえ！　私が言い出したことですし……あ、あの、ありがとうございます。もう立てます」

「そうか？　それならよかった」

リュートは安心したように微笑み、ステイシーがソファに座れるようにエスコートしてくれた。

「……ということで、私はあなたが出した条件全てに合致している」

「……そ、そのようですね。しかし、その……陛下はなぜ、私に求婚なさったのですか？」

あの悪ノリ募集要項に合致するという奇跡が起きたのは一旦置いておくとして、ステイシーにはリュートの気持ちがまだ分からなかった。

「私は伯爵の娘とはいえ非嫡出子で、淑女教育もまともに受けておりません」

高位貴族の令嬢ならば幼少期から、「王子の妃になる可能性が十分ある」ということで、それだけの教養と覚悟をたたき込まれるはずだ。だが、十二歳までは田舎で過ごし、それ以降も伯爵家で厄介者扱いされたり教会で仕事をしてきたりしたステイシーは、そんな知識も決意も持ち合わせていない。

「あなたと結婚するということはつまり、このクライフ王国の妃となるということ。私は、自分に王妃の仕事が務まるとは思えません。それに私みたいながさつで私利私欲にまみれた女が王妃になんてなったら、陛下まで悪く言われてしまいます」

ステイシーとしてはもっともなことを言ったつもりだが、リュートはゆっくりと首をひねった。

「どうやらあなたは、自分のことをやや過小評価しているようだが……」

そこで一旦言葉を切ってから、リュートは再び口を開いた。

「……ステイシー嬢。あなたは、王妃の一番の仕事は何だと思う？」

「国王陛下と子作りをして、優秀な跡継ぎを産むことですね」

「んっ……！　そ、そうか。まあ、それもあるな」

ステイシーとしては百点満点の解答だと思って自信を持っていたのだが、明らかに動揺したリュートの顔を見る限り、彼の望んだ答えではなかったようだ。

「ええと……では、社交界を牛耳ることですか？」

「ああ、まあ、それも大切なことではある」

リュートは一応ステイシーの解答を認めてくれたが、まだ正解を探り当てられていないようだ。

（えええ……子作りでも社交でもないとしたら……？）

答えが分からずステイシーが悩んでいると、リュートは一つ咳払いをしてから座り直した。

「……いざとなれば、世継ぎも社交界も他の者に任せられる。だが……私が妃に望みたいのは、そういうことではないのだ」

「……それは、何ですか？」

「……夢見がちかもしれないが、私は妃とは何でも話せる間柄でありたいと思っている」

リュートは、どこか緊張を孕《はら》んだ声でそう言った。

「私はこれまで、何人もの妃候補の女性たちと会ってきた。多くは国内の有力貴族の娘で、外国の王女と顔を合わせたこともある」

（……やっぱり、候補はたくさんいるのね）

ステイシーとしては納得だが、そう語るリュートの表情は明るいとは言えない。

「兄から王位を継いだ以上、私は妃を迎える必要がある。だが……私は人生の半分ほどを騎士団で過ごしてきたため、どうにも社交界の常識などに疎《うと》い。そのためか、なかなか女性たちと打ち解けられなかった」

……リュート曰《いわ》く。

彼が即位した三年前から、それまでとは比べものにならない量の縁談が舞い込んでくるようになった。ただの脳筋王弟だった頃のリュートには見向きもしなかった貴族たちもこぞって、自分の娘を王妃にと推してきたという。

リュートとしても、いつかは妃を迎えなければならないと理解していた。だから彼は最初の頃は、わりと乗り気で令嬢たちとの見合いに臨んだ。

……だが、それらのどれも芳《かんば》しい結果にはならなかった。

「とにかく、会話が成り立たないんだ」

紅茶で口を潤してから、リュートはどこか寂しそうに言った。

「私が何か話題を振っても、令嬢たちは微笑んで黙るだけ。せっかくだから相手のことを知りたいと思い、好きな菓子や花、趣味などについて尋ねても、『陛下に申し上げられるほどのものはございません』と言われるばかりで」

「そうなのですか……」

（……ああ……そういえば、貴族の令嬢は慎ましく遠慮がちであるのが美徳とされているのだっけ）

貴族の夫婦において、多くの場合は妻の方が夫よりも少し身分が低い。実家より格上の夫をいつでも立てられるよう、令嬢たちは「夫の言うことには逆らわない。自分の意見よりも、夫の意見を重要視しろ」と教わるそうだ。ステイシーからすると、好物すら言えないなんてあほらしいとしか思えないのだが、事実妻に立てられることを喜びとする男性は多い。

だから令嬢たちは見合いの席で何か自分に関する話題を振られても、「あなたのような尊い方にわたくしごときが意見するなんて、滅相もない」という態度でいて――そんな慎ましい令嬢のことを気に入る男性もそれなりにいるそうだ。

だが、リュートは世間の男性貴族とはいろいろな意味で違った。人生のほとんどを騎士団で送ってきたリュートは、男だろうと女だろうと気軽に言葉を交わせる相手を好んでいた。

「それに、私が騎士団で見かける夫婦は……妻が夫の背中を叩いたり、夫婦が大口を開けて笑い合ったりということを当たり前のようにしていた。だから私も、結婚するなら……ああやって妻と二人で明るく笑っていられるような関係でありたいと思っていたんだ」

（なるほど。……だとしたら、令嬢たちと話が合わないのも当然ね……）

リュートの気持ちもよく分かったため、ステイシーは小さくうなずいた。

「それで、お見合いはうまくいかなかったと……？　あの、陛下はご令嬢たちに、ご自分のお気持ちを話されていたのですか？」

「ああ、このままでは誤解が解けないと思い、二年ほど前からは『あなたの意見を聞きたい』『私は妃と何でも話せる間柄であることを望んでいる』と伝えている」

なるほど、とステイシーはうなずいた。きちんとリュートが自分が妃に求める女性について説明をしているのならば、後から文句を言われることはないだろう。

「だが……それでも皆、とんでもないことだと遠慮するばかり。終《しま》いには私に意地悪をされたと思い込んだらしく、泣き出してしまう令嬢もいた。……後で側近から、『縁談を断るにしても、他に言い方があったでしょう』と叱られてしまった。そういうつもりではないと言ったのだがな……」

「一度染みついた考えを改めるのは、難しいことなのですね……」

リュートが何も言わず令嬢たちに無茶ぶりをしているのならともかく、彼はきちんと自分の気持ちを言って……それでも受け入れられなかったのなら、もうご縁がなかったと諦めるしかないのだろう。勘違いもされているようだが。

と、そこまでは落ち込んだ雰囲気だったリュートが顔を上げた。

「だが……一年前、私はあなたに出会った。覚えているか？　遠征の初めの頃に、川辺に座って会話をしたのが始まりだったのだが……」

「もちろん……覚えております」

あの出来事は、それまではリュートに対して「頭の足りない王」という失礼な先入観を持っていたステイシーが考えを改めることになったきっかけなのだから。

「あのとき、あなたは私のことを格好いいと言ってくれたな」

「……あ、あー……そう、ですね。すみません、もっと他に言葉はあったのに……」

「いや、俺は……嬉しかったんだ。あなたの、偽りのない正直な気持ちを聞くことができて……聞かせてくれて」

そう言うリュートは、本当に嬉しそうに頬を緩めている。一年前も、彼は国王としての仮面を脱いだときだけ自分のことを「俺」と呼んでいた気がする。

「しかもあなたは、俺の質問に全て素直に答えてくれた。……本当に、初めてだったんだ。好きなものや嫌いなものなどについて話せて、意見を交換して、面白い話題だったら声を上げて笑う。……国王になってからは同性相手でさえ腹を抱えて笑うことはほとんどなくなったというのに……あなたは、まっすぐ俺にぶつかってきてくれた」

嬉しかったんだ、とリュートは噛みしめるように言う。

「だから、あなたを妃に迎えたかった。あなたとなら、俺はずっと笑っていられる。国王として被っている仮面も、あなたの前なら外して素顔で笑うことができる。……あなたなら、そういう場所と時間を作ってくれる、と思ったんだ」

（す、すごく直球だわ……）

ここまでストレートに言われると、さしものステイシーも照れてくる。髪でさりげなく頬を隠しながら、ステイシーは口を開いた。

「え、ええと……そのように言っていただけて、光栄です。しかしその時点での私は神官で……誰とも結婚することはできなかったのですが」

「ああ、だからショックだった。本人が強く望んで還俗しない限り、女神の娘である神官ですら結婚は不可能。ましてや聖女とまでなると、教会は決してあなたを手放したりしない。……俺の初恋は、ここで終わった。こうなればあなたのことは諦め、物わかりのよさそうな令嬢を妃に迎えようか……と思っていた」

「は、初恋だったのですね……」

「あ、ああ、まあな。まあ、これまでにももしかしたら恋の欠片のようなものを感じたことはあったかもしれないが、はっきりと『この女性とお付き合いしたい』と思ったのはあなたが初めてだ、うん」

少し目線を逸らして自分にも言い聞かせているかのようにリュートは言ってから、ステイシーの目を見つめてきた。

「……だが、あなたの方から夫を募集しているという話を聞いた。そうして要項を見て……その、正直なところ、ステイシー・リートベルフ嬢は俺と結婚したがっているのかと思った」

「ええっ!?　それは……」

ないです、と言いかけて、ステイシーははたと動きを止めた。

自分が出した募集要項。あそこに書かれているうち半分は本当の希望で、残り半分は悪ノリだった。深く考えたわけではない。

だが……今思えば、条件のうちほとんどはリュートに合致しているではないか。

（も、もしかして私、無意識のうちに陛下を思い浮かべながら募集要項を作っていた……!?）

顔が熱くなったステイシーを見て、リュートは少し調子づいたように身を乗り出してきた。

「や、やはりそうなのか？　ああ、いや、そうでなくてもいい。だが……聖女であるあなた本人が還俗して結婚することを望むのなら、俺がためらう必要はない。そのためすぐにレンガブロックを大量に発注して片手で粉砕できるよう、練習してきた」

「……」

リュートは自信満々に言うが……一方のステイシーの背中には、冷や汗が伝っていた。

（い、言いにくい……！　「実は結婚する気はほとんどなくて、求婚者を追い払うために無茶ぶり募集要項を書いたのです」って、今さら言いにくい……！）

どうやらリュートは我こそは条件に合致する男だと意気込んで準備をしたようだが、ステイシーの方は国王が釣れることももちろん考えておらず、むしろこれで教会に戻り悠々自適聖女生活を送れると喜んでいた。

リュートは、さすがにステイシーの様子がおかしいと気づいたようだ。最初は喜色満面だったが次第にその笑顔が凍り付き、「もしや」とこわごわ言った。

「……あなたは、ひょっとして」

「あ、あの……陛下、実は私——」

「……そうか、気づいていたんだな。……俺は実は、身長三十八トルには半トルほど足りないことに……」

違う、そうではない、と全力で突っ込みたかった。

だがステイシーが何か言うより早くリュートはうなだれ、「すまない」と落ち込んでしまった。

「嬉々《きき》として身長を測ったのだが、何度測っても三十八トルには届かなかった……」

「さ、さようですか……？」

「ああ。……やはり三十八トル未満の男なら、お断りだろうか……？」

顔を上げたリュートは精悍な美貌もどこへやら、捨てられた子犬のようにしゅんとしょげきっていた。

……本当のところ、どうしても結婚を回避したいのならここで、「はい、身長が足りないのでだめです」と鬼畜な返答をすることもできた。……だが。

「……陛下。私は……謝らなければなりません」

「な、何をだ？　まさか、身長は三十九トルないと……」

「身長の話はもういいです。……私はそもそも、父に命じられて結婚するのを避けたかったのです」

ここまで心の内を明かしてくれたリュートをこれ以上だますのが心苦しく、ステイシーは緊張しつつも事情を打ち明けた。

ゆっくり語るステイシーを、リュートは驚きの目で見ていた。だが驚いているのは彼だけで、彼の背後に立つ騎士サミュエルと官僚は、「でしょうね」みたいな顔でうなずいていた。

「そうか。ステイシー嬢は結婚を回避するため、あえて無茶苦茶な条件を突きつけたのだな……」

「はい。ですから、まさかあの条件全て……ああ、いえ、ほぼ全てに該当する方がいらっしゃり、しかも求婚してくるなんてつゆほども思っていなかったのです」

身長に関することを口にするとリュートが悲しそうな顔をしたので、もう触れないことにした。

リュートもさすがに落ち込んだようだが、はっと顔を上げた。

「うん？　ということは、あなたが結婚を遠慮するのは聖女として教会でおつとめをしたいからであり、俺のことが嫌いだからというわけではないのだな？」

「当然です！　陛下はやはり格好――あ、いえ、素敵な方ですもの！」

「よしっ！」

「ただ」

なぜかガッツポーズを決めたリュートに、ステイシーは苦笑を向けた。

「私はやはり、自分に王妃が務まるとは思えません。私は……自分のことだけで精いっぱいで、国民のためになることなんてできないのですから」

「そうなのか？　だがあなたは実際に去年、俺たちと一緒に魔竜討伐をしたではないか」

「はい、しました。……そういうのも全ては、私自身のためなのです」

ステイシーは、父を嫌悪していた。

母と暮らしていた頃、「私にはお父さんはいないの？」と尋ねたことがある。母は悲しそうに微笑み、「あなたのお父様は、いないの」と言っていた。

使用人たちに聞いて分かったのだが、母は好きで伯爵に抱かれたわけではないそうだ。母は下級貴族の生まれだがしとやかで美しく、女好きな伯爵の毒牙に掛かってしまった。妊娠が分かったときには絶望したが、「伯爵家の子を殺すつもりか」と権力をちらつかされ脅され……だというのに伯爵はいざ自分が結婚する段階になったら、邪魔な母を田舎に追いやった。そうして母の死後、ステイシーを無理矢理引き取ったくせに「不細工」と吐き捨てた。

だからステイシーは、養母によって入れられた教会で必死に修行した。

賢くて優秀な神官になったら、権力を手に入れられる。

そうして――かつて母や自分を権力で押さえつけてきた父を、権力をもって踏み潰してやるのだ。

聖女まで上り詰めると、世界が変わって見えた。

権力を振るって偉そうな顔をする者を、とことん叩き潰す。許しを請う者をせせら笑い、「聖女の裁きに逆らうつもり？」とねじ伏せる。

尊敬されるのは、気持ちがいい。

頼られるのは、嬉しい。

偉そうな連中をひねり潰すのは……身が震えるほど楽しい。

「私は星女神様の娘でありながら、権力によって他人を制することを楽しみとしています。そんな女が王妃になんてなれば、内乱勃発は確実。……あなたの治世を汚すだけです」

ステイシーは微笑みを絶やすことなく、言い切った。こうして自分の暗い面を吐き出すのは、これが初めてだった。

教会の神官たちはステイシーのことを「聖女様」と慕ってくれるし、年配の神官や大司教たちも「星女神様の寵愛《ちょうあい》を得た、素晴らしい聖女」とステイシーを褒め称える。

だが、そんなステイシーの中身は真っ黒だ。死後、きっと自分は星女神様のおわす天上ではなくて、星女神に逆らった者たちの流刑地である地獄へ落ちるだろう。

（……清廉潔白な騎士として育たれた陛下からすると、醜くて汚い存在に思われるわよね……）

そう思いながらステイシーは顔を上げて――リュートがまっすぐこちらを見ていたため、少しのけぞってしまった。

「あ、あの、陛下……？」

「あなたは、美しいな」

「…………はい？」

「ああ、いや、困らせるつもりはない。だが……今、自分の気持ちを吐露していたときのあなたの顔はとても美しくて、思わず見惚《みと》れてしまった。すまない」

「え、い、いいえ……？」

まさかそんなことを言われるとは思っていなくてひっくり返った相づちを打つと、リュートはがっしりとした脚を組んで座り直した。

「ああ、それで、あなたの語った内容についてだが……別に、悪いことではないと思う」

「…………嘘でしょう？」

「嘘ではない。……なんだ、思い詰めたような顔をするからどんなものを抱えているのかと思ったら、あなたは十分素晴らしい女性ではないか」

うんうんとうなずきながら言われるものだから、ついステイシーはぎゅっと唇をかんでうつむいてしまった。

「……私のどこが素晴らしいのですか。権力で弱者を踏み潰すことを楽しみとする、聖女でありながら魔女のような悪徳女ですよ！」

「ふむ？　では尋ねるが……あなたは今権力を得ており、それで父君を見返したのだな？」

「ええ、そうです。あの無茶苦茶な募集要項で父を困らせるのが、すっごく楽しかったです」

「それには、かつてあなたの母君や幼い頃の自分が伯爵によって虐げられていたという背景があるのだな？」

「……まあ、そうですね」

リュートの質問に慎重に答えていると、彼は次々に言葉を重ねた。

「そういえば……あなたは先日、コニング子爵を摘発したな。彼は確か、教会にも積極的に寄進していた敬虔《けいけん》な信者だったと思うのだが」

コニング子爵というと、父がステイシーに結婚を勧めてくる直前に屋敷を破壊した貴族のことだ。

「その金の出所が真っ黒で、しかも領民の少女たちを奴隷として売り飛ばしていたと分かったので、踏み潰しました」

「なるほど。つまりあなたは、権力のある偉そうな者が嫌いなのだな」

「嫌いですね。父みたいなので」

「では、実際偉くて権力のある俺のことは、嫌いか？」

「えっ？　いえ、ですから、嫌いなわけないですよ……」

「では、例えばムーレンハウト卿は？　彼は外務卿で、相当な権力者だが」

「え、ええと……その方にしても陛下にしても、何も悪いことはしていないでしょう？　だったら
――あっ」

はっとしたステイシーが目を瞬かせると、向かいでリュートがにっこりと笑った。

「うむ、やはりあなたは素晴らしい聖女だ。……あなたは実力をもって手に入れた権力で、悪《あ》しき心を持つ者たちを成敗しているのだからな」

リュートに言われて、ステイシーは何も答えられなくなった。

ステイシーは、権力で人を制圧するのが好きだ。だが――弱い者や咎《とが》のない者を攻撃したりはしない。彼女がねじ伏せるのは、父しかりコニング子爵しかり、弱者をいたぶるような権力者だけだった。

「……そんなたいそうなものじゃありません。だって……ほら、無実の人を攻撃するのはただのいじめで、犯罪でしょう？　でも相手が悪者なら、私は大義名分を盾にして好き勝手できますから。それだけです」

「そうだな。そうして結果としてあなたは、聖女としての力を正しく行使してこのクライフ王国にいる悪者を懲らしめているというわけだ」

「で、ですからそんな、正義の味方扱いされるものではないのです！　正義の味方は……私利私欲のためではなくて、慈悲の心をもって人助けをするのですから！」

「だが、あなたの働きによって助かった者は数多い。彼らからするとあなたは間違いなく、正義の味方だ。弱き者を助け、強大な悪をくじく。それも、あなたが努力して手に入れた力をもっての行いなのだから……胸を張ればよいと思う」

「……」

「……ステイシー嬢。俺は、足りない王なんだ」

目線を上げると、苦く笑うリュートの顔が。

「俺には、兄のような才能も人を率いる能力も国民の信頼を一身に集められるような魅力もない。ただ剣を振るい、兄の治世のために戦い続ける……それだけに価値のある王弟であればよいと思っていた。だから、兄が事故に遭って俺に王位が回ってきたとき……何度も、逃げようとした」

「そうなのですか……？」

「ああ、情けない話だろう？　……だが、助けてくれる者たちがいた。俺を励まし、教えを授け、導いてくれる者たちがいた。だから俺は、王でいられた」

ふう、と長い息を吐き出したリュートは、優しく微笑んだ。

「だから俺は、あなたがほしいんだ。逆境にもめげずに努力して信頼と権力を勝ち取り、得た力を正しく使おうとするあなたが、まぶしい。俺にはない力を持つあなたに、側にいてほしい」

「……それは……国王側近の聖女として、ではだめなのですか？」

「ああ、そこで話が戻る。側近でも十分だが、叶《かな》うことなら俺はあなたと一緒に笑って過ごしたい。それでいてかつ、お互いを励まし協力し合える関係でありたい。……あなたとなら、そういう関係でいられると思っている」

リュートの、力強い言葉に。

ステイシーの胸の奥が、ぞわりと震えた。

母を失い、大好きな場所から連れ去られ、知らない場所で知らない人から暴言を吐かれ――何もできなかった、無力な自分。教会に入ってからはがむしゃらに努力して、次第に皆に認められるようになったけれど……それでもどこか心の奥で、寂しい、と叫んでいた。

いくら悪をねじ伏せて悦に入《い》ろうと、輝かしい称号を得ようと、それらだけでは決して満たされなかった心の一部分に、リュートの言葉がしみこんでいく。

(私は……頼りにされたかった。求められたかった)

聖女としてだけでなくて……ありのままのステイシーという女を見つめ、受け入れてほしかったのだ。たとえステイシーがどんな人間だったとしても、それをまるっと受け入れてくれる人を、心の奥底では探し求めていた。

ステイシーはドレスの胸元に拳を当てて、口を開いた。

「……陛下。私、やりたいことがあります」

「ほう、何だ?」

「……私、昔の自分みたいな思いをする人を減らしたいのです。力を持つ者によって虐げられるのではなくて、力を持つ者が皆を守るのだと、今苦しんでいる人に伝えて、助けたい」

「……」

「あ、ええと……それに、弱きを助けて強きをくじくのは、気分がいいですからね！ それに、いいことをしたら感謝の言葉をもらえますし！ 皆から尊敬されるのって、気持ちいいですからね！」

なんだか正義の味方気取りのこっ恥ずかしいことを言っているような気がしてついはぐらかして

しまったが、リュートは目尻を緩めてゆっくりとうなずいた。

「素晴らしい目標ではないか。あなたの行いにより助かる者がいて、あなたも皆からの賞賛や感謝の言葉をもらうことができる。誰だって、貶《けな》されるより褒められたい。その気持ちを後ろめたく感じる必要はないと、俺は思っている」

「そう、ですか……？」

「ああ。……あなたのような女性が王妃になれば、国民もきっと幸せになれるだろう」

「私をまねして乱暴な女の子ばかりになったら、非難囂々《ごうごう》浴びませんかね」

「はは、子どもは活発なくらいがいい。むしろ男女問わず正義感の強い子に育てば、誰も文句は言うまい」

リュートが楽しそうに言うので、ステイシーも小さく噴き出してしまった。

「……私があなたのもとに嫁いだら、聖女ではなくなりますよね」

「そうだな。還俗しなければならないからな。あなたに無理は言えないから、本当に嫌ならそう断ってほしい」

「私、ダンスは踊れませんし、刺繍もできませんし、字もきれいじゃありませんよ」

「なに、人間なのだから得意不得意があって当然のことだ。なんなら、俺も協力する。一緒に頑張ろう」

「……ふふ、一緒に刺繍もしてくれるのですか？」

「ああ、あなたと一緒なら、楽しそうだ。……針は数本折るだろうが」

リュートの言葉に、二人は顔を見合わせ――ふはっ、と同時に噴き出した。

やたら偉そうで敵対勢力をバサバサ切り捨てる王妃と、そんな妃の隣でちまちまと刺繍をする国王。なるほど、その結婚生活はなかなか楽しいかもしれない。

「……クライフ王国の未来は、どうなりますかね」

「分からん。だが、多くの国民が笑って一生を過ごせるよう、尽力するつもりだ。もちろん、星女神教会とも協力し合い……子どもたちがクライフ王国に生まれてよかった、と思えるような国にしよう」

「……はい。どうか、協力させてください」

ステイシーが笑顔で言うと、リュートは目を丸くした。

(私は潔癖な聖女でも、慈愛に満ちた人格者でも何でもない。でも……私の持てる力で、あなたの思い描く国作りを助けることができる。あなたの夢を阻む者を蹴散らすことができる)

「……私のことをうんと甘やかして、優しくして、私のことを応援してくれますか？」

聖女が尋ねると、

「……ああ。あなたが希望したとおりの夫であることを、約束しよう」

若き国王はひざまずき聖女の手を取って、誓った。

間話　国王、恋をする

リュート・アダム・ランメルスは、困っていた。

「……いや、そういうわけではない。先ほども言ったように、私は妃とは対等にものが言える関係でありたい。だから王妃候補である君のことをもっと知りたいと思っている」

「滅相もございません、陛下。わたくしごときの話などをして、陛下のお耳を汚すなんて……」

「そんなわけはない。お互い話をしなければ、理解は深まらないだろう？　たとえば……君はどのような花が好きなんだ？　今度贈ろう」

「いいえ、いいえ。陛下のお手を煩わせるわけにはいきません」

「……」

（……またこのパターンか）

麗しの国王は、深い深いため息を吐き出してお茶を飲んだ。

「お疲れ様です、陛下」

「ああ。……毎度のことだが、すごく疲れた」

令嬢とのお見合いを終えて自室に帰ったリュートがうめくと、国王親衛隊である騎士のサミュエルが苦笑いを浮かべた。

「陛下のお眼鏡に適《かな》う女性、なかなか現れませんね」

「……俺が皆に申し出ているのは、そんなに難しいことなのだろうか……？」

ソファに伸びていた国王はいつも皆の前では凛《りん》としているが、今は気心の知れたサミュエルしかいないため、ごろんとだらしなく寝返りを打って尋ねた。

「というか、貴族の屋敷では一体どういう淑女教育をしているんだ？　女性たちは夫の前では、好物や好きな花の種類さえ言うことが許されないのか？」

「普通の貴族の家ならさすがにそこまでではないでしょうが、陛下が陛下だから令嬢たちも余計萎縮してしまっているのでしょう」

「何だそれ……」

「まあ確かに、清楚でおとなしい女性が好まれるのは確かですよ。俺だっていつか、小柄で可愛くて物静かな奥さんがほしいですからねぇ」

「その点では、俺とおまえは意見が合わないな」

ソファでゴロゴロしながらリュートはつぶやき、大きなため息を吐き出した。

リュートは、先々代国王の第二子として生まれた。そのときから既に四つ年上の兄が王太子になっていたため、リュートは早くに家族のもとを離れて騎士団で生活するようになった。

騎士団はむさ苦しい場所だが、自分のことを尊い第二王子ではなくて一人の騎士として接してくれる仲間たちや容赦なくしごいてくる上官たちのことが、リュートは大好きだった。

そんな彼なので、王侯貴族たちとは少し違う感覚を身につけていた。

サミュエルはおとなしい女性が好きらしいが、リュートは快活に笑うおしゃべりな女性が好きだった。尊敬する上司が結婚すると、よく彼の妻が弁当を持ってきていた。仲良くしゃべりながら二人で弁当を食べる姿はリュートにとって、密かな憧れだった。

いつか自分も結婚するなら、あの上司夫妻のような関係でありたい。一緒に笑って一緒に歩いて、いろいろな話ができる。そんな妻を迎えたいと思っていた。

……だが彼が二十歳のとき、名君だった兄王が落馬事故に遭った。兄の馬が暴れ始めたとき護衛をしていたリュートがとっさに馬を駆り、飛び降りるよう指示した。

このことで兄王は足から落ちて半身不随となったが、もしあそこでリュートが飛び出していなければ兄はきっと馬に乗ったまま、崖から落ちて死んでいただろう。

兄は体も弱くなり、政治を行うことができなくなった。よって、健康なリュートに王位が回ってきた。椅子に座ったままの兄が辛そうな顔で、「すまない、リュート」と言ってきたので……リュートは兄を励まし、必ずこの国を守ると約束して王冠を受け取った。

リュートは政治が苦手だったので、遠慮なく他人に頼ることにした。幸い城には優秀な大臣や官僚たちがおり、また騎士団時代の仲間たちも手を貸してくれたため、リュートはなんとか王として政務を行うことができた。

だが、問題が発生した。結婚だ。

「アロイシウス様にお子がいらっしゃらないので、陛下にはお世継ぎを作っていただかなければなりません」と重鎮に言われる。探せば王家の血筋の者もいるのだが、それよりもリュートが妃に子を産ませる方が手っ取り早い。

ということで、騎士時代は数えるほどだった縁談が、一気にどっと舞い込んできた。リュートとしても国王の責務は果たすつもりなので、共に国を支え生涯を歩む伴侶を選ぼうとしていたのだが……。

「こうなったら俺の意見は押し殺して、皆が薦める令嬢を妃にするしかないか……」

「そういう手もありますけど、陛下は嘘が苦手ですからきっと王妃様を泣かせますよ」

「だよなぁ……」

サミュエルの言うとおりだ。

自分としても、「本当は自分のタイプではないけれど、結婚したからには慈しみ愛する」なんて器用なことができるとは思えない。誰もが不幸になる未来しか見えなかった。

かくしてリュート王は魔物討伐を行ったり政治を行ったりする傍ら、王妃候補の令嬢たちとお見合いをして――話が盛り上がらず気まずい空気のまま解散する、ということを繰り返していた。

だが、彼が二十二歳のときに行われた、魔竜討伐作戦。

そこでリュートは、運命の女性と出会った。

＊　＊　＊

「サミュエル。なぜ神官は結婚できないのだろうか」

「そりゃあ、女神様の愛娘だからでしょう」

神学の教科書を見れば最初の方のページに載っているだろう内容をサミュエルが述べたため、執務用デスクの前でぼんやりしていたリュートはうめいた。

「ああ、そうだよな……。だが、いいではないか。星女神様にはあんなにたくさんの娘がいるのだから、一人くらい俺がもらっても……」

「いや、だめでしょう。というか、本人にその気がないのに無理矢理連れ去りでもしたら、星女神教会を敵に回しますよ？　なんてったたって相手は、神官から頭一つ飛び出た聖女なんですからね」

「分かっている……」

リュートは、深いため息を吐き出した。

彼が今懸想《けそう》している女性の名は、ステイシー・リートベルフ。リートベルフ伯爵の娘で、星女神教会の神官だ。

先日行われた魔竜討伐作戦のキャンプで、リュートはステイシーと話をした。そうして……人生二十数年目にして初恋を経験したのだった。

ステイシーは貴族の娘でありながら快活な性格で、キャンプでの休憩中はぽんぽんとリュートと言葉を交わし、冗談を言い合って笑うこともあった。

かと思えば神官としての能力は非常に優秀で、魔竜の首を落として全身に毒の血を浴びたリュートを守護魔法で守り抜いた。彼女が魔竜に狙われた際は、「守らなければ」と本能的に体が動いた。

「あなた、国王でしょう！」と後でサミュエルからはうんと叱られたしリュートも反省しているが、あのときステイシーを守った行い自体は後悔していない。

思えば……あのとき既に自分は、ステイシーに恋をしていたのかもしれない。

明るく活発で、神官としても優秀。しかも調べたところ、星女神教会でもストイックに職務に励み悪人を懲らしめるステイシーは神官たちからの支持も得ており、大司教もことさら彼女を大切にしているという。

ということで、リュートはあろうことか女神の娘——神官である限りは独身と純潔を守らねばならない女性に、恋をしてしまった。

「まあ、神官や聖女でも還俗さえすれば結婚や出産も可能ですけどね」

サミュエルが助け船を出したため、遠慮なくそれに乗ったリュートは鼻息も荒くうなずく。

「ああ、そうだな！　本人が還俗を望めば、教会は神官を快く送り出すというよな！」

「そうです。でも、どうにもステイシー嬢は教会で生き生きと生活してらっしゃるようですし、還俗は望まないでしょうね」

「……」

国王、せっかくの勢いがものの数秒でそがれてしまった。確かにステイシーが還俗を希望するとは思えないし、万が一彼女が結婚を願ったとしても、還俗した神官を妻に迎えるには相当の覚悟が必要だ。

女神は自分の娘に甘く、娘を泣かせる男には容赦しない。神官が還俗してでも結婚したというのに幸せになれなかった場合、大司教は元神官の夫を破門することをためらわない。下級神官でさえそうなのだから、それが聖女であればたとえ国王相手であろうと、大司教たちはリュートを完膚なきまでに叩き潰すだろう。

サミュエルは、「美しい初恋には蓋をして、別の貴族令嬢と結婚するべきでしょうね」となぐさめのようなとどめのような言葉を吐くが、リュートはなかなかうなずけない。できることならステイシーを妃にしたいが、彼女を泣かせたり悲しませたりはしたくない。

リュートだって、自分の責務はよく分かっている。いつまでもステイシーへの恋心に引きずられて世継ぎ問題を後回しにするわけにはいかないから、最終的にはそこそこ折り合いの付きそうな令嬢と見合いをするしかないだろう。

だが、それまでは。もう少しだけ、この恋に浸っていたい。それだけが、リュートの切実な願いだった。

……のだが。

＊　＊　＊

「それ」を手にしたサミュエルはうめき——そして、駆けていった。

「……うぉい、マジかよ……」

「休憩中失礼します、陛下」

「入れ。……何かあったのか？」

「はい。……ステイシー嬢が、夫君《ふくん》を募集しているそうです！」

「……」

執務室に駆け込んだサミュエルを、リュートは静かなまなざしで迎えた。

だが……これは落ち着いているのではなくて、予想外の話を聞いて思考が停止しているだけなのだと、サミュエルは知っている。

「…………は？」

「繰り返します。ステイシー・リートベルフ伯爵令嬢が、夫を迎えるおつもりなのです！」

「……は、そ、な……何だと!?」

「こちら、ステイシー嬢の夫君の募集要項です」

「夫君の募集要項」

　サミュエルが持っていた書類を受け取ったリュートは、まずすさまじい速度でそれらに目を通した。そして、改めてじっくり各項目を読み直す。

「……」

「……」

「……なあ、サミュエル」

「何でしょうか」

「俺……希望を抱いてもいいんだろうか」

　書類から顔を上げたリュートは、声が弾みそうになるのを堪《こら》えられなかった。

　ステイシーが夫の条件として挙げたのは、以下のとおり。

・とろとろに甘やかしてくれること
・とびっきり優しいこと

・誠実で、浮気を絶対にしないこと
・ステイシーが家事を一切しないのを許可すること
・身長は三十八トル以上であること
・猫が好きなこと
・金持ち（少なくとも年収二十万クルル以上）であること
・筋肉質で、片手でレンガブロックを粉砕できること

「俺はステイシー嬢だけを愛し、とろとろになるまで甘やかし、優しくできる自信がある」

「ほぁい……」

「おい、間抜けな声を上げるな。それから……王妃になるのだから、家事をする必要はない。俺は高身長だし、猫なら既に何匹も飼っている」

「陛下、案外小動物が好きですよねー」

「可愛いからな。それから……金なら十分にある。そして――サミュエル！　すぐにレンガブロックを持ってこい！」

「なんかそう言いそうな気がしていたので、一つだけですが持ってきています」

「でかした！」

喜色満面で立ち上がったリュートは、サミュエルがどこからともなく取り出したレンガブロック

を受け取った。庭園などでもよく使われている、お手頃サイズのものだ。

「やるぞ！」

「お待ちください。シートを敷きますので」

「おまえはよく気が利くな、さすがだ」

サミュエルがせっせと足下にシートを敷いてから、リュートは利き手である右手でレンガブロックを摑み――

「……ふんっ！」

「……」

「……うおおおぉ！」

「お、割れましたね」

バァン、と奇妙な音を立てて、レンガブロックが割れた。おかげで、リュートが着ていた立派なジャケットが赤茶色に染まった。

「うーむ……一回では粉砕できなかったな。それに、割れただけで粉砕できたわけではない。これは、練習あるのみだな」

「ええ、はい。陛下ならいつかできるでしょうね」

ドアの外で待機していた使用人たちを呼んでシートの上を掃かせ、サミュエルはうなずいた。突っ込むよりももうこの国王のやりたいようにさせる方がいい、と悟りを開いた様子だ。

「それにしても、これらの条件はまるで俺自身を示しているかのようじゃないか。もしかしてステイシー嬢はこの条件を挙げることで、俺にアピールをしているのではないか？　還俗してもよいと思うくらい……俺のことを、好いてくれているのではないか……？」

「んあぁ……そうかもですねぇ……」

いい年をした国王がそわそわもじもじするのを死んだ目で眺めた後に、サミュエルは咳払いをした。

「あー……それじゃあ陛下は、ステイシー嬢に求婚すると？」

「する！」

「もし断られたらどうするんですか？　権力をもって無理矢理王妃にしますか？」

「しない！　なるべく穏便に口説き落とし、ステイシー嬢も納得してくれた上で婚約したい」

「……そうですか」

それまでは死んだ目をしていたサミュエルだが、ほんの少しだけ笑顔になった。いくら国王の腹心の近衛騎士でも、主君が清らかな聖女に無理矢理な関係を求めようとするのであれば忠言するつもりだったのだろう。

「よし！　では俺はレンガブロック粉砕の練習をして、万全の状態にしてからステイシー嬢に求婚しよう！　よいだろうか」

「んー……自分の娘を妃にしたがっている大臣とかは文句を言いそうですが、陛下が望んだ女性が王妃になるのが一番ですからね。それに元聖女なら権力もあるので、貴族たちにナメられることもないでしょう。後は陛下さえきちんとステイシー嬢を慈しめば、星女神教会ともよい関係を築けるから、かえっていいかもしれませんねぇ」

正直なところ、そこらの令嬢を妃にするよりずっといい。

ステイシーはなかなか気が強くていい意味で図太いようなので、彼女自身が納得して首を縦に振るのなら……おそらくとんでもなく強い妃になるだろう。

「……分かりました。陛下がここまで真剣になられるのですから……とことん協力します。大臣たちにも納得してもらえるよう、頑張りましょうかね」

「サミュエル……！　ああ、おまえのような部下を持てて、俺は幸せだ！」

「はは……。……あ、そうだ。念のため、身長を測っておきましょうか」

「ん？　ああ、そうだな。最近測っていないが、何トルになっているだろうか。三十九トルくらいあるだろうか？」

「どうでしょうかねぇ」

サミュエルは気の抜けた返事をするが、巻き尺を手にした彼はどこかうきうきしている様子だった。彼もなんだかんだ言って、主君の恋が叶いそうなことが嬉しいのかもしれない。

……だが。

身長測定後、執務室には床に膝を突いてうなだれる国王の姿があった。

「……サミュエル……どうしよう……。身長が、足りない……」

「ま、まあステイシー嬢も高身長の基準として三十八トルを指定したのでしょうし、少々低くても許してもらえるんじゃないですか？」

「ううむ……。……身長を伸ばすには、ミルクを飲めばいいのだっただろうか」

「そう言われていますが、さすがに陛下の年だともう無理ですよ」

「……」

身長は若干足りなかったものの、「だめだと言われたら諦めましょう」とサミュエルに言われたので、仕方ないものとした。

そしてリュートは練習の末についにレンガブロックを一撃で粉砕できるようになり、緊張しながら求婚の準備を進めてリートベルフ伯爵邸に向かった。

（……あなたの方から、少しだけ近づいてきてくれた。だから俺は誠意をもってあなたに求婚して……あなたから笑顔で諾《だく》の返事をもらえるようにする）

そう誓う若き国王は、初陣に向かう騎士の顔をしていた。

❁2章❁ 聖女、次期王妃となる

ステイシーはリュートのプロポーズを受け、彼の妃となることを決めた。

「では、俺たちのことを重鎮たちに報告し、その上で国民たちにも公表することになるが……その前に、リートベルフ伯爵夫妻にも報告せねばならないな」

「ええと、陛下。そのことについてですが……」

未来の義両親への挨拶ということでリュートは張り切っている様子だったが、ステイシーが待ったを掛ける。そしてしばらく彼と打ち合わせをした後に、二人は一緒に応接間を出た。

家族たちは別室で待機しており、肩を並べて――肩の高さは全く違ったが――やってきたステイシーとリュートを見て、伯爵が立ち上がった。

「へ、陛下。その、娘とはどのように……？」

「リートベルフ伯爵。私はステイシー嬢を妃に迎えることにした。彼女からも承諾の言葉をもらっている」

リュートがはっきりと言って、伯爵の方を見たまま器用にステイシーの肩を抱――こうとしたが、身長差ゆえに彼の大きな手がスカッと宙を掻いた。失敗をかましたリュートがショックを受けたのが分かり、ステイシーは肩越しに彼の手を握りそっと自分の肩に載せてやった。

リュートの言葉を聞き伯爵は「おおおっ！」と歓声を上げるが、ソファに座ったままの伯爵夫人はむっつりと目を逸らしている。彼女の両脇に座る異母弟妹たちも、居心地が悪そうにうつむいていた。

「感謝します、陛下！　愛娘のステイシーは気立てがよく、聖女としての能力も申し分ない、どこに出しても恥ずかしくない娘でして――」

「そのことだが。ステイシーから話を聞く限り、伯爵は王妃の父――ひいては世継ぎの外戚の祖父となるには少々心配な点があるようだな」

リュートの言葉に、伯爵だけでなく伯爵夫人たちもさっと彼の方を見やった。

いずれステイシーがリュートの子を産んだ場合、リートベルフ伯爵は未来の国王の祖父となる。

ここで、懸念するべき事項があった。

王子の「おじいちゃま」は、ともすれば大きな爆弾になりかねない。過去には若くて政治慣れしていない国王のもとに娘を嫁がせ、男子が生まれたらなんだかんだ理由を付けて孫息子を引き取って手元で養育し、権力を握ろうとした貴族もいた。

よって、王妃の実家には国王も注意を払う必要がある。王家に従順な忠臣であればよいが、そうでないなら――

明らかにびくっとした伯爵を見て、リュートは小首を傾《かし》げた。

「そなたは今、ステイシーのことを『愛娘』と呼んだな。だがステイシーから聞く限り、そなたがステイシーの父親としての責務を果たしているとは思えない」

「な、なにをおっしゃいますか!?」

「彼女の母は、田舎で寂しく娘を産んだそうだ。……そなたはステイシーが実母と暮らしている間、資金援助をしたり教育の機会を与えたりといったことはほとんどしていなかったそうだな」

リュートはゆったりと言葉を紡ぐが、それを聞くのに比例して伯爵の顔色はどんどん悪くなっていく。

「そして彼女を引き取った後も、これほど愛らしいステイシーの容姿にケチを付けただけでなく、父親として彼女を養育することもしなかったという。……婚外子とはいえ、このような扱いをした娘を今になって『愛娘』と呼べるものなのか？」

リュートは淡々と、しかし容赦なく指摘した。ステイシーがあてこすったときには素知らぬ顔を貫いた伯爵だが、国王からなじられたからか焦りを前面に出してきた。

「え、い……いいえ！　そういうことは、妻に任せていましたので……なあ、そうだろう、ゾーイ！」

夫に話を振られて、リートベルフ伯爵夫人・ゾーイはちらっとステイシーを見てから、おもむろにうなずいた。

「……はい。旦那様からステイシーを養育するよう命じられましたので、そのようにいたしました」

「そうだよな！」

「ああ、確かに伯爵夫人はステイシーのために衣食住の環境を整え、彼女の神官としての能力を生かし自立心を養わせるために神殿に預けたそうだな。……そなたの機転と愛情があったからこそ、私はステイシーと巡り会えた。感謝する、伯爵夫人」

そう言ってリュートが黙礼したからか、伯爵夫人は「えっ」と小さな声を上げて動揺をあらわにした。

「そ、そのようにおっしゃっていただくのも恐れ多いことでございます。わたくしは……ステイシーを実の娘のように愛せ、と旦那様から命じられましたが……この子たちのように慈しむことはできなかったのですから」

そう小声で言い、伯爵夫人は自分の実子たちの手をぎゅっと握った。まだ年若い弟妹たちは母を見て、「母上……」「お母様……」と不安そうな声を上げている。

「わたくしは……本当ならばステイシーの養母として、我が子たちと同様に愛情を注ぐべきでした。しかしわたくしは、この子たちと同じようにステイシーを愛することはできなかったのです。旦那様に命じられたから、最低限の世話をしただけでございます」

伯爵夫人は、震えながらもはっきりと言った。

もともと顔の造形は美しいが、ステイシーに向けるまなざしは冷たい女性だと思っていた。きっと彼女はステイシー越しにその母親の姿を見ているのだろうと、子どもながらに気づいていた。

（……でも、彼女がそんなに謙遜する必要はないわ）

「……陛下のおっしゃるとおりです」

ステイシーは一歩進み出て、気まずそうな養母に向かって言った。

「あなたが私を見捨てていたら、私は神官になる機会もなく静かに朽ち果てていたでしょう。ですがあなたは、私が生きていくために必要なものを全て与えてくれました。……それに、あなたが私や私の母を憎むのは、当然のこと。弟妹たちと同じ扱いだなんて、とんでもない。私が一人で生きていける年になるまで面倒を見てくれたこと……感謝します」

そう言ってステイシーが頭を下げると、伯爵夫人たちが息を呑む気配がした。

（ずっと、言いたかった）

もっとステイシーのことを憎んでもいいのに、罵倒する権利もあるはずなのに。伯爵夫人はステイシーのことを、一人の人間として扱ってくれた。

神殿に送り込んだのも……厄介払いでもあるだろうが、ステイシーが自分の才能を一番発揮できる場所に送ってくれたのだと、子どもの頃から分かっていた。分かっていたけれど……気恥ずかしいのと意地っ張りなのとで、言えなかった。

だが、今は……今だからこそ、言いたかった。

ステイシーがゆっくり顔を上げると、伯爵夫人はなぜか赤い顔でうつむいていた。娘がそっとハンカチを差し出すとそれを受け取り、目尻を拭っている。

「……わたくしは、あなたが嫌いです。あなたの母親も、嫌いです」

「はい」

「最初は、さっさと死んでしまったあなたの母の分も、あなたをいじめ倒してやろうと思いました。……でも、できなかった。あなたは何の罪もない、ただの子どもだったのですから」

（ええ、分かっております）

彼女にもたくさんの葛藤があっただろうに、最終的に伯爵夫人はその美貌で夫を誘惑した女の娘ではなくて、親の庇護《ひご》を求める孤独な子どもとしてステイシーを育ててくれた。それだけで、ステイシーは十分だ。

「……それでも私を育ててくださったことに、感謝します」

続いてステイシーは、ほぼ何も言わない弟妹たちを見やる。

「……あなたたちも。私みたいなのがいて邪魔だっただろうし、なんと呼べばいいのか分からなかったでしょう。伯爵夫人の心を煩わせるのは私だと、分かっていたよね」

「……」

「今まで、ごめんなさい。今さらあなたたちの姉面をするつもりはないけれど、私の存在を無視するにとどめてくれたこと、感謝するわ」

ステイシーにとって、この伯爵邸は実家という感覚はない。

ステイシーにとっての実家は既に取り潰されただろう、母と過ごしたあの田舎の屋敷で……その後の自分の帰る場所は、神官として鍛えてくれたあの教会だ。

（……で、ここまではいいとして）

ステイシーは、そわそわする伯爵に視線をやった。意識せずともまなざしがきついものになり見下すような目になってしまったが、仕方ないだろう。

「私、この家を出て行きます。伯爵夫人や弟妹たちはともかく、あんたを父親と思うつもりはこれっぽっちもないから」

「……え？　な、なぜだ、ステイシー！」

ここまでは自分の妻や子どもたちがステイシーに受け入れられていたからだろう、伯爵は寝耳に水だとばかりに驚いている。

「私は、おまえの父親だ！　それに母親が死んだ後も、引き取って……」

「ええ、引き取るなり私のことを罵りましたよね？　不細工は要らない、って。すみませんねぇ、私は父親似だったようで」

ふん、と鼻で笑ってやると、かつての自分の暴言により自らの容姿を貶すことになったと分かったようで、伯爵は怒り出す表情になった——が、ステイシーの隣にいるリュートを見るなり青白い顔色になり、ぷるぷる震えた。

「そ、そ、そのようなことは……！」

「ふむ……。女性の顔かたちを罵倒するなんて紳士にあるまじきことであるし、そもそもこんなに愛らしい女性のことを不細工だと言えるなんて、相当目が悪いのだろう。そのような者を義父と仰ぐのには不安があるな……」

リュートが、考え込みながら言った。最初からけんか腰のステイシーと違い、純真無垢なリュートが言うからこそ破壊力がすごかったようで、伯爵はショックを受けたようによろめいた。

「へ、陛下!? 私がいたからこそ、ステイシーが生まれて……！」

「私はそういうことを言いたいのではない。そなたは卵を食べるたびに、『こうして卵が食べられるのは、雌鶏《めんどり》のおかげだ』などと考えるのか？」

「え、ええと……」

リュートの例えが適切かどうかはともかくとして、彼はきりっとしたまなざしで伯爵を見据えた。

「伯爵。私は……私が見初めた女性を罵倒するような者とは、懇意にしたくない。これから王妃教育を行うだろうステイシーのことをそなたに任せるのは、かなり心配だ。よって、彼女は別の貴族のもとで養育させようと思っている」

「べ、別の貴族!?」

「ああ。ブルクハウセン公爵家だ。知っているか？」

リュートはあっさり言ってのけたが、それを聞かされた伯爵のみならず伯爵夫人や弟妹たちも、

「公爵家!?」と驚いていた。ステイシーは先ほどの打ち合わせの際に聞かされていたので今は驚かないが、それでも最初に提案されたときには聞き間違いかと思ってしまったものだ。

王妃となる女性の身分が低い場合、国王と結婚するための方法は二つ。

一つは、王妃の実家を格上げすること。もう一つ――たとえば王妃の実家に何らかの問題がある場合などは生家との縁を切り、高位貴族の養女にすることだ。リュートが提案し、またステイシーも同意したのが、後者の方法だった。

（……ブルクハウセン家は王家の血を継いでいて、当主である公爵閣下は陛下の従叔父《いとこおじ》にあたるのよね）

リュートの祖父にあたる三代前の国王には妹がおり、彼女が当時伯爵家だったブルクハウセン家に嫁いだことで公爵家に格が上がったそうだ。公爵家にはリュートのはとこにあたる公爵令嬢がいるのだが、彼女はステイシーと年齢が近いのできっとうまくやっていけるだろう、ということだった。

「ブルクハウセン公爵にはこれから話をすることになるが……まあ彼が断ることはまずないだろう。彼の承諾を得次第ステイシーはリートベルフ伯爵家から籍を抜き、ブルクハウセン公爵家の令嬢になって王妃教育を受けることになる。というか、そうすることに決めた。伯爵夫人には、異論はないか？」

リュートに意見を求められた伯爵夫人は一瞬だけ体に緊張を走らせたが、すぐに力を抜いて慎ましく目を伏せた。

「……ございません。ステイシーにとって最もよい環境へ送り出すことが……親としての役目でございますので」

「馬鹿なことを言うな、ゾーイ！　せっかく伯爵家から王妃を輩出できる機会を――」

「……ほぅら。やっぱりあなたは私のことを、便利な駒としか――自分が権力を握るための道具としか、思っていないのでしょう？」

ステイシーが意地悪く笑いながら言ってやると、妻に怒鳴っていた伯爵は真っ赤な顔でぶんぶん首を横に振った。

「そのようなことはっ！　……なあ、ステイシー。これからおまえが王妃になるために必要なものは全てそろえるし、必要な教育も受けさせてやる！　だから、リートベルフの名を捨てずに――」

「お断りです。……今までたぁいへんお世話になりました、おとーさま。『要らん！』って言われたことですし……私、この家を出て行きますね？」

我ながらイヤミったらしい笑顔で言うと、伯爵はわなわな震えた後にその場に膝を突き、「そんな」「こんなことなら」と泣き崩れ、伯爵夫人はそんな夫を冷ややかに見下ろしていたのだった。

伯爵邸を離れた後のリュートの動きは、素早かった。側近のサミュエルが「陛下って筋肉まみれなのに、あんなに俊敏に動けるんですねぇ」とぼやくくらい、速かった。

まず彼はステイシーを自分の居城である離宮に案内し、「疲れただろう、ゆっくり休んでくれ」と笑顔で言った。そのとおりなかなか疲れていたステイシーがおいしい茶を飲み菓子を食べリュートが飼っている猫たちと戯れている間に、リュートはブルクハウセン公爵邸に向かった。

ステイシーはそのときのリュートと公爵のやり取りをかなり後で聞かされたのだが、「俺の未来の妃を養女にしてくれ」「はい」で、話は一瞬でまとまったらしい。非常に物わかりのいい公爵である。

ステイシーが猫の腹毛に顔を突っ込んで癒やされていると、リュートが帰ってきた。彼の手には伯爵家との絶縁と公爵家への養子入りに関する書類があったので、ステイシーは猫を抱っこしたまそれぞれにサインをした。

それらを握りつぶさんばかりにしっかり持ったリュートはまたどこかに飛んでいき、ステイシーが菓子を食べて腹がいっぱいになり猫に包まれてうとうとしていると帰ってきた。そして、「全てつつがなく受理された。これからあなたは、ステイシー・ブルクハウセンだ」と嬉しそうに報告してくれた。

かくしてステイシーは国王からの求婚を受けて半日も経たずに伯爵家と縁を切り、次期王妃である公爵令嬢になったのだった。

なおステイシーは、実父はともかく養母や異母弟妹たちには謝礼を、ということで自分の給金から礼を贈った。

だが養母は「もう、あなたはわたくしたちとは他人ですので」と言って、頑としてそれを受け取ろうとしなかった。弟妹たちも、「もらう資格がありません」と、慎ましく辞退していたという。

一方、伯爵は「我々にはもらう権利がある！」と言って、妻子が辞退した分まで自分の懐に入れてしまったそうだ。

それを聞いたリュートは伯爵夫人やその子どもたちの態度に感銘を受け、ステイシーの家族ではなくなってもなお懇意にしたいと申し出た。一方の伯爵のあまりの強欲さにはさしものリュートも残念がり、「すまないが、そなたに仕事を任せたくない」と言った。わりと来る者拒まずで、どんなだめな部下でもそのよさを最大限引き出そうとするリュートは即位して初めて、事実上のクビを言い渡したのだった。

これにより、リートベルフ伯爵は家族から冷たい目で見られ社交界からもつまはじきにされた。面子《メンツ》を何よりも気にする伯爵にとって、皆から嫌われるというのは相当の痛手だったようだ。

彼はステイシーからもらった金だけを抱えて、逃げるように屋敷を出て行ってしまった。リュートはすぐに彼から伯爵位を剝奪し、ステイシーの異母弟である伯爵令息を跡継ぎに指名した。だが彼は未成年なので、成人するまでの補佐役として自身の忠臣をあてがった。

伯爵令息は父親を反面教師とした誠実な青年に育って、やがて自分の補佐役の娘を妻に迎えた。その妹である伯爵令嬢もリュートの紹介を受けて良家の令息のもとに嫁ぎ、夫と離縁した元伯爵夫人も子どもたちの巣立ちを見送ってから田舎に引っ越し、国王夫妻の活躍を遠くから見守りながら余生を送ることになるのだが……それはまた、別の話。

＊　＊　＊

ステイシーはリートベルフ伯爵家から籍を抜き、王家の血を引くブルクハウセン公爵家に養女として引き取られることになった。

(す、すごいお屋敷……！　というかこれってもはや、城じゃないの？)

リュートと共に馬車に乗って公爵邸を訪れたステイシーは、その絢爛豪華なたたずまいにぽかんとしてしまった。

貴族の屋敷ならリートベルフ伯爵邸で見慣れているし、教会の行事の一環で貴族たちの邸宅を訪問したこともある。またステイシーが聖女になってやりたい放題するようになってからは、いけ好かない貴族の邸宅に突撃して当主を締め上げて魔法で屋敷を半分壊したりもしたので、だいたいのことは知っているつもりだった。

だがそんなステイシーでもさすがに公爵邸級の邸宅にはお邪魔したことはないし、当然破壊したこともない。そしてこのブルクハウセン公爵邸は、とんでもない広さだった。

(うわぁ！　いくら郊外でも、こんなに広いものなの!?　池があるし、畑も、果樹園も……狩猟場所もあるわ！）

馬車が正面門をくぐってから屋敷の玄関にたどり着くまでの間に、いろいろなものが見られた。まるで一つの町のようにあらゆる施設がそろっているため、この公爵邸の中だけでボート遊びや狩猟ゲームなどができるだけでなく、十分暮らせそうだ。

目を輝かせて「あれは何でしょうか？」と尋ねるステイシーに、隣に座るリュートは一つ一つ丁寧に説明してくれた。彼は幼少期にこの公爵邸で過ごしたこともあるそうで、勝手が分かっているようだ。

「ブルクハウセン公爵家には、兄妹がいる。兄の方は俺より十ほど年上で屋敷を留守にしていることも多かったから、あまり話をしたことがない。だが妹の方……ドロテアは年も近くて、一緒に遊んだりもした」

「そうなのですね」

リュートの説明を受けたステイシーは、公爵令嬢・ドロテアを想像してみた。

（きっと、私とは全然違うすごい美人よね。きれいなドレスを着ていて、しとやかに微笑んでいて、小鳥と戯れるような可憐なお嬢様……。本当のお嬢様は扇子よりも重いものを持ったことがない、なんて冗談があるけれど、公爵令嬢までとなったら本当かもしれないわね）

子どもの頃に母が読み聞かせてくれた絵本には、そんなお姫様が出てきた。そして物語の締めくくりは、「お姫様は王子様と結ばれて幸せに暮らしました」というのがお決まりだ。なおそこに出てくる王子様はすらっとした優男風で、リュートとは全然似ていない。

「その方は、私の姉になるのですよね。……あれ？　妹でしたっけ？」

「ステイシーとドロテアは同い年だが、ドロテアの方が生まれは少し早いはずだ。だから一応、あいつが姉ということになるな」

「なるほど。では私は公爵家の末っ子になるのですね……」

伯爵家はステイシーにとって居心地のよい家庭ではなかったがそれはいいとして、当時のステイシーは三人きょうだいの長子だった。姉らしいことをした覚えはないがそれでも、長女からいきなり末っ子になるというのはなんだか不思議な感じがした。

（……でもドロテア様たちからすると、いきなり妹ができることになるのよね。それも、絶世の美少女とかならともかく、権力が大好きでその気になったら貴族の屋敷の一つや二つ、簡単に破壊するような女が――）

そう思うと、少しだけ不安になってきた。

「公爵閣下もそうですが、ドロテア様にも受け入れてもらえるかどうか、心配です……」

「ドロテアは……。……いやまあ、うん、きっと大丈夫だ」

そう言うリュートがなぜ少し歯切れが悪そうなのか、今のステイシーにはよく分からなかった。

屋敷の正面玄関に到着したため、ステイシーたちは馬車から降りた。玄関に立つとその壮麗さにめまいがしそうだったが、リュートは「中も、なかなかすごいぞ」と笑っていた。

もはや城と言ってもよさそうな大きさの屋敷の内装もまた、伯爵邸とは比べものにならないほどきらびやかだった。そして、リュートとステイシーを出迎えるべく使用人たちが玄関で整列していたのだが、ざっと見ても百人はいたはずだ。

「ようこそいらっしゃいました、陛下」

「ようこそ公爵家へ、ステイシー様」

「お嬢様のお越しを、心より歓迎いたします」

「ああ。皆、ステイシーをよろしく頼むぞ」

「……よ、よろしく」

慣れっこらしいリュートが堂々と言ったので、ステイシーも彼に倣って胸を張って応じた。つい敬語でしゃべってしまいそうになるが、令嬢は使用人に対して威厳のある命令口調でしゃべるものだと事前にリュートから教わっていた。

皆に傅《かしず》かれながら移動して、応接間に向かう。この屋敷に慣れているリュートはともかく、ステイシーは豪奢な家具や調度品の数々に目を奪われっぱなしだったし……ここが自分の「家」になることが、まだ信じられなかった。

「緊張します……」

「大丈夫か？」

茶を出した後でメイドが引っ込み、二人きりになった部屋でステイシーが不安を口にすると、すぐにこちらを向いたリュートが心配そうに眉を垂らした。

「もしどうしても苦しいのなら、今日は一旦帰らせてもらおう。ステイシーの体調が大事だ」

「そんなのだめです！　公爵閣下もドロテア様もお忙しい中、私のために時間を割いてくださっているのですから！　約束は守るべきです！」

そう言ってステイシーがぐっと拳を握ると、リュートは少し安心したように表情を和らげた。

「……それもそうだな。ああ、ステイシー。今みたいに元気いっぱいなくらいが、ちょうどいい。公爵家ということで緊張しているようだが、公爵もドロテアも素直な人間が好きだ。それにこれから彼らがあなたの家族になるのだから、猫を被るのではなくてありのままの『ステイシー』を見せてやった方が好印象だ」

「そうなのですね。……今の私なら、大丈夫ですかね？」

両手の人差し指で自分の両頬をつんつん突《つつ》きながら問うと、なぜかリュートはくわっと目を見開いて勢いよく顔を背《そむ》けた後に、こほんと咳払いをした。

（……あっ！　ちょっとおどけたつもりだったけど、さすがにあざとすぎたかな……!?）

「あ、あの、陛下……」

「……す、すまない。今のステイシーが、すごく……」

「……すごく？」

「……か、かわ――」

「失礼するわ」

リュートの言葉は途中から、ドアを勢いよく開ける音と凛とした女性の声にかき消された。リュートと同時に見やったそちらには、深紅のドレスを纏《まと》う若い女性の姿があった。

シャンデリアの明かりを受けて燦然《さんぜん》ときらめく銀髪は、見事な縦ロールを描いている。緑色の目は目尻がきゅっとつり上がっているため勝ち気な印象があり、赤く色づいた小さな唇やすんなりとまろやかなラインを描く喉元、折れそうなほど細い腰がえも言われぬ魅力を醸し出している。ただ、胸元はほとんど厚みがないようだ。

月の妖精かと見まごうような美女はつかつかと足を進めるとリュートを見て、鼻を鳴らした。

「あなたねぇ、人の家で何イチャイチャしていますの？　そういう空気の読めないところは本当に、昔から変わりませんのね」

「……おまえも、顔は可愛いのに吐き出す言葉が魔竜の毒の息並みに辛辣《しんらつ》なのは、昔から変わらないな」

「あらまあ、麗しの国王陛下にお褒めいただけて光栄ですわぁ」

「……おまえの口から『麗しの国王陛下』なんて言われたら、鳥肌が立つ……」

ぼそっと言ったリュートだが腕をさすっているので、冗談ではなく本当に鳥肌が立ったのかもしれない。

美女はリュートを冷たく見やってから、視線をステイシーの方に向けた。そして深紅のスカートを少し摘まんで、優雅に腰を折ってお辞儀をする。なんちゃって令嬢のステイシーでは逆立ちをしても敵《かな》わないような、美しい所作だった。

「お初にお目に掛かります、ステイシー様。わたくしはドロテア・デボラ・ブルクハウセンと申します。本来ならばまず父の方からご挨拶申し上げるべきではございますが、あいにく父は諸事情で執務室から出られず。無礼を承知ではございますが、わたくしが父の代理で挨拶に参りました」

「もったいないお言葉です、ドロテア様。私のことはどうか、ただのステイシーとお呼びくださ い」

緊張しつつステイシーが言うと、顔を上げたドロテアは微笑んだ。冴え冴えとした美貌の彼女ではあるが、笑顔はとても愛らしかった。

「では、ステイシーと呼ばせてくださいませ。……そこにいる筋肉バ――ではなくて麗しの国王陛下の妃になられるステイシー様を姉妹として敬愛できること、嬉しく思います。あなたが王妃としてふさわしい淑女になれるよう、お手伝いさせていただきますね」

「ありがとうございます、ドロテア様。こちらこそ、どうぞよろしくお願いします」

ドロテアのまねではないがドレスの裾を摘まんでお辞儀をすると、隣で咳払いをする声が聞こえた。

「それで……ドロテア。公爵閣下はどうなさったんだ？」

「ついさっきまではステイシーと会えると小躍りしていたのですが、少々調子に乗ってしまったようで……腰を痛めまして」

「……。……ああ、そういえば公爵は腰に持病があったな……」

リュートが遠い目になった。きっと今頃公爵は、腰の痛みにうめきながら執務室のソファで伸びているのだろう。

「……そういえばおまえ今、俺のことを筋肉バカと言おうとしたよな」

「あら、そうでしたか？　わたくし、過去のことは振り返らない主義ですので」

「いや、おまえはむしろどちらかというと、昔のことをいつまでもネチネチ引きずるタイプだと思うんだが……」

「おほほほ、陛下ったら。ステイシーの前でそのような戯言は、やめていただけませんこと？」

「俺は基本的に嘘はつかないんだが……」

リュートとドロテアは、ぽんぽんと言葉を交わしている。

彼らはとこの間柄で幼少期に遊んだ仲だそうだから、大人になった今もこうして気軽に会話ができるのだろう。国王と公爵令嬢という、皆の前では背筋を伸ばさなければならない二人なので、腹を割って話せる存在というのは貴重なのかもしれない。

（……ん？　いや、ちょっと待ってよ？）

……ステイシーの胸の奥が、そわっとした。

「……あのー、少しいいですか？」

「ああ、いいぞ」

「ええ、どうぞ」

リュートとドロテアの声が被った。二人は顔を見合わせ、「先に言ったのはこちらだ」と言わんばかりににらみあっている。……妙に気が合っている。

また、胸の奥がそわそわと落ち着かなくなる。

（もしかして、だけど……）

「お二人って、友人――以上の間柄だったりしませんよね？」

この先にこじれるよりはと思ってステイシーが問うと、最初二人は同じように首を傾げた。

「友人以上……？」

「……もしかして、わたくしがこのきんに――ではなくて陛下と、恋仲だとか？」

「ええと……そこまではいかずとも、お二人が幼い頃には婚約者候補だったとか」

「……あー」

ステイシーの問いにリュートが微妙な声を上げたため、「違う」の言葉を期待していたステイシーは少しショックを受けてしまった。

（……う、うん。でもまあ、公爵令嬢ならお妃にするのに申し分ないよね……）

だがステイシーが落ち込んだのが分かったからか、リュートはぐるんとステイシーの方を向くと、しっかりと肩を摑んできた。

「だ、だが、それは俺たちが子どもの頃に周りの大人たちが勝手に言っていただけだ！　俺の愛する人は、ステイシーだけだ！　ドロテアをそういう目で見たことは、一度たりともない！」

「そうですよ、ステイシー。……とはいえ、わたくしも初めて陛下にお会いしたときはちょっとだけときめいてしまいましたっけ」

やれやれとばかりに肩をすくめ、ドロテアはステイシーの向かいのソファに腰を下ろした。

「でも陛下って、子どもの頃から脳筋だったのです。わたくしはスマートな文学肌の殿方が好きなので、断固としてお断りしました」

「ああ、『こんな脳筋は嫌だ』って言われて、喧嘩になったな」

「あなたも、『俺も、おまえみたいなうるさいのは嫌だ』と言ったでしょう？　わたくし一人が悪いように言わないでくださる？」

「いや、お互い様じゃないか……」

リュートはぼそっと言うが、ドロテアは特に気にした様子もなく楽しそうに笑った。この二人、身分と立場の強さが真逆であるようだ。

「ということで、ステイシーは何も気にしなくていいのですよ。わたくしとしても、弟のように思っていた陛下がこんなに可愛らしいお嬢さんを見初めたことがとても嬉しくて。もちろん、あなたたちの恋も結婚も、心から応援しておりますからね」

「いや、俺の方が年上なんだが……」

リュートの訴えは届かなかったし、手つかずになっていた彼の紅茶はいつの間にかドロテアに取られていた。

魔竜をも屠《ほふ》る勇猛な国王陛下も、幼なじみの公爵令嬢には勝てないようだ。


その後リュートは、名残惜しそうにしながらも公爵邸を発つことになった。

「いいか、ステイシー。公爵家にいれば絶対に安全だが、何かあればすぐに俺に言ってくれ。あなたのためなら馬を駆り、すぐに飛んでくるからな」

「陛下……ありがとうございます。何から何まで、本当に」

「恋い慕うあなたのためなら、俺は何でもするさ。……じゃあ、また後日」

リュートはそう言って、ステイシーの右手をそっと取ってから手の甲にキスをし、馬車に乗り込んだ。

（陛下……）

まさに物語に出てくる王子様のような所作にステイシーは思わずきゅんっとしてしまったが、隣にいるドロテアは「あんな陛下、見たことないわ……」とぼやきながら自分の腕をさすっていた。

リュートが帰る頃にはブルクハウセン公爵の腰の痛みも少しはましになったようで、ドロテアに連れられて執務室に上がると彼に会うことができた。

ブルクハウセン公爵は「厳格」を体で表しているかのような見目の男性だった。娘と同じ銀色の髪やひげは獅子のようで、しかつめらしい表情とがっしりとした体軀《たいく》を前にすると、聖女として様々な経験をしてきたステイシーでさえ震えてしまいそうだった。

だが口を開いた彼は見た目を裏切るほどお茶目な男性で、「我が家に来てくれて、ありがとう！ 歓迎しよう！」とステイシーの両手を取ってにこにこ笑っていた。ドロテア曰く、公爵は城では王家に連なる血筋の大貴族として威厳に満ちた態度をしているので、屋敷ではリラックスしたいそうだ。

なおドロテアの母である公爵夫人は、かつて社交界の華として名を馳せた侯爵令嬢らしい。だがドロテアを産んでからは体調を崩しがちになったので、療養のために王都を離れ一年の大半を領地で過ごすようにしているそうだ。基本的には元気で、王都で社交ができない分領地で客人をもてなしたりパーティーを開いたりしているという。

公爵との挨拶をしてから、ステイシーは自分の部屋に案内された。「内装は、わたくしが選びました！」とドロテアが胸を張って言うそこは、予想していたほどきらびやかなものではなかった。どれも一級品だが全体的に落ち着いた雰囲気で、かと思ったらベッドに猫や小鳥の形をしたクッションが置かれたりしており、ステイシーの可愛い物好きの心をくすぐってきた。

しばらくすると夕食の時間になったが、いきなり公爵やドロテアと一緒に食事をするのはステイシーにとって負担になるだろうからと、しばらくの間は自室に料理を運んでくれることになった。

舌がしびれるほどおいしい料理を堪能して、たっぷりの湯に浸かって体を温め、風呂上がりにはメイドたち四人がかりで髪を乾かし寝間着にも着替えさせてもらい、ベッドに入る。

それほど贅沢はできなかったが伯爵令嬢として過ごした時期もあるし、聖女になってからは世話係の見習い神官が付いたため、他人に世話をされることにはそれほど抵抗がない。

（忙しい一日だったわ……）

メイドたちを下がらせて寝室に一人になったステイシーは、ごろんと寝返りを打った。聖女用の部屋にあったベッドもなかなかふかふかしていたがそれでも、この部屋のベッドほどではない。

ここ数日は本当に、ステイシーにとって怒濤《どとう》の日々だった。

リュートからプロポーズされて、リートベルフ伯爵家と絶縁する。それと同時にブルクハウセン公爵家の養女になり、こうして皆に傅かれながら世話を焼かれ、ふかふかぬくぬくのベッドに寝ている。

（今の私は公爵家の令嬢で……いずれ聖女を辞めて、王妃になる）

薄暗い天井に向かって、右手を突き出す。その手を特に意味もなく握ったり開いたりしていたステイシーは、少し目を細めた。

（まだ、信じられない。私が、クライフ王国の王妃になるなんて……）

国王の奥さんが王妃、というのは子どもの頃から知っていた。だがまさか自分が伯爵令嬢で、後に国王から熱烈に求婚されて国母となるなんて、幼少期の自分に教えても大笑いされるだけだろう。

本当に自分が王妃でいいのか、とリュートの肩を摑んでガタガタ揺さぶりながら尋ねたい。もっとふさわしい人がいるのではないか、ドロテアはだめでも他にもっといい人がいるはずだ、と念押ししたい。だが、ステイシーがなんと言おうときっとリュートは笑顔で、「あなたがいいんだ」と言うことだろう。

いずれステイシーは、あのたくましい体を持つ爽やかな青年と結婚して子どもを作る。聖女になるからには一生独身も十分覚悟していたというのに、いざそういう未来が目の前にあると思うと、胸の奥がむずむずするような不思議な気持ちになってきた。

（……でも、やると決めたからにはやる。お妃教育を頑張って、陛下の隣に立つにふさわしい妃になる。それで、陛下にうんと甘えて可愛がってもらって、私のやりたいように生きるのよ！）

よし、と腕を下ろしたステイシーは毛布にくるまった。

（明日からも、頑張ろう！）

＊　＊　＊

今のステイシーはブルクハウセン公爵令嬢であり、星女神教会の聖女でもある。

神官や聖女は、結婚する際に還俗しなければならない。還俗のタイミングは神官によって違うが、婚約してすぐに神官を辞める者もいれば、結婚式の前日までおつとめをする者もいる。

ステイシーは、ぎりぎりまで聖女を続けることを希望した。もちろん、すぐに還俗して淑女教育に専念するという方法もあったし、公爵はむしろそちらの方を勧めてきた。だが、「神官になりたい」という夢を叶えたのだからやれるところまではやりたいし、部下への引き継ぎなどにも十分時間を取りたかった。

そういうことでステイシーは結婚の直前に還俗する予定なので、それまでは聖女としての仕事と公爵邸での淑女教育を両立させなければならない。

「ステイシー、あなたに任務です」

「よっしゃ、どこの貴族をぶっ飛ばせばいいですか？」

「ステイシー、もう少し気品のある言い方をなさい」

「かしこまりました、大司教猊下《げいか》。どこの貴族をぶっ飛ばし申し上げればよろしいでしょうか？」

聖女のローブのスカート部分を摘まんでステイシーがにっこり笑うと、高齢の大司教はやれやれとばかりに肩をすくめてから持っていた錫杖で床を叩き、「フローデン子爵です」と告げた。

「フローデン子爵はたびたび教会へ寄進しておりますが、教会への金銭の寄附と称して領民から徴収した税額と寄進金額が一致しないとの報告が入りました。既に騎士団を向かわせて、関係者の捕縛にあたっています。ステイシーは教会代表として現地に赴き、必要とあらばその場を制圧してきなさい」

「ありがたく拝命します。私に逆らう者は、完膚なきまでに叩き潰して参ります。お茶の時間までには帰ります！」

ゆったりとした美しい聖女のローブを纏ってしとやかな笑みを浮かべるステイシーだが、その発言内容はなかなかえげつない。だがステイシーを少女時代から見守っていた大司教は慣れっこだったし、周りの神官たちも「あー、その子爵、終わったわ」のようなことをぼやくだけだった。

そうして部下の神官たちを連れて意気揚々と教会を出発したステイシーは宣言通り、午後のティータイムに間に合う時間には帰ってきた。

「ただいま戻りました。子爵は教会への寄進を理由に重税を課し、その増税分を自分の豪遊にあてていたようです。相手は最初、騎士団相手には強気で食ってかかっていたくせに私の姿を見るなり手のひらを返したので、ぶっ飛ばしてきました。子爵邸は半壊しましたが」

「よろしい。教会への寄進を理由にして不正を働く者など、許してはなりません」

そう言って、大司教は慎ましく祈りを捧げた。

「お疲れ様です、ステイシー。まずは食事を取り、それから見習いたちの訓練も兼ねた近郊の魔物退治の様子を見に行ってくださいませんか」

「もちろんです！　夕食までには必ず帰ります！」

そうして遅めの昼食とティータイム用の茶菓子を食べたステイシーは元気よく出発して、教会の厨房からシチューの煮えるいい匂いがする時間には帰ってきた。

「ただいま戻りました。見習い神官たちは協力して魔物を倒しましたが、帰り道ではぐれの小型竜が襲ってきたので、私が倒しました。うっかり頭部を潰してしまったので角の確保はできなかったのですが、爪と皮は剝《は》ぎ取って工房に送っています」

「よろしい。竜の皮などは貴重な資源になりますからね、助かります」

そう言って、大司教はしとやかに祈りを捧げた。

「お疲れ様です、ステイシー。今日の職務は、以上です」

「まだまだ働けますよ？」

「いいえ、あなたには他にもするべきことがあるでしょう。あなたは魔力はともかく、体力は人並みですからね。無理はせずに帰宅しなさい」

大司教は顔の皺《しわ》を緩めてにっこりと笑った。いつもおっとりとしている大司教だが、彼女の言葉には有無を言わせぬ響きがある。

噂では彼女も神官時代はなかなか豪胆な性格で、魔物をちぎっては投げちぎっては投げしていたそうだ。だが、その真偽を本人に聞いた神官は次の日には教会から姿を消しているという噂があるため、さしものステイシーも尋ねたことはなかった。

(私も前は、大司教様みたいな年の取り方をしたいって思っていたわね)

大司教の言葉に甘えて帰宅準備をしながら、ステイシーは思った。

ステイシーの魔力は非常に高く、このままだと司教には間違いなくなれるだろうと言われていた。

ステイシーとしても、星女神教会のトップである大司教はともかく、司教になればもっと権力を手に入れられるな……とは思っていた。

(そんな私が、今は公爵令嬢で……聖女としての仕事と淑女教育を両立させているなんて、本当に信じられないわね)

ふふっと笑ったステイシーは荷物をまとめ、世話係の見習い神官たちに挨拶をしてから教会を出た。大階段を降りた先の広場では既にブルクハウセン公爵家の馬車が待っており、それに乗って屋敷に帰る。

ステイシーが公爵令嬢となって、半月が経過した。最初の頃はなんちゃってではないお嬢様生活に慣れるのに必死で、頭も体も疲れ切っていた。

だがステイシーはもともと要領はいい方だし物覚えもよいので、コツを掴むことができた。それに、結婚ぎりぎりまで聖女の仕事を続けると決めたのは自分だ。決めたからにはやろうと努力し、なんとか両立できるようになっていた。

「……だめです。ナイフの音を立ててはなりません。やり直し」

「……はい」

「すぐにうつむく癖をやめましょう、ステイシー。今のあなたはとてもか弱く見えます。それでは、相手につけいる隙を与えるだけです。実際のあなたはなかなか豪胆ですが、ともすれば『国王陛下は、都合が悪くなるとすぐにうつむく女を妃にした』と思われます。虚勢を張ることも時には必要なのですよ」

ぱしん、と手のひらに扇をたたきつけるドロテアの言葉は、容赦がない。だがとても理にかなっていて正しいので、ステイシーはうなずいて顔を上げた。

今、ステイシーの前には魚のソテーの載った皿がある。よく肥えた川魚には数種類のハーブを混ぜたソースが掛かっており、その香りが食欲を刺激してくる。皿の大きさのわりに魚はちんまりとしているが、この一品だけで一般家庭四人暮らし一回分の食費をゆうに上回るという。

だが、食事を開始してもう一時間以上経つというのに、ステイシーはまだその魚を一口も食べられていない。

（くっ……！　魚料理をお行儀よく食べるより、貴族の屋敷を破壊したり魔物を倒したりすることの方がずっと楽だわ！）

ナイフとフォークを持つステイシーの手は、ぷるぷる震えている。まだ目の前の魚は少し切れ目が入っただけで、ステイシーが食べる段階に至っていない。ドロテアの「だめです」の言葉がすぐに飛んでくるためだ。

なおこの魚料理は本日の夕食の一品だが、それ以外の料理は既に食べている。「今日は魚料理の食べ方の練習です」とドロテアは言ったが空腹状態で淑女教育を施すつもりはないようなので、厳しいがとてもよい先生だとステイシーは思っている。

「はい、もう一度。……念のため言いますが、お魚は片面を食べた後にひっくり返すのではなくて、骨を取り除いて反対側を食べますからね」

「うっ……気をつけます」

淑女教育を始めて間もない頃、「今のあなたがどれくらいの力量なのか、確かめますね」とドロテアが言ったため、ステイシーはいつもの調子で——だができるだけ上品に見えるように努力しながら、食事をした。

それを見ていたドロテアは、「今のあなたが宮廷晩餐会《ばんさんかい》に出たら、来賓たちは席を立って出て行ってしまうでしょうね」と冷静に評価した。そのときにステイシーはナイフとフォークでよいしょ、と魚をひっくり返したため、ドロテアは目を見開いていたし側で給仕をしていたメイドたちもステイシーの皿をまじまじと見ていたものだ。

(……や、やっと食べられた……！)

食事を終えたステイシーは、ふらふらしながら自室のベッドに倒れ込んだ。魚料理が目の前に出されてからそれを食べきるまで、一時間は掛かった。ドロテアも、「……まあ、今回はこれくらいでいいでしょうか」とぎりぎりの及第点をくれた状態だ。もちろん、魚は冷え切っていた。

(料理なんて、おいしそうに食べればそれでいいじゃないって思うけれど……王妃になるのなら、そうもいかないのよね……)

一瞬だけ、「魚料理を自由に食べることもできないのなら、王妃になんてなりたくない」という考えが浮かんでしまったが、ぼすっと枕を叩いて考えを振り払う。

（一度決めたんだから、絶対にやめない！　公爵閣下にもドロテア様にもご迷惑をおかけしているんだし……陛下にも、きちんとした私を見てもらいたい）

中途半端にするのは、ステイシーのプライドが許さない。万が一プライドが許したとしても、リュートの笑顔を前にすると中途半端な自分が情けなくなってしまう。

枕に顔を突っ込んでじたばたしていると、寝室のドアが遠慮がちにノックされた。「どうぞ」と入室を許可した後にドアを開けたのは、ステイシー付きになった若いメイドだった。

「……失礼します、ステイシー様。ドロテア様がいらっしゃっています」

「ドロテア様が？」

枕から顔を上げて問うと、メイドはゆっくりうなずいた。

（何のご用事かしら……？）

そう思いながら身仕度を整えてリビングに行くと、そこには既にドロテアの姿があった。しかも彼女の前のテーブルには、銀色の覆いが掛けられた状態の皿がある。

（……はっ！　もしかして、さっきの勉強内容が身についているかの、抜き打ちテスト……!?）

見習い神官時代にも、抜き打ちテストを受けたことがある。たいていはその日に学習した神学書や魔法の復習で、それが達成できなかったら追加の課題をくらっていた。

なお、ステイシーは魔法に関してはともかく神学書の暗唱などはとても苦手だったので、これに関してはよく追加課題をもらっていた。

　皿を見て臨戦態勢に入るステイシーを見て、ドロテアは手招きをした。

「夜に失礼するわ。まあ、お座りなさい」

「……はい」

「せっかくだから、あなたと一緒にこれを食べたくてね」

　ソファに座ったステイシーがごくっと苦いつばを呑む中、メイドが銀色の覆いを外し――皿の上に載った数々のスイーツを見て、ステイシーはあれ、と首を傾げた。

「魚じゃない……？」

「……。……あなたまさか、夕食で勉強した内容の復習をしに来たとでも思っていたの？　わたくし、そこまでの鬼教師ではなくってよ？」

　ステイシーの言わんとすることを察したらしいドロテアは呆れたように言ってから、こほんと咳払いをした。

「……で、でも、あなたがそこまで警戒しているのは……その、わたくしがちょっと厳しくしすぎたからかもしれないし……」

「あの、そんなことはありませんよ。ドロテア様は確かに厳しいですけれど、どの指摘も的確で大変勉強になりますし」

「そう言ってくれるのなら、よかったわ。……それで、あなたも聖女としての仕事の後での淑女教育で、疲れているでしょうし……甘いものでも食べないかと思ったの」

ほら、とドロテアはスイーツを手で示す。ブルクハウセン公爵家のパティシエが丹精込めて作った菓子は、まるで一つの芸術作品かのようだ。

「もちろん、無礼講で構わないわ。王妃だって人間ですから、プライベートな場では気楽な気持ちでいてしかるべきですからね。……それに、あなたがうちに来てからばたばたしていたし……たまには、ゆっくりお菓子を食べておしゃべりをする時間があってもよいと思うの。ほら、わたくしたち……姉妹ですし」

「ドロテア様……！」

思わず声を弾ませてしまったが、ドロテアはぷいっとそっぽを向いた。おかげで顔のほとんどは銀色の巻き毛で隠れてしまったが、わずかに見えた頬はほんのりと赤く染まっていた。

すぐにメイドが寄ってきて、二人分のお茶の仕度を始めた。ドロテアは面倒見がよくて世話焼きのようで、どの菓子がおいしいだろうかと迷っているステイシーに、「これはベリーソースが甘いわ。苦いのがいいのなら、こっちのがおすすめよ」とそれぞれの説明をして、自らトングを持ってステイシーの皿によそってくれた。

(普通なら、公爵家のご令嬢がすることではないけれど……ドロテア様、すごく楽しそう)

先ほど彼女が言ったように、王妃だろうと公爵令嬢だろうと、公の場ではぱりっとした態度で臨むが、個人的な場所ではうんとリラックスすればいい、ということだろう。それが分かるとステイシーも肩の力を抜き、とろけるほど甘い菓子を堪能することができた。

「……ああ、そうだわ。ゲルダ、あの手紙をここへ」

ドロテアがメイドの一人に指示を出すと、一旦席を外した彼女は間もなく、銀のトレイを手に戻ってきた。その上には、開封済みの手紙がある。

「これ、今日の夕方に届いたものよ。……陛下からあなたへの、ラブレターね」

「ラぶっ!?」

何の手紙かな、と気楽な気持ちで見ていたステイシーは、あやうくカップケーキの上に載っていた砂糖菓子を喉に詰まらせるところだった。

(ラ、ラブレター! 名前は聞いたことがあるけれど、私がそれをもらう日が来るなんて……!)

これまでにステイシーがもらったことのある手紙は、伯爵家からのものと仕事関連のものと神官仲間からのもの、それから逆恨みした貴族からの脅迫状くらいだ。

誤飲しかけた砂糖菓子を奥歯でバリバリ噛み砕いたステイシーは、ドキドキしながらメイドから手紙を受け取った。

封筒は指先で触れただけで分かるほど上質で、表には「ステイシー・ブルクハウセン嬢」との宛名、裏面にはリュートのサインがあった。だが、ステイシーが想像していた「ラブレター」と違い、見た目は全体的にあっさりしている。

「ラブレター……なのですか？」

「婚約者から贈られてきた手紙なら、どんなものでもラブレターになるのではなくて？」

「そ、そうですね……」

（もしかしてドロテア様って、結構夢見がちなのかしら……？）

だがそれを指摘するのは野暮だと分かっているステイシーは曖昧にうなずくだけにして、便せんを取り出した。便せんもまた一枚でもそれなりに重量のある高級紙で、さすが国王陛下だと唸《うな》ってしまう。

（……もしかしてドロテア様がおっしゃったような、強烈な愛の言葉がしたためられていたり……？）

だがステイシーの予想を裏切り、内容も至ってシンプルで事務的だった。ステイシーが無表情で手紙を読んだからか、ドロテアがおもむろに聞いてくる。

「陛下は、なんと？」

「……今度、陛下と一緒にアロイシウス様のお見舞いに行かないか、というお誘いです」

「……ああ、なるほど。アロイシウス様のもとにも知らせは行っているでしょうが、二人そろってご挨拶に伺うべきですものね」

最初は興味深げだったドロテアだが、すぐに真面目な顔になった。

（アロイシウス様……陛下のご実兄ね）

年齢は確か、リュートよりも四つほど年上。先々代国王が病により早期退位したことで若くして即位し、その数年間の治世で見る見るうちにクライフ王国を栄えさせた。先々代国王の実力が云々《うんぬん》というより、アロイシウスが飛び抜けて敏腕だったからだとされている。

彼は相当な切れ者だったようで、先々代国王時代に問題になっていた税制度や雇用制度、災害地域の復興支援などの諸課題を瞬く間に解決させていった。星女神教会とのつながりはそれほど強固なものではなかったがほどよい距離感といった感じで、ステイシーたちにとっても活動しやすい環境だった。

そんな彼は落馬事故で下半身不随になり、弟に譲位して離宮で静養している。

「アロイシウス様は足がお悪いとのことですが、ご挨拶に伺った際に私が特に気をつけるべきことなどはあるでしょうか」

ステイシーが問うと、ドロテアは少し沈痛な面持ちになった。

「……そう、ね。これは、一般市民には知られていないことだけれど……アロイシウス様は足がお悪いだけでなくて、事故の後遺症で脳にも影響が及んでいるとされております」

「脳にも……？」

脳への影響、と聞いてステイシーが思い浮かべるのは、言語障害や身体の麻痺などだ。ステイシーたちの魔法には傷病者を癒やす力はないが、たまに負傷した騎士や病になった旅人などが教会に運ばれてくることがあるので、最低限の手当の方法や病気の知識は備わっていた。

ステイシーが知っていることを述べると、ドロテアはうなずいた。

「そう、脳への影響といったらいろいろあるけれど……アロイシウス様の場合は、意識が混濁なさることが多いそうです」

「……なるほど。落馬の際に頭も打ち、脳震盪《のうしんとう》が起こったのかもしれませんね」

「ええ、そう言われています。お元気な日が多いそうだけれど、一日中ぼんやりとなさることもあるそうです。会話には特に支障はないそうだけれど、ご負担も大きいでしょうからあまり長居はしない方がいいでしょうね。それから、お話をする際には小難しい言葉をだらだらと言うより、短く簡潔にしゃべる方がいいわ」

「なるほど……」

「……といっても、あなたはとても気持ちがよくてはきはきした女性だから、その点は問題ないわ。アロイシウス様にとっては小声でぼそぼそしゃべられるより、あなたみたいな大声でしゃべってもらう方が聞き取りやすいでしょうし」

「……私、そんな大声でしょうか？」

　不安になってきたので問うと、ドロテアはふふっと上品に笑った。

「ええ、淑女らしからぬ、と言えばそれまでね。……でもわたくし、はきはきしゃべるあなたがわりと好きよ。それはきっと陛下もだから……もしあなたが小声で慎ましくしゃべる令嬢になったら、陛下はきっととても残念がるわ」

「……」

「だからね、あなたはそれでいいの。しっかりするべきときにはしっかりして、リラックスするべきときにはリラックスする。そうでもしないと、社交界なんてやっていけませんからね。……それよりも！」

そこまでは穏やかな口調だったドロテアは急に目尻をつり上げ、ステイシーの手にある手紙をじろっとにらんだ。

「……せっかくのラブレターなのに、色気のないことしか書かないなんて！　あなたに淑女教育を施すのと同時に、陛下も紳士教育を受けるべきではないかしら！」

「……でも、今回は事務連絡のために書かれたのでしょうし」

「だとしても、一言くらいは婚約者への愛の言葉を囁《ささや》くべきでしょう！　本当に、頭の中まで筋肉なのですから……！」

ドロテアはぶつぶつ言いながら、カップケーキをナイフで切り分けている。少々恋愛に夢を見ている様子のドロテアからすると、事務連絡に終始したリュートからの手紙はいただけないものだったのだろう。

（……確かに、色気のない手紙ではあるわね。でも……）

リュートの無骨な字が書かれた便せんを、ステイシーはそっと撫でた。

（私は、今の陛下がいいと思うな……）

彼は、大声でだらしないところもあるステイシーを好いてくれた。

だからというわけではないが、ステイシーもまた飾らないリュートの魅力を見ていきたかった。

＊＊＊

数日後、ブルクハウセン公爵邸の前に立派な馬車が停まった。

王家の紋章入りの旗を掲げたそれに乗ってきたのは、若き国王リュート。王族の略式正装であるジャケットの胸元は筋肉でぱつんぱつんで、腰回りもがっしりとしている。上半身だけでなく、スラックス越しでも足の筋肉の見事さが見て取れるようだ。

何かが違えばむさ苦しいだけの大男になるだろうが、出迎えてくれた公爵家の使用人たちに爽やかな笑みを振りまくその顔立ちも整っているので、近づけば汗臭いどころかレモンやライムの香りがしそうな清涼感さえ漂っていた。

「……いつ見ても、あの変貌には驚きよね。陛下、しゃべらなければ十分爽やかな好青年に見えるもの。頭の中は筋肉だけど」

「……」

「ほら、愛しの婚約者様がお待ちよ。胸を張って行きなさい、ステイシー」

「……は、はい。行って参ります」

気だるげに窓の外を見ていたドロテアに背中を押され、ステイシーはぎくしゃくしつつリビングを出た。廊下にいた使用人たちは「いってらっしゃいませ、お嬢様」「お気を付けてください」と優しく声を掛けてくれる。

養父である公爵には既に挨拶をしているが、彼はドロテアと並ぶ着飾ったステイシーを見て、「我が家にこんな愛らしい娘が二人もいるなんて！」と感涙していた。見た目は厳《いか》つい公爵だがドロテアや使用人たちが呆れるほどの親馬鹿だったようで、既にドロテアとおそろいのステイシーのドレスを何着も注文させていた。

先代国王の離宮への訪問ということで、今日のステイシーは派手すぎず地味すぎない深緑色のドレスを着ていた。

最近流行の臀部《でんぶ》を膨らませたデザインで、幾重にも重なった布地が漣《さざなみ》のようなドレープを生み出している。胸元は慎ましく隠していて、きつすぎない程度にコルセットを巻いているので腰や胸元の形がきれいに出ている。なお着付けを見守っていたドロテアは、「わたくしだとこういうデザインのドレス、着こなせないのよね」と自分の胸元を見下ろして寂しそうにぼやいていた。ステイシーは、聞こえないふりをしておいた。

髪は低い位置でまとめて小さめのハットを被り、使用人から渡された日傘を手に玄関に出る。馬車の前にいたリュートはステイシーを見て顔をほころばせた――が、いきなりぎゅんっと厳しい顔になった。

（な、何かしら？　私、変なところがあった……？）

「……あ、あの、陛下……」

「……ああ」

「……ごきげんよう。本日は、どうぞよろしくお願いします」

彼の反応は気になるもののドロテアから教わったとおりのお辞儀をすると、背後のサミュエルにどつかれたリュートがはっと目を丸くして、大きく深呼吸した。

「っ……あ、ああ、こちらこそ、よろしく。……」

「陛下？」

「いや……すまない。今の俺は一瞬、意識が遠のいていた」

「……わ、私、無意識のうちに魔力を流していましたか……？」

ステイシーは聖女となるにふさわしい魔力とコントロール力を備えているが、下級の神官だと自分の魔力を無意識に垂れ流してしまうことがある。その魔力は神官や聖女たちにとってはなんともないが、魔力に耐性のない者だと体調不良を起こしたり気分が悪くなったりすると言われていた。

気が緩んでしまったのだろうかと焦るステイシーだがリュートは首を横に振り、「その……」と目を逸らしつつ言った。

「あまりにもあなたが神々しく美しくて……星女神がお出ましになったのかと思ってしまった」

「…………えっ？」

「あ、いや、悪い意味ではないからな！　あなたは聖女のローブ姿も華やかなドレス姿も似合っていたが……落ち着いた配色のドレスさえ着こなす美しいあなたに、つい見とれてしまった。心配させてしまい、すまない」

リュートはそう言って、律儀に頭を下げた。そうすることで彼の後ろに立っているサミュエルの姿が見えたが、ぴしりと背筋を伸ばして立っている彼の目は仰角《ぎようかく》八十度のあたりをぼんやりと見つめていた。

（……ええと？）

つまり、リュートが若干挙動不審だったのはステイシーの身だしなみに問題があったからなどではなくて、まるで星女神と見まごうほどステイシーが美しかったからで……。

ぼん！　という音が立ちそうな勢いで、ステイシーの顔が熱を放つ。今、自分の顔を見ることはできないが、きっとみっともないくらい赤く染まっていることだろう。

ドロテアはリュートからの手紙について、「一言くらいは婚約者への愛の言葉を囁くべき」と言っていたが……心配ご無用だ。リュートは持ち前の素直さと天然さを遺憾《いかん》なく発揮し、最大出力の褒め言葉でステイシーをぶん殴ってきたのだから。

（か、顔が熱い……！）

ぽんぽんと熱を放つ頬を両手で押さえていると、リュートが腰をかがめて顔をのぞき込んできた。

「ステイシー、顔が赤いな。もしかして……」

「……」

「少し、化粧を濃いめにしていたのか？」

「違います」

相変わらずリュートは少々ずれているが、そういうところがまた彼らしいので指摘しないことにした。

先代国王アロイシウスの住居である離宮は、王都から馬車で四半刻ほどの場所にあった。

もともとは王族女性が出産などの際に使う場所らしくて、季節を問わず花が咲き乱れており庭園を流れる小川で船遊びができたりする、なかなか過ごしやすい場所だという。

「ようこそいらっしゃいました、陛下、ステイシー様」

「アロイシウス様がお待ちです」

離宮仕えの使用人たちがお辞儀で二人を出迎えて、リュートが鷹揚《おうよう》にうなずいた。

「今日の兄上のご様子はどうだ？」

「朝から元気になさっています。お二人にお会いできることを、とても楽しみにしてらっしゃるご様子でしたよ」

「それならばよかった」

リュートがほっとしたように言ったので、ステイシーもなんとなく安心できた。

（陛下はアロイシウス様と兄弟仲がよろしいようだし、元気そうなお姿を見られるのなら嬉しいわよね……）

使用人に案内されて離宮内を歩いたが、開放感があり心地のよい空間だった。王城よりも静かで牧歌的な雰囲気だが、療養中のアロイシウスにとってはにぎやかな場所より、これくらい穏やかな場所の方がよいだろう。

寝室には、ベッドに上体を起こして座る男性の姿があった。髪の色は弟と同じ赤茶色だが、彼の方はほとんど癖がなくて肩先くらいまでの長さで、髪の房を左肩に流すような形で結わえていた。こちらをじっと見つめる目は青色だが、その目元や目つきは弟に似ていた。

白い部屋着姿の先代国王・アロイシウスは微笑み、軽く手を振ってきた。

「ようこそ来てくれた。……すまないが、足が悪くてな。こちらに来てくれるか」

「はい、お邪魔します」

「失礼します、兄上」

アロイシウスに招かれて向かったベッドサイドには既に、二人分の椅子が置かれていた。同じデザインだが片方が明らかに大きいので、そちらが大柄なリュート用だろう。

「書面ではご報告しましたが、改めてご紹介します。こちらが俺の婚約者の、ステイシー・ブルクハウセン嬢です」

「お初にお目に掛かります、アロイシウス様。ブルクハウセン公爵家のステイシーでございます」

リュートの紹介を受けてステイシーがブルクハウセン姓で名乗ると、アロイシウスは穏やかに微

笑んだ。

「ああ、よろしく。……しかし、驚いたな。あのリュートが自力で花嫁を見つけただけでなく、その女性が星女神教会の聖女だったとは。ステイシー嬢、弟は婚約者としてしっかりしているか？」

「もちろんでございます。陛下は私にはもったいないくらい素敵なお方で、陛下をお支えできることを心より嬉しく思っております」

アロイシウスに話を振られたため緊張しつつも正直な気持ちを伝えると、彼は満足そうにうなずいた。

「そう言ってもらえると、なんだか私も嬉しくなってくる。……リュート、おまえは気さくで人当たりのいい自慢の弟だが、少々抜けているところがあるからな。ステイシー嬢ならおまえの足りないところを補填《ほてん》し、なおかつおまえのいいところを存分に引き出してくれるだろう」

「……ええ、俺もそう思っています」

「しかし、あのリュートが結婚か……。おまえはとてもいいやつなのだが、昔から真面目すぎるところがあったな。もう少し遊べばよいと言っても、『私には、そういうことはまだ早いので』としか言わなかっただろう？」

「しかし真面目を貫いたからこそ、こうして心から愛する女性と巡り会えたのですから、それでよかったと思っています」

「はは、なかなか言うではないか」

兄と言葉を交わすリュートは、穏やかな笑みを浮かべている。彼はもともと感情表現が豊かだが、今の彼の横顔からは兄と会話ができて嬉しいという気持ちがあふれているようだった。

（ああ、守りたいわ、この笑顔……）

少年のように無邪気な顔の婚約者を見て、ステイシーはそう思った。

その後しばらくアロイシウスと近況報告などを行ったが、しばらくして彼はうとうとし始めた。するとと壁際に控えていた侍従がそっと寄ってきて、「アロイシウス様はお疲れのようです」と教えてくれた。

「……すまない、二人とも。君たちをもっともてなすべきなのだが……」

「滅相もございません。こうしてアロイシウス様とお話しする機会を設けてくださっただけで、十分でございます」

「ああ。兄上はゆっくり休んでください。またお体の調子がよさそうな日に伺いますし、手紙も書きます」

「……そうだな。また、君たちの仲良さそうな姿を見られることを、期待している。それから……ステイシー嬢」

「はい」

名を呼ばれたのでアロイシウスにもよく見えるようステイシーが少し身を乗り出すと、彼は穏やかに微笑んだ。

「……君なら、リュートをうまく支えられるだろう。どうか、弟を頼む」

それは、兄が弟を心配する言葉として、なんらおかしなものではない。だが――そう告げたときのアロイシウスは、それまでの少しとろんとしたようなまなざしから一転して真剣な様子で、目がきらりと怪しげに輝いた気がした。

（……気のせいかしら……？）

そのまなざしにぞくっとしつつも、ステイシーはうなずいた。

「……もちろんでございます。陛下と二人で、頑張ります」

「ああ、そう言ってくれて助かった。……二人仲よく協力して、頑張ってくれ」

アロイシウスがそう言ったところで、寝室のドアがノックされた。

「……失礼します、アロイシウス様。メラニーでございます」

「ああ、ちょうどよかった。入ってくれ」

アロイシウスが入室を促すと、小柄な女性が入ってきた。

金色の巻き毛を優雅に結い上げており、目の色と同じ若草色のドレスが細い肢体を包んでいる。貴族の女性らしく色白で背も低いためどことなく儚そうで、突風が吹けばそのまま倒れてしまいそうなたおやかな女性だ。大司教から「あなたなら、どんな強風を受けてもたくましく踏ん張れそうですね」と言われるステイシーとは、真逆の雰囲気の美女である。

（この方が、アロイシウス様の奥方のメラニー様ね）

メラニーはステイシーを見ると手に持っていた扇子を広げ、ふんわりと愛らしく微笑んだ。

「お初にお目に掛かります、ステイシー・ブルクハウセン様。アロイシウス様の妻の、メラニー・ランメルスでございます」

「お初にお目に掛かります、メラニー様」

「メラニー、悪いがリュートとステイシー嬢を外まで送り届けてくれないか」

「ええ、もちろんでございます」

夫の指示をメラニーが喜んで受け取り、ステイシーたちは廊下に出た。

近づけばいっそう、メラニーのたおやかさがよく分かった。ステイシーの目線の高さに彼女の巻き上げた髪の房があったし、さらけ出された首筋はステイシーが心配になるほど細かった。

「ご挨拶が遅くなり申し訳ありません、ステイシー様。お噂はかねがね」

廊下を歩きながらメラニーが言ったので、ステイシーは笑顔で首を横に振った。

「いえ、こうしてご挨拶が叶いましたこと、嬉しく思います」

「ふふ。……陛下がとても活発で愛らしい聖女様を見初めたと伺っておりましたが……陛下も隅《すみ》に置けませんね」

「ん？　ああ、そう言ってくださり俺も嬉しいです。ステイシーが他の男にかっさらわれる前に婚約できて、本当によかったと思っています」

そう言ってリュートがぎゅっと手を握ってきたため、ステイシーは驚いて視線を落とした。

「へ、陛下!?」

「ここにはメラニー様くらいしかいないだろう。それとも、嫌だったか……?」

「……い、嫌なわけはありませんがっ……」

「では、いいだろう。……ああ、あなたの手は小さくて温かいな」

「……も、もう、陛下――」

――ぱきり。

(……ん? 今、何か音がした?)

何かを踏んだのかと思ったが、足が不自由なアロイシウスのために丹念に磨かれた床にちり一つ落ちているわけがない。

(……気のせいかしら?)

首を傾げるステイシーをよそに、メラニーがころころと笑った。

「……うふふ、仲がよろしいことで、うらやましいです」

「何をおっしゃいますか。メラニー様こそ、ご結婚前から兄上と仲睦《なかむつ》まじいではありませんか。俺もステイシーと一緒に、お二人に負けない夫婦になるつもりです」

そう言ってリュートはステイシーの顔をのぞき込み、にっこりと微笑んだ。

(ほ、本当にこの方は……!)

リュートのとびっきり甘い笑顔のおかげでステイシーは離宮を出る頃には、アロイシウスの意味深なまなざしについても先ほどの何かが折れるような音についても、すっかり忘れていたのだった。

　ブルクハウセン邸に帰ったステイシーは、本日の出来事をドロテアに報告した。

「そう、アロイシウス様はお元気そうだったのね。それが何よりだわ」

　甘い紅茶入りのカップを手に、ドロテアは安心したように微笑んだ。怪我が原因で退位したアロイシウスだが、実弟であるリュートだけでなくてドロテアたちからも未だに慕われていることがよく分かった。

（本当に、穏やかそうで素敵な方だったものね。雰囲気もどことなく陛下に似たものが感じられたし……）

「ああ、そうだ。帰るときにメラニー様にもお会いしました」

「……メラニー様、ですか」

　ぴくり、とドロテアの指先が震えた。

（……あ、あれ？　ちょっと表情がこわばった……？）

　ただ前王妃の名前を出しただけなのに……とびくびくするステイシーだが、ドロテアは優雅に紅茶を口に含んだ。

「……そう。あの方ならたびたび城でも見かけるわね」

「あら、そうなのですか？　てっきりアロイシウス様と一緒に離宮でお過ごしになっているのだと思いましたが……」

「メラニー様はストッケル侯爵家出身で、結婚前は社交界の華として名を馳せた方です。……アロイシウス様が離宮に移動されてからもう三年経つので、そろそろにぎやかな場所にも行きたかろうとアロイシウス様がお気遣いなさって……たびたび城のパーティーにも顔を出されているそうです。社交界では『王国貴族女性の鑑《かがみ》』だと呼ばれており、ご友人も多いですね。……」

「……ドロテア様？」

ドロテアの物言いが気になり名を呼ぶと、彼女はカップを置いて顔を上げた。

「……養女であり、いずれ王妃になるあなたにはあまり関係ないことかもしれませんが、先に言っておきます。……我がブルクハウセン公爵家とメラニー様のご実家であるストッケル侯爵家の仲は、良好とは言えません」

「……」

「アロイシウス様の妃の最有力候補が、わたくしとメラニー様でした。とはいえわたくしは陛下――リュート様と幼少期にあれこれ揉めたこともあり王家に嫁ぐことに興味はありませんし、父も娘を国母とすることへの野心はありませんでした。そういうこともあり、わりとすんなりメラニー様の輿入れが決まりました。……もともと父と張り合っていたストッケル侯爵はこのことで、ブルクハウセン公爵家に完全勝利したと解釈したようです」

「えっ、それだけで？　……あ、いえ……」

つい素直な意見を口にしてしまい慌てて黙ったが、ドロテアは苦笑をこぼした。

「そう、それだけで自分が勝ったと思うような男なのよ、侯爵は。……あなたが陛下の妃に選ばれたと知ったときには、それはそれは取り乱したそうですのよ」

「……」

「そしてあわよくばあなたを養女に迎えようとしたら、陛下自らあなたの養子先をブルクハウセン公爵家に依頼した。……おかげでわたくし、結構メラニー様からも嫌がらせを受けているのです」

「ええっ!?　そんな、知らなかったです……」

「ええ、知らなくていいと思っていました。……それは、あなたが気に病むことではない。あなたは他の誰でもない、陛下に見初めていただいたの。そのことを誇りにし、自分の強みにして、歩いて行きなさい」

ドロテアがぴしゃりと言ったので、つい「私のせいで、すみません」と言いそうになっていたステイシーはぐっと言葉を呑み込んだ。

（……そうだわ。ここで私が謝罪したって、何にもならない。陛下に見初めていただいたことを後悔せず、私らしく堂々と図太くいることが一番だわ！）

「……分かりました。教えてくださりありがとうございます、ドロテア様」

「いいってことよ。……それにしても」

ドロテアは、窓の外を見てつぶやいた。

「……これから、いろいろと荒れるかもしれないわね」

ドロテアのそんなつぶやきは、半月も経たずに実証されることになった。

＊　＊　＊

その日、ステイシーはドロテアを伴って王城を訪れていた。

「ああ、いいわね、この空気。わたくし、この王城の雰囲気が好きですのよ」

「そうなのですね。私はまだちょっと、慣れないです」

「おほほ。ここはいずれあなたの家になるのですから、早く慣れなさいな」

ステイシーの隣を歩くドロテアは、ご機嫌だった。今日は「ブルクハウセン公爵家の姉妹が、国王陛下に拝謁する」という目的で城を訪れているのだが、ドロテアのお願いによりステイシーは彼女とおそろいの衣装を着ていた。

ドレスやハット、靴のデザインは同じで、色だけ違う。濃い灰色の髪に赤茶色の目のステイシーは、シックでかつほのかな色気の漂う黒と濃い赤色で、銀髪に緑色の目のドロテアは清楚な薄紫と白を基調としている。

今日の目的は一応姉妹で拝謁ということになっているが、その実ドロテア同伴でのお茶会デートだ。ドロテア曰く「わたくしの役目は、あなたのお茶会でのマナーを確認することと、調子に乗った陛下があなたを襲わないか見張ることですよ」と言っていたが、あの爽やかなリュートがそんなまねをするはずがないだろうと、ステイシーは笑い飛ばしている。

（それにしても……ここが私の家になる、ね……）

クライフ王国の王城は数百年の歴史を誇り、年代物の重みを感じさせている。ステイシーが生まれ育った田舎の屋敷や少女時代を過ごした教会などがそこそこくたびれていたこともあり、王城のこの古さがなんとなく落ち着くと感じられた。

かくして、皆の注目を浴びながらリュートの待つバルコニーへ向かっていたステイシーだったが

――

「……止まって。面倒なのがいるわ」

隣を歩くドロテアがさっと扇子を開き、顔の筋肉をほとんど動かすことなく言う。だがそのかすかな声は緊張を孕んでおり、ステイシーはどきっとした。

正面の廊下の向こうから、華やかなドレス姿の女性たちが歩いてきている。通りかかった貴族たちがはっとした様子で道を譲っていることからも、彼女らが相当の身分であることが分かる。

その先頭を歩くのは、つい半月前ほどが初対面の女性で――

「まあ……ごきげんよう、ステイシー様」

その人は立ち止まると、おっとりと言った。離宮で会ったときは落ち着いた若草色のドレス姿だったが、今日の彼女は胸元も大きく開いた赤色のドレス――ステイシーと色がかぶっている――を

着ていた。

　アロイシウスの妃である先代王妃・メラニーは目尻を色っぽく緩めて微笑み、立派な羽根飾りの付いた扇子で口元を慎ましく覆った。

「そして……ああ、そうでした。ステイシー様はブルクハウセン公爵家に養子入りなさったので、ドロテア様とも姉妹になられたのでしたっけ。お久しぶりです、ドロテア様」

「メラニー様も、お元気そうで何よりです」

　ドロテアは慎ましく応じるが――なんとなく、「下半身が不自由な夫は離宮にいるのに、おまえは王城で楽しそうにしているのね」のような、チクッとしたイヤミが入っているように感じられた。

（お二人は、仲が悪いそうね。それに今日のメラニー様、なんだかちょっと強そうなオーラを放っている……？）

　だが、ドロテアの挨拶に応じたのはメラニーではなくて彼女が連れている女性たちだった。皆メラニーと同じように後頭部の高い位置で髪を結っているので、既婚者の貴婦人だろう。

「あら……ブルクハウセン公爵令嬢は、次期王妃を妹にしたからといって、少々傲慢になってらっしゃるのではなくて？」

「たとえそちらの令嬢がリュート陛下の王妃になったとしても、義姉としてメラニー様を敬うべきであることをご存じでないのかしら？」

「本当に……残念です。陛下の妃には、メラニー様のようにしとやかな方がふさわしいとわたくしたちは思っておりましたのに、蓋を開けてみれば……その……少々元気すぎる令嬢ですとはね」

「さては、星女神教会の権威や聖女の身分にものを言わせたのではなくって？」

「まあ、おかわいそうな陛下……」

最初はドロテアを貶していた彼女らだが徐々にこちらに矛先が向いてきたため、ステイシーはおおっと思った。

（なるほど、こうやって私の方に水を向けてくるのね！）

深窓の令嬢だったら明らかなあてこすりをされて心が傷つくだろうが、これまで貴族たちから「暴虐聖女」「血も涙もない悪女」「野猿神官」など散々な渾名《あだな》を付けられてきたステイシーからすると、少々びくっとはするがむしろ妙に笑えてきた。

（さすがに面と向かって暴言は吐けないから、こうやって遠慮がちに貶してくるのね！　なるほど）

花の王城恐ろしや、と感心するステイシーだが、ドロテアが一歩前に出た。

「……そこまでになさいませ。ステイシーは、陛下が見初めた女性です。彼女への暴言はひいては、陛下への暴言につながります」

「まあ、嫌だわ。公爵令嬢はそのように、わたくしたちに濡れ衣を着せるのですね」

「濡れ衣も何もないでしょう。むしろ、これだけステイシーや陛下を貶しておきながら『そんなつもりはなかった』と言い逃れをするつもりでして？」

ドロテアの方が年下だろうが、その指摘は容赦がない。

だがメラニーの取り巻きらしい貴婦人たちはふんと小馬鹿にしたように笑うと、だんまりのステイシーを見て微笑んだ。

「……まあ。次期王妃殿下は、姉君に頼ってばかりでいらっしゃるようね」

「仕方ないわ。ほら、ステイシー様は少し前まで……その……ご事情がありましたし」

「そうそう。リートベルフ伯爵の婚外子ですし……常識が足りないのも、仕方ないことです。あまり責めてはおかわいそうよ」

「あなたたちっ……！」

「あのー……少しいいですか？」

声を震わせたドロテアにかぶせるように言い、ステイシーははい、と手を挙げた。

ステイシーはこれまでずっと黙っていたが別にドロテアにおんぶに抱っこになっていたわけではなくて――頭の中ではいろいろと言葉を組み立てて考えていた。

「あなた方のお名前は存じませんが、きっとどこかの奥方ですよね？」

「え、ええ、もちろんです。わたくしたちの夫は侯爵――」

「あ、別に興味ないんで、自己紹介しなくていいです。それよりさっきからいろいろ言っていますが……結局、何が言いたいのですか？」

「……えっ？」

ステイシーの問いかけに、貴婦人たちの間に動揺が走った。

「いえ、私が貴族令嬢として未熟なのは当たり前のことですし、粗暴な自覚もあります。……で、だからどうしたのでしょうか？」

「だ、だから、って……！」

「自覚があるのなら、なおいっそう悪質です！　あなたのような女性は王妃にはふさわしくないのですよ！」

「メラニー様をご覧なさい！　王妃にふさわしいのはメラニー様のようなお方で……」

「ええ、まあ、そのようですね。……でも」

ぱちん、と手の中で扇子をもてあそびながら、ステイシーは微笑む。

……星女神教会の神官は、人に尽くすことを尊ぶ。だがその教義の中に、「暴言を吐かれてもじっと我慢すること」のような項目はない。さすがに一般人相手に魔法を使ってはならないが、やられたらやり返すこと自体は禁じられていなかった。

「こんな粗雑で訳ありな私がいいと、リュート陛下は言ってくださったのです。だから私が次期王妃であることに文句があるのなら私やドロテア様ではなくて、陛下に直接おっしゃってくださいな。その方がちゃんと、あなた方のお気持ちが伝わりますよ？」

……ステイシーは「私、何か悪いことでも言いましたか？」と言わんばかりの顔で言ってやった。

だが彼女は自分の言葉の意地悪さを、十分理解している。

ドロテア曰く、「下級貴族はどの上級貴族の取り巻きになるかで、人生が変わるのよ」とのことだ。この貴婦人たちはメラニーがアロイシウスの妃になったときには、「勝ち馬に乗った」と思ったことだろう。だがアロイシウスは若くして王位を退き、弟のリュートが国王になった。

それだけでもメラニー派からすると予想もしていなかった展開だろうに、しかもリュートが妃として選んだ神官は、メラニーの実家であるストッケル侯爵家と敵対するブルクハウセン公爵家の養女になった。

このままだと、たとえメラニーが子を産んだとしても王位継承順位はかなり下がってしまう。だからメラニー派の貴婦人たちは、「なぜ、ブルクハウセン公爵の養女が王妃になる！」「なぜ、野猿神官なんかの子が世継ぎになる！」と吠えたくなるのだろう。

（……でも、それを私に言っても意味ないし）

リュートの方から熱心にステイシーを口説いてきたのだから、文句は彼にどうぞ、だ。

かといって彼女らもリュートの怒りは買いたくないだろうから、彼に直接言う勇気はない。だから、「陛下に直接おっしゃってください」と言っても、彼女らはそうはできない。できないと分かっていて、ステイシーは彼女らを煽《あお》ったのだ。

貴婦人たちが息をのんだため、ステイシーはにっこり微笑んでやった。

「あら、どうかなさいましたか？　私を王妃にしたくないのなら、陛下に進言するのが一番の近道でしょう？　それとも……ああ、分かりました。皆様、お恥ずかしいのですね。では、改めてお名前をお伺いしましょうか。私、これから陛下のところに参りますので、そのときにあなた方のお言葉をちゃーんと伝えておきますから」

「そ、そんな……！」

いよいよ貴婦人たちは慌てて取り乱し――それまでずっと黙っていたメラニーに縋《すが》るような視線を向けた。

取り巻きたちからのヘルプサインを受けたメラニーは長いまつげを伏せ、一歩進み出て優雅に腰を折った。

「……わたくしの友人たちの非礼を詫びます。ステイシー様やドロテア様のご気分を害する発言をしたことを、どうかお許しください」

（……ふん。本当に悪いと思っているのなら、もっと早く止めたでしょう！）

すっかりしらけてしまったステイシーだが愚痴は胃の中にとどめておき、にっこり微笑んでうなずいた。

「かしこまりました。メラニー様がそうおっしゃるのなら……なかったことにいたしましょう」

そして横を見て、無表情のドロテアにも笑顔を向ける。

「では、ドロテア様。そろそろ参りましょうか」

「……そうですね。きっと陛下は、いつになったら愛しの婚約者が来てくれるのかとそわそわしながら待っていらっしゃるでしょうからね」

「ええ」

ステイシーはドロテアと並んで、歩き出した。貴婦人たちはすっかり萎縮しているようで、二人が側を通るときには何も言わずともさっと道を空けた、が——

（うーん、敵意をビシビシと感じるわね）

メラニーの隣を通る際に、彼女の視線をひしひしと感じた。それも、好意的とは言えないものを。彼女には神官の素質はないはずだが、魔力に近しいオーラのようなものが放たれているようだった。

「……まさか、ステイシーの前でも性格の悪さを見せつけるとは」

メラニーたちから完全に離れたところで、ドロテアが忌《い》ま忌ましげにつぶやいた。

「ステイシー、今のメラニー様と接してみて……どうだった？」

「顔はきれいだけれど、お腹の中は黒そうですね」

「ふふっ……あなたも分かったわね。だからわたくし、あの方が嫌いなのです。……ああやって、近くに高貴な男性がいない場所ではネチネチとした攻撃をしてくるのですよ」

ドロテアがそう言うが、あれ、とステイシーは首を傾げる。

「……あの。でも、あの方はアロイシウス様に見初められたのですよね？」

「ええ。……侯爵令嬢時代は、あそこまでひどくなかったのですよ。アロイシウス様の婚約者になったことで、増長してしまったのでしょうね。でもとにかく外面《そとづら》はいいし多くの人の前では猫を被っているから、わたくしも強く言えなくてね……」

ドロテアはため息をついたが、ぱん、と小さく手を叩いた。

「……面白くもない話をしている場合ではありません。ほら、ステイシー、笑いなさい。陛下はあなたの笑顔が大好きなのですから、しょぼくれている場合ではないのですよ」

「……それもそうですね」

ドロテアに励まされ、ステイシーはなんとか微笑むことができた。

そうして、途中で妨害に遭いつつもリュートの待つバルコニーに向かったのだが――

「ようこそ、スッ――」

茶の準備が整ったバルコニーにいたリュートは、ステイシーの名前を半分も言うことができず、黙ってしまった。

今日の彼はシンプルなジャケットとブラウス、スラックスという出で立ちだった。おそらく男性服の中でもかなりサイズが大きめのものなのだろうが、それでも胸回りも太ももも部分も筋肉でぱつぱつで、少し胸筋に力を入れたらパンツとブラウスが張り裂けそうだ。だがステイシーはたくましい筋肉が好きなので、そんなリュートの姿にうっとりしてしまった。

(ああ……豪華なジャケット姿も素敵だけど、やっぱりこの、筋肉の形がよく分かる姿が格好いいわ……！)

だがリュートはステイシーの姿を凝視したまま黙り、呆れたようにドロテアが口を挟んだ。

「……陛下。ステイシーの色香に戸惑う気持ちは分かりますが、ちゃんと挨拶をなさってください」

「そ、それもそうだな。ようこそ、ステイシー。今日のあなたは……その、とても蠱惑的《こわくてき》で、つい見惚れてしまった。とても素敵だ」

「あ、ありがとうございます、陛下。本日お茶の席にお招きくださったことに、心から感謝いたします」

つい声が裏返りそうになったが、隣に立つマナー講師の視線を感じて慌てて背筋を伸ばし、近づいてきたリュートに手を取られて手の甲にキスをされることを許した。

ステイシーは自分では、この赤と黒のドレスは華やかすぎるのではと思っていたが……どうやらリュートはかなりお気に召してくれたようで、ほっと安心した。

「……ああ。前にステイシーが着ていたドレスも清楚で似合っていると思っていたが、まさかこんな色香の漂うドレスまで着こなすとは……。あなたはどれほど、俺の心をかき乱せば気が済むというのだ……！」

「陛下陛下陛下。興奮のあまり椅子を壊したりしないでくださいね」

リュートが手を載せている椅子の背もたれがギイギイと怪しい音を立て始めたため、壁際にいた近衛騎士サミュエルが冷静に突っ込んだ。彼はレンガブロックだけでなくて金属をも握りつぶせるのだろうか、とステイシーは思った。

ひとまずステイシーとリュートは席に着いた。なお、先ほど彼が背もたれを握っていた椅子はステイシー用だったようだが、「念のため」ということで別のものと取り替えられた。

公務の合間にステイシーとの時間を取ってくれたリュートは、茶を飲み菓子を摘まみながらとても楽しそうに話をしている。

「……ということで、俺は自分の剣や鎧《よろい》を自分で磨くのが好きなんだ。サミュエルからは『磨き粉臭いです』と文句を言われるが……剣を磨いていると、気持ちが落ち着いてくるんだ」

「なるほど。では陛下にとっての武具の手入れは精神安定効果もある、一種の癒やしの娯楽みたいなものなのですね」

「ああ、そうだな。あなたには、そういうのはないのか？」

「そうですね……私はわりと、ちまちました作業が好きでして。教会では資源再利用のために古布を裂いて雑巾代わりにしたりしたのですが、その布を鋏《はさみ》で裂く作業が好きだったのです」

「なるほど。それは、仕事を楽しむということにもつながりそうだな」

そう言うリュートは爽やかに笑っている。

求婚の際にも言っていたが、リュートは自分が話をするのも好きみたいだが、自分が「あなたはどう思う？」と尋ねた際に相手が意見を述べてくれるのがとても嬉しいようだ。こうしてぽんぽんと言葉のやり取りをして笑ったり時には一緒に悩んだり考え込んだりするのがたまらなく楽しいのだと、彼の全身が語っていた。つくづく、自分は素敵な人と巡り会えたのだと思える。

「……そういえば今日は、メラニー様が城に来られる日だったか。挨拶はできたか？」

……せっかくの楽しい茶の席だからメラニーのことは伏せておこうと思ったのに、リュートの方から尋ねられてしまった。

（……う、うーん……でも、突っかかられたことはわざわざ言わなくていいわよね。「なかったことにする」って言ったし）

「……はい。ご友人の方と一緒にいらっしゃっていたので、ご挨拶しました。……その、陛下はメラニー様と懇意になさっているのですか？」

「ん？　いや、別にそういうことはない」

ステイシーの予想を裏切り、リュートはあっさり言った。

「メラニー様は兄上をよく支えていらっしゃるが……申し訳ないことに俺はこのとおり図体が大きくて、メラニー様とはかなりの身長差がある」

「……そうですね」

それが何の関係があるのだろうか、と思っていると、リュートは悩ましい顔になった。

「……メラニー様を悪く言うつもりはないのだが……その、メラニー様に限らず城にいる女性はうつむきがちでしかも小声でしゃべることが多くて……何を言っているのか聞き取りづらくてな」

「……ああー」

思わず変な声を上げてしまい、隣に座っていたドロテアがじっと見つめてきたため、慌てて姿勢を正した。

クライフ王国の貴族女性は、しとやかでおとなしく遠慮がちであることが好まれる。言葉の途中でだんだん小声になり、最後には蚊の鳴くような声量になる……というのが「男性を立てる気持ちが見えてきて、大変素晴らしい」と評価されることもあるそうだ。

合理性を求めるステイシーとしては誠に意味不明な風潮に思えるが、高身長なリュートにとっては別の意味で悩ましい問題だったようだ。

「……ええと。では、私の話し方は――」

「すごく好きだ！」

「あ、ありがとうございます」

何はともあれ、ステイシーという人間を認め、好いてくれているのはとても嬉しいことだった。

まだまだ話したいことはあるが、サミュエルが「そろそろお時間です」と割って入った。

「今日はありがとうございました、陛下」

ステイシーがお辞儀をすると、リュートは頬を緩めてうなずいた。

「こちらこそ、あなたと楽しく過ごせた。来てくれて、ありがとう。……それで、だな」

「は、はい」

「……ええと」

「それで」と言っておきながらリュートは口ごもり、うつむいてしまった。何かを言おうとしているが、まだ頭の中で言葉を組み立てている途中……のような雰囲気である。あたりを見ると、彼の背後にいるサミュエルはぐっと小さく拳を握って主君を応援しており、ステイシーの隣にいるドロテアはじとっとした目でリュートを見ていた。

(……あっ！　そういえばドロテア様は、「できる貴公子は、デートの最後に次の約束を取り付けるものです」とおっしゃっていたわ！)

すぐにぴんときたため、ステイシーは閉じた扇子をぎゅっと握りしめてリュートの言葉を待つことにした。だがなかなか彼が言い出さないので、せっかくだから彼の上半身の筋肉の盛り上がりのラインを観察しながら待つことにした。

そして、ステイシーがリュートの上腕二頭筋に見惚《と》れているところで、ようやく彼の決意が固まったようで、顔を上げた。

「ステイシーっ！」

「はい」

「あ、あなたは動物が好きだということだし……こ、今度、俺と一緒に遠乗りに行かないか!?」

「まあ……遠乗りですか」

遠乗り――つまり、一緒に馬に乗って遊びに行くということだ。

先ほどの会話の中で、動物の話が挙がった。リュートが離宮で飼っている猫やステイシーが教会で世話をしていた犬、そしてリュートの愛馬のことなどを話したのだった。

もしかするとリュートはそのときから、次のデートは遠乗りにしようと考えていたのかもしれない。そう思うとつい頬が緩んでしまい、それを見たリュートも嬉しそうにはにかんだ。正直、ものすごく可愛い。

「ありがとうございます。是非とも、ご一緒させてください」

「よかった！　では、あなたの体格に合った馬を用意しておこう」

「……えっ？　二人乗りをするのではないのですか？」

「えっ」

「えっ」

……どうやら二人の間で、「遠乗り」のイメージに少々の差が生じていたようだ。

「……ふ、二人乗りなのか!?」

「ええと、私はそこまで乗馬が得意ではないので、陛下の後ろにでも乗せていただけたらありがたいと……」

「だめだ！　後ろだと、あなたが無事に座っているかどうかの確認ができない！」

「それじゃあ、前に座りましょうか？」

「……それは……俺がいろいろと試されそうだから、また今度にしてくれ……」

（あっ、しないのではなくてまた今度なのね）

リュートのたくましい胸筋に身を預けて馬に乗るのも楽しそうだが、それはまたの機会のようだ。

「それじゃあ……私はあんまり速く走らせられないのですが、それでもよいですか？」

「もちろんだ。貴婦人をエスコートするのは紳士のつとめだからな。それに、あなたの体に負担のない速度で一緒に走れたら、それだけで俺は十分幸せだ」

リュートは心からそう言ってくれているようなので、どちらかというと運動音痴なステイシーもほっとすることができた。


リュートと遠乗りの約束をしたステイシーの足取りは軽く、ついスキップをしてドロテアに叱られないように気をつけるので精いっぱいだった。

（ふふ、陛下と遠乗りデートね！　あ、でも万が一のことを考えて、いつでも陛下の御身を守れるようにもしないと）

ステイシーの代わりはいなくもないが、リュートの命に代えられる存在はいない。王城より外の方が危険ではあるがそれでも、彼はデートに誘ってくれた。はしゃぐべきときにははしゃぐが、聖女として国王の身を守ることも考えておく必要がありそうだ。

「……さすがにもういないですね」

歩いているとドロテアがつぶやいたため、ステイシーは顔を上げた。

（……ああ、そういえば行きにはこのあたりでメラニー様と遭遇したんだっけ……）

本日の出来事で、ステイシーの中でのメラニーは敵か味方かと言われると、敵の方にカテゴライズしてしまうようになった。できればあまり顔を合わせたくない相手だが――

（……でも。アロイシウス様は離宮にいるのに、どうしてメラニー様は取り巻きを引き連れて王城に来ていたのかしら？）

ふと、そんなことも思った。

間話　公爵令嬢、妹を迎える準備をする

　ドロテア・デボラ・ブルクハウセンは、クライフ王国でも屈指の名家であるブルクハウセン公爵家の長女として生まれた。

　家族は、両親と少し年の離れた兄。仲睦まじい四人家族だが、ドロテアを産んでからは体調を崩しがちになった母は一年の大半を領地で過ごしており、跡継ぎである兄は数年前から国を離れて留学している。よって、公爵邸にいるのは基本的に父である公爵とドロテアだけだった。

　彼女は幼い頃に、当時第一王子だったアロイシウスの妃候補になった。とはいえこれは父親が娘を国母にしようと企んだとかではなくて、ただ単に王家の血を引く公爵家の娘だから自然と候補になっただけだ。

　これがきっかけで、同じく娘を妃候補に擁立するストッケル侯爵と父の仲が険悪になった。社交界では一時期、「ブルクハウセンに付くか、ストッケルに付くか」のような派閥問題が勃発したそうだが、ドロテアの父は案外のんきだった。ドロテアも子どもの頃、「お妃様になりたいか？」と聞かれて「別に、そこまで興味ありません」と答えたのだった。

結果としてストッケル侯爵家のメラニーがアロイシウスの妃になり、ストッケル侯爵が鼻の穴を膨らませて自慢げな顔をするのを見ることになった。ブルクハウセン公爵派の貴族たちは、「なんとも品のないことだ！」と怒りをあらわにしていた。

だがドロテアとしては、「なんてだらしなくて、はしたない顔。あれが自分の父でなくてよかった」と冷静に思ったし、父も「ドロテアが好きな人と結ばれるのが一番だからな」と言っていた。社交界では厳格な公爵として恐れ敬われる父だが、愛妻家の子煩悩《こぼんのう》でかつ、かなりのロマンチストだった。

しばらくしてドロテアは、アロイシウスの弟である第二王子の遊び相手になった。ドロテアより三つ年上の王子・リュートは、気さくで素直な少年だった。だが若干空気が読めなくて脳筋なところがあるため、ドロテアは姉のような気持ちで彼の面倒を見た。

そんな彼との結婚の話が持ち上がったときにはお互い、「こいつと結婚なんて嫌だ」と言い合って喧嘩になった。だがそれ以降はお互い軽口を叩き合える存在になり、それぞれが年頃になってもしばしば連絡を取り合うくらいの距離感になっていた。

＊　＊　＊

アロイシウスが退位してリュートが思いがけず王位を継いでから、三年。

「ドロテア。おまえに妹ができる」

「……そうですか。一応聞きますが、養女を迎えるということでよいですよね？」

「もちろんだ」

ドロテアがじとっとしたまなざしになったからか、デスク越しに彼女と話をしていた公爵は慌ててうなずいた。

公爵夫人はドロテアを出産する際にひどく疲労したため、これ以上子は産めないと診断されている。まさか愛妻家の父に限ってよその女性に子どもを産ませたとは信じられないが、念には念を、である。

公爵は執事から受け取った書類を、ドロテアに渡した。

「今日、陛下から書簡が届いたのはおまえも知っているな。……どうやら陛下は、ご結婚をなさるそうだ」

「……まあ、そうですか。やっと身を固められるのですね」

書類を受け取ろうとした手が一瞬ぴくっと震えたが、声は震えなかった。

リュートの幼なじみとして、彼が花嫁探しに難航していることはドロテアも聞いていた。多くの貴族男性が、自分の後を黙って付いてくるようなしとやかでおとなしい女性を妻に望んでいる。そんな中リュートは世間の好みとは真逆の、快活で明るい楽しくおしゃべりができそうな女性を妃に迎えたがっていたのだ。

　ドロテアから見たリュートは、馬鹿正直で愚直なところもある……だがそれが美点だとも言える男だった。細身の男性が好きなドロテアからすると眼中にないが、慣れないながらに国王として政務を頑張り、自ら体を張って戦いに臨む姿は普通に好ましいと思っている。

　そんなリュートには是非とも、彼のタイプど真ん中でかつしっかり者で賢い女性を妃に迎えてほしいと思っていたので、彼の結婚についてドロテアは手放しで祝福したいくらいだ。

　そして……ドロテアはすぐに、これから父親がどんなことを言ってくるのかの予想が付いた。

「ああ、めでたいことだ。……そういうことで陛下は、ご自分の婚約者に淑女教育を施すためにブルクハウセン公爵家への養子入りを提案なさった」

　やはりそうだったか、と書類を受け取ったドロテアは冷静にうなずいた。

「お相手の方は、下級貴族だったのですか」

「伯爵家出身だが、実家ではあまりよい待遇を受けていなかったそうだ。……リートベルフ伯爵家、と言えば分かるな？」

「……ああ、あそこですか」

　社交界で自慢話をすることに人生の全てを賭けているかのような男の顔が思い浮かんだドロテアだが、はたと目を瞬かせた。

「……リートベルフ伯爵家で冷遇されている令嬢……それは確か、星女神教会の聖女では？」

「ああ、そうだ。無事に陛下が口説き落として、還俗を決められたそうだ」

「……」

やるわねあの筋肉バカ、とドロテアは心の中だけでつぶやいて手元の書類を開いた。なるほどそこには確かに、「ステイシー・リートベルフ伯爵令嬢を妃にする」「彼女の籍を伯爵家から抜くので、公爵家の養女として教育を任せたい」という旨が書かれていた。

貴族たちにとって次期王妃を養女に迎えて手元で養育するというのは、大変名誉なことだ。それだけ国王から信頼されているという証しになるし、血のつながりがないとはいえど娘が国王のもとに嫁ぎ世継ぎを産んだならば、己は未来の国王の祖父母となる。

権力に目がない貴族からすると次期王妃の娘は喉から手が出るほどほしいものだし、もし手に入れられたら教養をたたき込むだけでなく存分に可愛がり、王妃の「お父様」となるべく金と時間をつぎ込むものだ。

……その点、ブルクハウセン公爵は権力欲がなくて、息子と娘にも自由恋愛をさせたいと思っているくらいだ。ステイシー・リートベルフを養女にすることも彼が立候補したのではなくてリュートからの推薦なので、これも「職務」として淡々と受け入れるつもりのようだ。

「なるほど。かしこまりました。その女性はわたくしの姉……いえ、妹になるのですね」

「ああ。伯爵令嬢とはいえそのまま社交界に出るのには本人も不安だそうだから、我々が淑女として育てることになった。ドロテアも、よいな？」

この「よいな？」には――「おまえではなくて妹が王妃になるが、それでもいいか？」という覚悟の問いかけの意味も込められている。

ドロテアは微笑み、書類を父に返した。

「もちろんです。わたくしは王妃になることに全くこだわりがございませんし、陛下のことも異性ではなくて手の掛かる弟のような気持ちで見ておりますからね。ステイシー嬢が立派な王妃になれるよう、手助けをします」

「ああ、頼んだぞ」

公爵と令嬢は、静かにうなずき合った。


かくしてドロテアが承諾をした数日後には、ステイシーが公爵邸にやってくることになったのだが――

「すぐにドレスを仕立てさせろ！　靴も肌着もグローブも、全てそろえろ！」

公爵は目をらんらんと輝かせて、使用人たちに指示を出していた。

「ステイシー嬢用の部屋は、完璧に準備をしておけ！　……これまで寂しい思いをされていたそうだからな、うんと立派なものにしろ！　だが、可愛らしさも忘れてはならない！」

「旦那様。ステイシー様用のドレスですが、同じデザインで青と緑がございます。どちらにいたしましょうか」

「どちらも素晴らしいから、両方だ！」

「旦那様。ステイシー様のお部屋用に動物のクッションを所望されましたが、うさぎと猫と小鳥、どれがよろしいでしょうか」

「うっ、うううううううむ！　どれも可愛いが、ステイシー嬢は猫好きだということだから猫だ！　だが念のために、三種類全て買っておけ！」

「旦那様。ドロテア様とステイシー様のおそろいの靴が届きましたので、ご確認ください」

「なんと素晴らしいんだ！　ああ、これを履いて並ぶドロテアとステイシー嬢は、きっととても可愛らしいのだろうな……ウウッ！」

「旦那様、しっかりなさってください」

公爵は、荒ぶっていた。

そんな父を、ドロテアは静かに観察していた。

父はもともと家族が大好きだが、新しくやってくる娘のこともことさら大切にするつもりのようだ。父があれこれ発注して数日だが天下のブルクハウセン公爵がご所望ということだからか、仕立屋たちは必死で仕上げてくれていた。

公爵はステイシーを迎え入れることに大はしゃぎで、普通なら椅子にどっかりと座っていればいいのに、自らドレスや家具を選んでいる。なお、ステイシー用のものを選んでいるはずなのになぜか一緒にドロテア用のものもセットで買われていた。

父が楽しそうだし経済が回るのはいいことなので、ドロテアは「腰痛をお持ちなのですから、もう少し落ち着いてください」とだけ言い、父が購入するものについては何も言わないことにしていた。

　ちょうどステイシー用の家具が運び込まれてきたので、部屋の配置確認もかねてドロテアは妹用の部屋に向かった。

　ここはもともと空き部屋だったが、ステイシーのために使用人たちが必死で掃除をした。ドロテアの部屋の半分ほどの広さではあるが、あまりにも広すぎるとステイシーは驚き遠慮するかもしれないからと、この部屋を使わせることになったのだった。

「……ステイシー」

　ドロテアは、妹の名を呼んでみた。

　まだ、彼女と会ったことはない。だが、星女神教会の聖女でもある彼女の活躍や逸話は、ドロテアも耳にしていた。

　噂によると、ステイシーはなかなか活発――を通り越して若干乱暴なところもあるらしい。これまでに彼女が摘発した貴族は、合計五名。壊した屋敷の数は、両手では足りないほど。いずれも、星女神教会に盾突いた者や寄附の金などで悪さをしてきた者などである。

　ステイシーは、一部の口さがない者からは「悪徳聖女」とか「猛牛聖女」などと呼ばれているらしい。リュートの妃になりたいと思っていた令嬢であれば、そんなステイシーが自分の妹になり、自分を差し置いて王妃になる――なんて聞かされれば、卒倒するかもしれない。

だが、ドロテアはそうではない。

ドロテアはステイシーほどではないが活発な方だし、合理的な考え方をする。だから、ステイシーが少々がさつだったとしても別に構わないし……むしろ、そんな妹をしっかり鍛えることができるのなら、腕が鳴るといったところだ。

リュートと結婚してクライフ王国の国母となるのだから、淑女教育に手を抜くつもりはない。だが——

そっと、ドロテアは部屋の隅に視線をやる。そこにあるのは、真新しい小さなチェスト。それは——ドロテアの部屋にあるものと、色違いのおそろいだった。

妹が、ほしかった。

優しい兄には何の不満もないがそれでも、妹がほしいと思っていた。もちろん、体の弱い母にそんなわがままは言えないのでずっと黙っていたが、物心ついたときから母が不在がちで寂しく思うことも多いからこそ、同じ女性の家族がほしかった。

だから、ステイシーのことはしっかり教育するが、同時に姉妹としていろいろなことをしたかった。いずれリュートに嫁ぐ彼女と恋の話をしてみたいし、一緒にお菓子を食べたりしたいし、父がうきうきしながら買ってくれたおそろいのドレスを着てお出かけもしたい。

彼女が嫁ぐまでになるだろうが、たくさんの思い出を作ってあげたい。それが、ドロテアの願いであり……ちょっとだけ姉ぶってみた気持ちだった。

＊＊＊

忙しく準備が整えられ、ついにステイシーがリュートに連れられて公爵邸にやってくる日になった――のだが。

「……だから申し上げたでしょう！　もうお年ですし腰に持病がおありなのですから、あんまりはしゃぎすぎないようにと！」

「うう……すまない、ドロテア……」

場所は、公爵邸の最上階にある公爵の執務室。

そのひとにらみであらゆる貴族たちを震え上がらせるほどの強面《こわもて》を持つ公爵は今、ソファに寝そべり娘に背中をさすられていた。

いよいよ今日ステイシーが屋敷に来るため、公爵は朝からテンションが高かった。そうしてドロテアの忠告もむなしく腰をぎきっとやってしまい、執事から「しばらくは安静になさってくださ い」と叱られたのだった。

「ステイシー様のお迎えはわたくしがしますので、お父様はおとなしくなさっていてください」

「……すまん」

しょんぼりしてしまった父の背中をぺしっと叩いてから、ドロテアは立ち上がった。廊下に出るとメイドが「陛下とステイシー様を、応接間にお通ししております」と言ったので片手を上げて応え、階下に足を向ける。その足取りは、とても軽い。

さあ、今日から楽しい日々が始まる。

ステイシーはきっとこの公爵家に——そして王国に、新しい風を吹き込んでくれることだろう。

❁3章❁ 聖女、自由に振る舞う

リュートとの遠乗りデートには、ごく少数のお付きだけを連れて行くことになった。

国王の外出ということで普通なら大勢の護衛やお付きを従えた大行列になるのだが、「たまには少人数で動きたい。それに、ステイシーのことは俺が守る」と言うリュートと、「大人数だと緊張してしまう。あと、陛下のことなら私が守る」と言うステイシーの希望が通った。そうしてリュートの側近であるサミュエルやステイシーのお目付役であるドロテアの他、ごくわずかな護衛と使用人のみが同行することになった。

当日はよく晴れていて、王城敷地内にある馬場には多くの馬が放たれ気持ちよさそうに日光を浴びていた。ステイシーは乗馬の腕前はそこそこだが動物自体は好きなので、厩舎係《きゅうしゃ》に世話をされる馬たちを見るだけでも楽しかった。

待ち合わせ場所には、サミュエルたちを従えたリュートの姿があった。彼が着る乗馬用の衣装は本格的で、外出するからか腰には剣も提げている。ふわっとした赤茶色の髪は軽くまとめており、日除けも兼ねたハットを被っているワイルドな姿はなかなか新鮮だった。

リュートは目の前にいる大柄な黒馬の毛並みにブラシを当てていたが、ステイシーを見ると微笑み、ブラシをサミュエルに預けた。

「おはよう、ステイシー。乗馬服のあなたは凛々しくて、とても美しいな」

「おはようございます、陛下。本日も……公務でお忙しい中、私との時間を取ってくださりありがとうございます」

「なに、俺はあなたをうんと甘やかすと約束したからな。愛しの聖女を蔑ろにすればそれこそ、星女神の天誅《てんちゅう》をくらってしまう。今日はとことん、楽しんでくれ」

そう言ってリュートは前髪を掻き上げて笑った。首筋を流れる汗さえ爽やかな国王である。

「もうあなた用の馬も準備をしているのだが、鞍《くら》は通常のものと横乗り用がある。横乗り用でよいか？」

「あっ、普通ので大丈夫です」

今日のステイシーは、貴族女性が乗馬する際に着用する黒いドレス姿だ。華やかな宮廷ドレスと違いどちらかというと男性の礼服に近い意匠で、スカート部分もすとんとしている。被っているハットも黒いシルク製で、全体的に落ち着いたデザインだ。

一見すると横乗りしかできないデザインのドレスに見えるが、実はこれには工夫がなされている。

ステイシーはそのドレスのスカート部分を掴み、えい、と持ち上げた。その下にあるのは、ゆったりとしたワイドパンツだ。

「スカートにはスリットが入っていて……あの、陛下。ちゃんと穿《は》いていますから、大丈夫ですよ？」

「そ、そうか。悪い」

いきなりステイシーがスカートをべろんと持ち上げたからか、リュートはとっさに自分の顔を手で覆っていた。わりと人前でもステイシーをべたべたに甘やかすリュートだが、なかなか純真のようだ。彼の横で、サミュエルが遠いまなざしをしていた。

それはいいとして。ステイシーやドロテアが着ているドレスのスカート部分には数ヶ所のスリットがあり、さらにその下にはパンツを穿いている。だから男性と同じように馬の背にまたがる形で乗ることができるため、鞍を取り替える必要はなかった。

ステイシー用に準備されていたのは、栗毛の馬だった。隣にいるリュート用の青毛と比べるとずっと体が小さいがまなざしは優しそうだったし、ステイシーが毛並みを撫でると甘えるように鼻を鳴らした。

「可愛い……！」

「ああ、あなたが気に入るような優しい牝馬《ひんば》を探したんだ。今日一日、可愛がってやってくれ」

「はい、ありがとうございます！　……うふふ、よろしくね」

ステイシーが栗毛の額を撫でてやると、彼女は嬉しそうに身をすり寄せてきた。それを見たリュートが、「……俺も、ああやって撫でてほしい」とぼやいたため、「だんだん陛下の性癖が見えてきましたね」「見えてきたというか、ステイシーによって開発されたのではなくて？」とサミュエルとドロテアが言っていた。

準備を整え、ステイシーたちは騎士や使用人たちに見送られて王城を出発した。

城門を抜けた先には王都の大通りが広がっているのだが、国王とその婚約者の遠乗りデートということは既に周知されているようで、人払いがされていた。あちこちから「いってらっしゃいませ！」「陛下、お気を付けて！」という声が聞こえてきて、リュートが軽く手を振っていた。そのたびに歓声が上がるため、リュートの人気が見て取れるようだった。

リュートや騎士たちほど速く馬を走らせられないステイシーやドロテアのため、本日の目的地はそう遠くない場所に設定している。王都を出た先は広々とした草原地帯で、王国のあちこちに向かって交易路が延びている。まだこのあたりには巡回中の騎士や行商人たちの馬車の姿もあったが、しばらく馬を走らせると人気《ひとけ》はなくなった。

(気持ちいい……)

ハットのつばを少し持ち上げ、ステイシーは大きく息を吸った。

星女神教会の空気も王城の空気も嫌いではないが、王都郊外でしか味わえないこの若葉と土の匂いは——生まれ育った田舎を思い出させた。ステイシーも伯爵令嬢として引き取られる前の少女時代は、野を駆け回ったり庭に落とし穴を作ったり秘密基地を作ったりして遊んだものだ。なお、落とし穴作りは高齢の使用人が見事にはまり骨折しかけて以降、禁止となった。

クライフ王国は冬の寒さが厳しい傾向にあり、真冬だと北部山岳地帯が真っ白になるのはもちろんのこと、平野にある王都にも雪がこんもりと積もる。一方夏はからりと乾燥しており、汗で体がべたべたすることはあまりないが肌荒れが起きやすく、貴族の中にはほどよく湿気があってかつ涼しい夏を求めて避暑旅行に行く者も多い。

そんなクライフ王国が一年で一番美しいと言われるのが、春だ。王国の春は花が咲き乱れ動物たちが野に遊ぶ。また春は魔物もあまり活発に行動しない傾向にあるため、近隣諸国から最も多くの観光客が訪れる季節でもあった。

人生の節目となる行事は春にするとよいというジンクスがあるため、春はあちこちの教会で結婚式が執り行われる。ステイシーも何度か、最愛の男性と巡り会えて教会を去って行く神官の結婚式に参列したことがあるが、色とりどりの花に包まれて永遠の愛を誓う姿には憧れを抱いたものだ。

「……きれいな風景ですね」

とっことっこと並足《なみあし》で馬を走らせながらステイシーがつぶやくと、隣をゆっくり併走していたリユートがこちらを見て微笑んだ。

「そうだな。……俺も子どもの頃はよく、両親や兄上と一緒に野を歩いたりしたんだ」

「まあ、そうなのですか！　それは、素敵な思い出ですね」

「ああ。……兄が帝王学で忙しくなり俺も騎士団に入ってからは家族で過ごす時間が減ってしまったが……多忙な公務の中でも家族の時間を作ってくれた両親には尊敬と感謝しかないし、俺もいずれそういう家庭を作りたいと思っていた」

「えっ……」

思わずステイシーは乗馬初心者でありながら、横を見てしまった。リュートは「前を見た方がいいぞ」と笑ってから、視線を前方に向けた。

「……王城にいるだけでは、国の全貌が見えてこない。さすがに俺が立ち入れる場所は限られているが……それでも、できるだけ自分の足でいろいろなところに行きたい――いや、行くべきなんだと、両親が態度で教えてくれたと思っている。それを、俺も次の世代に伝えたくて」

「……そ、そうですか」

リュートはあっさり言うが――彼の言う「次の世代」とはすなわち、ステイシーが産んだリュートの子という意味だ。

（……な、なんだか不思議だわ。求婚されたときはそうでもなかったのに、婚約したからかそういうことについて考えると、ちょっと緊張してくる……）

それはもしかしたら、「優秀な跡継ぎを産むことが王妃の役目」と事務的に考えていた頃と違い、「自分はいずれこの人と愛のある結婚をして、子どもを作るのだ」と考えるようになったからかもしれない。そう考えるようになったのは……こうして、リュートがステイシーに惜しみなく愛情を注いでくれるからだろう。

馬を走らせて半刻ほどで、目的地に到着した。

側には大きな湖があり、漣立つ水面《みなも》が春の日差しを受けてまぶしく輝いている。ステイシーも神官時代に修行の一環で教会訪問の旅をしている際に近くを通ったことがある、穏やかな湖畔の休憩地だった。

リュートはひらりと馬から下りてサミュエルたちに休憩場所の設置と周囲の確認をするよう言ったが、彼はまだ馬に乗っているステイシーを見て首を傾げた。

「あなたも降りればいいのだが……もしかして、手を貸した方がいいか？」

「……す、すみません。ちょっと、お尻が痛くて……」

ごまかすと後でこじれそうなので、恥ずかしいがステイシーは告白した。

乗馬用のドレスもワイドパンツも丈夫な生地でできてはいるが、それでも長時間慣れない乗馬を続けたステイシーの体は、悲鳴を上げていた。主に、尻が。

（ううう……！　長時間椅子に座ったりするのは平気だけど、あの揺れは無理だわ……！）

するとリュートははっと目を見開くと、「お尻……」とつぶやいた。

「……そうか。俺の尻の皮は分厚いから平気だが、ステイシーの皮膚は柔らかいからダメージを受けてしまったのだな……すまない、配慮が足りなくて」

「いいえ、お気になさらないでください。……その、できればお手をお借りしたくて」

「ああ、もちろんだ。さあ、こちらに来なさい」

そう言ってリュートはステイシーの馬の横に立つと、大きく両腕を広げた。

（……ん？）

「あの、陛下。どこに摑まれば……」

「ステイシーの華奢な体に負担を掛けたくないからな。思い切って飛び込んでくればいい」

「……えっ」

（と、飛び込むって……!?）

思わずリュートの顔と胸元を凝視するが、彼は爽やかに微笑むだけだ。ステイシーの馬は小柄でリュートは大柄なので、ちょうどステイシーの胸ほどの位置にリュートの頭がある。なるほど、これくらいの高さならリュートの胸元に飛び込むことができるだろう。

（で、でも……いいの？）

「……私、結構体重ありますよ？」

「俺より軽いなら、問題ない」

「あっ、基準はそれだけなのですね……」

それなら、世の中の人間の大半はリュートにとって「問題ない」の括《くく》りに入りそうだ。

ステイシーはちらっと周りを見るが、ほとんどの騎士や使用人たちは我関せずといった様子でせっせと自分の仕事をしている。こちらを見ているのはサミュエルとドロテア――自力で降りたようだ――くらいで、その二人も意味深に微笑むだけだ。「いいから陛下のご厚意に甘えてください」という、無言の圧力を感じる。

（……やるしかないわね！）

「……失礼します」

「ああ、どうぞ」

観念したステイシーは馬の背にまたがる形から横座りの姿勢になり、なるべく馬の負担にならないようゆっくり身を倒した。

ふわり、と一瞬だけステイシーの体が不安定になるがすぐにリュートの腕が伸び、ステイシーの腰と太ももの裏を腕で支えるような形で抱き寄せてくれた。

――どくん。

（う、わぁ……！　心臓の音、すごい……陛下にも聞こえてしまうかも……!?）

リュートの乗馬服の胸元にぎゅっとしがみついて目を閉じていると、やがてステイシーのブーツの底が柔らかな地面に触れた。

「さあ、もう大丈夫だ。尻は痛くないか？」

「は、はい。ありがとうございます、陛下」

慌てて顔を上げて礼を言うと、リュートはふっと笑うとステイシーの太ももを支えていた腕を外してそっと頬に手の甲を滑らせた。

「やはり、あなたは羽のように軽い。それに、足場が危険な中でもこうして俺の腕の中に飛び込んできてくれて……嬉しかった」

「そ、そうですか……？」

「ああ。……ふふ、ステイシー、顔が真っ赤だな」

「……それは、その——」

「分かった、日焼けをしてしまったんだな。すぐに冷やしたタオルを——」

「……あー、陛下。そろそろステイシー様をお離しになったらどうですか？」

ちょうどいいタイミングで割って入ったサミュエルが、皆が休憩場所を整えている方を親指で示しながら言う。

「それと、もうじき設営準備ができます。あちらでメイドたちが簡易天幕を張りますので、ステイシー様はそこで痛みのある箇所を冷やしてください。その間、陛下の面倒は俺が見ますので」

「助かります。ありがとうございます、サミュエル」

「おい、サミュエル。なぜ俺がおまえに面倒を見られなければならないんだ」

「ご自分の胸に手を当てて、よく考えてください」

「当てた。だが分からん」

「もういいです」

なんだかんだ言いながら、リュートはサミュエルに連行されていった。代わりにステイシーのもとにはドロテアが来て、湖畔の近くにある木立の方を手で示した。

「……お尻が痛いのでしょう？　あちらで冷やしますよ」

「すみません、ドロテア様」

「いいってことよ。……まったく。陛下って、鋭いのか鈍いのかよく分からないわ。あなたも苦労しますね」

「……でも、私。陛下のそういうところ……好きなので」

ぼそっと言うと、それまではあきれ顔だったドロテアはさっとステイシーを見てから苦笑をこぼした。

「……なんというか、陛下があなたを選んだ理由がよく分かります」

「そうですか？」

「そうですよ。……さあ、さっさとお尻を冷やしましょう。グズグズしていると、しびれを切らした陛下が天幕に突撃してくるかもしれませんからね」

「それは困ります」

いくら結婚を約束した間柄とはいえど、まだリュートに尻を見せるのは早いだろう。

所用を終えたステイシーとドロテアが戻ると、湖畔では休憩の仕度が整っていた。

湖の側の少し地面が傾斜になった場所に清潔なシートが敷かれており、そこにリュートが腰掛けていた。馬車でテーブルセットを持ってくるという方法もあったのだが、せっかくなので地面に座って休憩をしたいとリュートが断ったのだった。

ステイシーが近づくとすぐにリュートは振り返り、凛々しい眉をわずかに寄せた。

「ステイシー、早かったな。もう体はいいのか？」

「お待たせしました、陛下。痛みのあった場所は冷やしたので、もう大丈夫です」

「それならいいのだが。……さあ、ここに座ってくれ」

リュートが言う「ここ」とは、彼のすぐ隣にあるふわふわのクッションだ。ただふわふわなだけでなくて一部がへこんだ形をしており、座り心地を追求した品であることが見ただけで分かった。

(どなたかが持ってきてくれたみたいね)

一応患部は冷やしたがまだ少し痛いので、ステイシーはありがたくふわふわクッションに座らせてもらった。

「さて、ではそろそろ昼食とするか」

「はい。こちらに」

リュートの声に応えたのは、ドロテア。彼女はメイドから受け取った大きなバスケットを手に、ステイシーたちの前にしゃがんだ。

「こちら、わたくしとステイシーが早起きをして作ったお弁当でございます」

「……。……う、ん？　公爵家のシェフが作ったのではないのか？」

確かに、前日打ち合わせのときには「公爵家自慢のシェフが、腕を振るった昼食を準備します」と言ったが――それは嘘だ。

リュートがはっとこちらを見てきたので、ステイシーはぎこちなく微笑んでうなずいた。

「……はい。シェフたちの手を借りたのは事実ですが、せっかくの遠乗りデートなのだからということで、私とドロテア様でお弁当を作りました」

この計画は、実はサミュエルの何気ない一言が発端だった。

サミュエルは数日前にリュートからの伝言を持って公爵邸に来た際、「陛下は今度の遠乗りを、無茶苦茶楽しみにしてらっしゃいます」と話していた。今日一日をステイシーとのデートにあてるため、彼は前倒しで公務をこなしたのだという。

そんな婚約者の気持ちに感謝したステイシーは、「何か、陛下のためにできることはないでしょうか」と彼に相談した。サミュエルは少し悩んだ様子だったがおもむろに、「そりゃあ陛下は、ステイシー様からの愛がもらえれば一番でしょう」と言った。

ステイシーがリュートにあげられる愛とは、何なのか。

その日の夜、ステイシーはドロテアと一緒にその論題について語ったのだが――出た結論が、「愛情手作り弁当を振る舞うこと」だった。

前にもリュート本人が言っていたが、彼は子どもの頃に騎士団入りしてそこで成長したため、騎士夫婦のやり取りに憧れていたそうだ。騎士の妻は夫のために料理や裁縫も行うため、騎士が愛妻弁当を持ってきて自慢しながら食べる姿も見られたという。

ドロテアは、「陛下って、ベタな展開が好きですからね。きっとあなたの手料理を泣いて喜ぶでしょうね」とからかうように言っていた。泣くまではしなくていいから、ちょっとでも喜んでほしい、と思ってステイシーはその案を採用して、屋敷のシェフたちの指導と協力を受けながら弁当を作ったのだった。なお、ドロテアと二人で張り切って作ったので量はかなり多く、四人前はある。

……ということをステイシーは説明したが、そうしている間にリュートがわなわな震え始めた。

「ステイシーの、手料理……だって……!?」

「宮廷料理人が作るディナーに比べると、出来はいまいちですが……」

「そんなことはない！　料理人たちが作るコース料理は確かに美味だが、ステイシーの弁当でしか味わえないうまみがあるに決まっている！」

ぐっと大きな拳を固めて力説するリュートを見て、ステイシーの胸が温かくなった。

「……そう言ってくださると、嬉しいです」

「ああ！　では、いただこう！」

すぐさまリュートがバスケットに摑みかかろうとしたので、「待ってください」とステイシーは彼を止めた。

「念のために、毒物検出魔法を掛けて安全を証明しますね」

「ステイシーが俺の食べ物に毒を盛るわけがないだろう！」

「それはそうですけれど、念のためです」

「そうですよ。ステイシーはともかく、わたくしが陛下のものにだけついうっかり下剤を仕込んでいる可能性があるかもしれないでしょう？」

「検出魔法を頼んだ、ステイシー」

「これはこれで、ちょっと腹が立ちますねぇ……」

ドロテアはじろっとリュートをにらむが彼はどこ吹く風で、ステイシーが料理に向かって毒物検出効果のある光魔法を掛ける様子を見ていた。もちろん、魔法反応なしである。

それに加えて使用人が念のための毒味をして弁当の安全が証明されたところで、メイドが食器などを並べて紅茶も淹《い》れた。シートにはリュートとステイシーに加えて、サミュエルとドロテアも腰を下ろした。もともと二人では食べきれない量なので、もう一人の作成者であるドロテアとついでにサミュエルも同席することになった。

「おお……どれもおいしそうだ！」

「屋外でも食べやすいように、工夫したのですよ」

「これは、彩りも鮮やかですね」

ステイシーがバスケットの蓋を開けるとリュートが感嘆してドロテアは自信ありげに胸を張り、サミュエルも少し弾んだ声を上げる。

メインディッシュは、肉や野菜を挟んだバゲット。ソースを絡めて焼いたチキンや甘く炒った卵、みずみずしいレタスなどを豪快に挟み、ピックを刺している。串焼きにした子羊肉には、味付けとして数種類のソースを準備している。肉ばかりだとこってりしすぎるので、そのままでもポリポリ食べられるニンジンやセロリなども添えている。

「いい匂いだ。……パンは、好きなものを取ればいいのか？」

「あ、その奥にあるのが陛下用です」

「大きいな！」

「はい、特大サイズにしました。あまりにも分厚くなりすぎてピックが刺さらなかったので、陛下のだけ油紙で包んでいます」

「俺専用ということか！　ありがとう、ステイシー」

リュートは爽やかに笑う。彼の手には、ステイシーだと見ただけで胃もたれしそうなほどのサイズのパンが。彼専用のパンには、レタス半玉が丸々入っている。

（陛下は体が大きいから、たくさん召し上がるのよね）

王城での茶会デートなどではあまり菓子を口にしないリュートだが、三食の際にはかなりの健啖《けんたん》家《か》っぷりを見せつけるらしい。おまけに一つ一つの料理をとてもおいしそうに食べるので宮廷料理人も嬉しくて、ついついリュートの食事を当初の予定以上に豪華に作ってしまうそうだ、とドロテアが教えてくれた。

一通り食べた後で、メイドが別のバスケットを持ってきた。これは、デザートだ。だがさすがにケーキなどを持ってくると崩れるしクッキーなどだと割れる可能性があるので、フルーツ系にしておいた。

今回選んだのは、クライフ王国で育つ柑橘類でも最大サイズのものだ。皮は分厚くて弾力性があるため、大きめのナイフで皮を剝《む》く必要がある。若干重くてかさばるが荷物の中に入れても破裂しにくく、また大量の水分を含み栄養分もあるので、長距離の旅のお供として愛用されている果実だ。

「食後のフルーツです。特別大きなものを選びましたよ」

「オレンジか。みずみずしくて、うまそうだな。……そうだ、ステイシー。せっかくだから、これは俺があなたに食べさせてみたい」

「……ん？」

両手で持たなければならないほど大粒のオレンジを手にしたステイシーは、首を傾げた。「せっかくだから」の意味がちっとも分からないし、リュートがやけに熱っぽいまなざしでこちらを見てくる理由も分からない。

「……食べさせる、とは？」

「オレンジ、貸してくれ」

「あっ、はい。……それ、皮がとても分厚いので、ナイフを――」

「いや、不要だ」

ステイシーからオレンジを受け取ったリュートは、自分の拳よりもずっと大きなオレンジを胸の前で持った。そして、両手の指に力を入れて——

「……ふんっ！」

パカン、と真っ二つに割った。

（わ、わあ……！　あのオレンジ、ナイフを差し込んでノコギリみたいに引きながら切り分けるものなのに……！）

ステイシーはまじまじとオレンジを見てしまったが、驚いているのは自分だけだった。ドロテアやサミュエル、そして他の騎士やメイドたちにとっては、国王が巨大オレンジを真っ二つにするのはさして驚くべきことでもないのだろう。

「ふっ……レンガブロックをも砕く俺にとって、オレンジを割るなどたやすいことだ！」

誇らしげに言い、リュートはメリメリと音を立てながらオレンジの皮を剝いた。そして柑橘系の爽やかな香りが漂う中、薄皮まで丁寧に剝いたリュートはそれをメイドが差し出した皿に載せてフォークを刺し、ステイシーに差し出した。

「さあ、食べてごらん」

「ありがとうございます。……あの、お皿に置いてくだされば」

「このまま食べればよいだろう？」

そう言うリュートは、満面の笑みだ。彼が摘まむフォークの先で、オレンジの果肉がぷるぷる揺れている。

（……あ、ああ！　「食べさせる」って、そういうこと!?）

　つまり、リュートは自分が手ずから剝いたオレンジをステイシーの口元まで運び――いわゆる「あーん」で食べさせたいのだ。星女神教会で神官たちが好んで読んでいた恋愛小説にもこういう描写があったので、ステイシーも知っていた。

（……意図は分かったけれど……これ、食べないといけないわよね……？）

　オレンジを見ながら思わず寄り目になってしまったが、リュートは「両目が中央に寄っているステイシーも、可愛いな」と言っている。恋は盲目、とはよく言ったものだ。

　とはいえ、うまく食器を扱えない幼児ならばともかく、リュートに食べさせてもらうのは……嫌ではないが、少々恥ずかしい。もちろん、貴族令嬢としてもマナー違反のはずだ。だがいつもなら厳しく注意を飛ばしてくるドロテアなのに、今彼女はナイフを手に小さめのオレンジの皮を黙々と剝いていた。

　メイドに任せればいいことを進んでやっている点にしても、オレンジの皮剝きに集中しているというより、意識してこちらを見ないようにしているようだ。もしかすると、「わたくしは、何も見ていません」というアピールなのかもしれない。

（……ええと。見られていないのならいい、ってことね！）

　よし、とステイシーは腹をくくり、リュートの方に身を寄せて唇を開いた。ステイシーが乗り気になったからかリュートの喉の出っ張りが上下し、ステイシーの唇の隙間にそっとオレンジを差し込んだ。

「んっ……」

（……甘い！　果肉がぷるっぷるで、おいしい！）

このオレンジは神官時代にも仲間と一緒に食べたことがあるが、これほど甘くてみずみずしくはなかった。今日のために公爵邸の使用人が取り寄せてくれたオレンジはとびっきりの甘さで、ステイシーは頬に手を当てて、ほう、と恍惚《こうこつ》のため息を吐き出した。

「幸せです……」

「はは。ステイシーは、おいしいものを食べられたら幸せを感じるのだな」

「……はい。お腹いっぱいになると、満ち足りた気持ちになるので……」

「ああ、そうだな。……おいしいものを食べて満腹になれるのは、よいことだ」

リュートはそう言ってから、ふと静かになった。そして彼がサミュエルの方を向いて、「少し、ステイシーと二人きりにさせてくれないか」と言ったため、周りの者たちは不安そうな顔になる。

「……それはさすがに、危険です」

「なにしろこれほど見通しのよい場所ですので、何者かが陛下やステイシー様のお命を狙いかねません」

「今は我々が盾になれますが、二人きりは――」

案の定ではあるが口々に反対されて、リュートは難しい顔になった。

「少し、ステイシーと話したいことがあるだけなのだが……」

「お気持ちは分かりますが……」

「……あっ、それならこれはどうですか？」

ステイシーは、膝立ちになった。

（空間魔法の応用！　私と陛下の周囲を包むように、空気の壁を作って……）

習得に時間の掛かる神官も多い空間魔法だが、ステイシーは問題なく扱えるし独自に研究した結果、応用方法も編み出していた。

（今必要なのは……呼吸はできてかつ、音は外部に漏れないようにする壁ね）

ステイシーは右手の人差し指を立てて、その指先で自分とリュートの周りのシート部分をなぞっていった。ぐるりと一周すると指を立てた格好のまま立ち上がり、大きめの鳥かごのイメージで空中をなぞっていく。

魔力を持たない者には分からないが、もしこの場に神官がいればステイシーがなぞった部分がきらきら輝き、それこそ光り輝く籠のような形になっていることが分かっただろう。

（形ができたら、丁寧に壁を作って……）

両腕を広げ、ちょうど大きめのたらいを胸に抱えているような姿勢になる。そのままゆっくりとその場で一回転したことでいよいよ壁が淡く光り始め、二人を包む大きな鳥かごが完成した。

リュートははっとして、あたりを見回した。

「……周りの音が、聞こえない……？」

「はい、音声を遮断したからです。同じように、ドロテア様やサミュエルたちには私たちの会話内容は聞こえません。あと、呼吸は問題なくできますので、ご安心ください」

「……これは、すごいな。はは、サミュエルたちも驚いているな。だが、あなたは大丈夫なのか？この魔法で疲れたりしないか？」

リュートに心配そうに尋ねられたため、ステイシーは笑顔でうなずいた。

「あまりにも範囲が広すぎたら私も疲れてしまうのですが、これくらいなら平気です。……じゃあ、この辺にちょっと穴を開けますね」

ステイシーが自分の目の高さほどの位置に指を立てて光の壁を突くと、そこだけ魔法がぺろんと剝がれた。

「……こんな感じで、いかがでしょうか。そちらから私たちの様子は見えますし、何かあるときはこちらに来てくだされば、問題なくやり取りができます」

「……わっ、声が聞こえましたね」

「ステイシー、あなた、わたくしたちが想像していた以上のやり手でしたのね……」

サミュエルが少しわくわくしたように、ドロテアが感心したように言う声も、今はきちんと聞こえてきた。他のお付きもほっとした様子なので、リュートが言った。

「では、せっかくステイシーの魔法で音を遮断してくれるので……少しだけ、話をさせてくれ。先ほど彼女も言ったように何かあればすぐに来てくれればいい」

「……そういうことでしたら、かしこまりました」

皆は、リュートの姿がきちんと確認できると分かったからか納得してくれた。ステイシーが穴を塞ぐとまた外部の音が遮断されたため、その場に腰を下ろした。

「それで……陛下。お話とは何でしょうか」

「……。……先ほどオレンジを食べた際、あなたと『幸せ』について話をしたな」

リュートは、真剣な色の浮かぶ声で言った。そういえば、「おいしいものを食べたら幸せになる」という話をしている途中で、リュートは何やら考え込んだ様子になったのだった。

まだ二人の側にはリュートが手ずから剝いたオレンジがあったため、それぞれフォークを持ってそれを味わいながら、言葉を交わす。

「……はい。何か、気になることがございましたか？」

「……いや。おいしいものを食べて幸せになるというのは、ごく自然なことだ。だが、全ての国民が満腹になることの幸福感を味わえるようになるまでは、まだまだ掛かりそうだと思ってな」

オレンジの房を一つ味わったリュートは、フォークを皿の上に置いて小さく笑った。

「……たまに、思うんだ。『兄上なら、もっと効率よくやったはずだ』とな」

「……」

「兄上と俺は別人なのだし頭の出来が違うのは皆も知っていることだから、こんなことを考えても仕方がないと分かっている。それに、サミュエルたちが支えてくれている。だから少なくとも皆の前では、多少の虚勢は張れるし強がってもいられる。だが……一人になったときとかに、思ってしまうんだ。きっと兄上の治世が続いていれば、飢える国民はもっと少なかっただろう。もっと早く、冬季の食糧難問題も解決できただろう。もっと……皆をうまくまとめられただろう、と」

「……」

「ステイシー。俺が即位して三年経つが……俺はこれまでに何度も、命を狙われてきた」

「そんな……！」

それまでは黙っていたステイシーも、たまらず声を上げてしまった。

王族が命を狙われるのは、古今東西よくあることだ。どんな賢君でも、その治世に不満を抱く者はいる。もしくは賢君を殺《あや》めることで己が王位に就き、先代国王が成した業績だけを奪い取ろうとする者もいる。

「もちろん、その全てを返り討ちにしてやった。だが、いつだったか……まだ若い女性がナイフを構えたときには、さすがにショックだった。女性までもが俺に凶器を向けてきたのももちろんだが、彼女が泣きながら『おまえのせいで、夫が死んだ！』と叫んできてな」

「……その。なぜその女性がそのようなことを言ったのかは、分かったのですか？」

「ああ。俺が即位後間もなく発令した法案により、彼女の夫は職を失った。そうして家族を養えなくなり、自ら命を絶ってしまったそうだ。……その夫は、簡単に言えば闇商人だったから、俺の法案により処分対象になってしまったんだ」

「は？　ちょっと、それって逆恨みもいいところじゃないですか！」

しんみりしていたステイシーだが、たまらず大声を上げてしまった。声は聞こえないがステイシーの鬼気迫る顔は見えていたので、魔法の壁越しにドロテアとサミュエルが驚いたようにこちらを見ているのが視界の端に映った。

「闇商売って、昔から認められていない……というか、暗黙の了解みたいな感じでやっていましたよね!?　でも、その商品の出所が分からないし安全性も保証できないから、いつ規制が入ってもおかしくない状態だったでしょう！　そんな商売をやっていたのが原因だとは思わないのですか!?」

「思わないから、こうなったのだろう。……もしくは彼女も分かっているが、夫を失った悲しみと憎しみをぶつける相手がほしくて、視察中だった俺を狙ったのかもしれない」

かっかとするステイシーとは対照的に、リュートはどこまでも落ち着いていた。

「そういうときに、つい兄上と自分を比較してしまうんだ。……だが、一年前にあなたと出会ってから、俺自身少し変わることができた」

「そうなのですか？」

「ああ。……なんと言うのかな。あなたの正直な言葉が、ものすごく俺の胸に響いたんだ」

そう言ってリュートは右の拳を固め、それをそっと自分の左胸に寄せた。

「あなたがありのままの俺を肯定してくれたから、俺は前を向こうという気持ちになれた。兄上と比べる必要はないし、比べるのなら過去の俺自身と比べるべきだとも思えたんだ」

「……あの、私、そこまで深く物事を考えていたわけではないですよ？」

「ふふ。それなら、深く考えた上での発言でなくとも、あなたは俺を喜ばせることのできる天才だということだな」

少しキザったらしくウインクをして言われるものだから、ステイシーの頬に熱が上ってしまった。

一年前の自分の言葉で、リュートを救うことができた。彼を励ますことができた。それならとても嬉しいが……。

「……いくらでも、しますよ」

「うん？」

「私の言葉で陛下を元気づけられるのなら、いくらでもあなたを励まします。私の励ましで陛下が前を向けるのなら、いくらでもあなたを褒めます」

誰だって、貶されるより褒められたい。辛いときには弱音を吐きたくなるし、慰めてほしくなるときもある。

それは平民だろうと国王だろうと、変わらない。

（私の存在で、言葉で、陛下を助けることができるのなら、思う存分活用したい）

「辛いときには、私に言ってください。私は神官としては、腹の立つ貴族をぶっ飛ばすことと屋敷を破壊すること、魔物を潰すことくらいしか能がありませんが……あなたの妃としては、役に立ってみせます」

ステイシーがはっきりと言うと、リュートの緑色の目が少しだけ揺れた。彼の大きな手がおもむろに持ち上げられ、ステイシーの両手をそっと握った。

大きさは全く異なるけれど同じくらい熱い手のひらが、ステイシーの小さな手をしっかりと握ってくれる。

「ステイシー……！」

「……ということで、ですね！」

「うん」

「今から、『今日の陛下のいいところ』を発表します！」

「……うん？」

にっと笑ってステイシーが言うと、リュートはゆっくりと首を傾げた。

「俺の……いいところ？」

「はい！　実はですね、今日デートをしながら陛下のことを観察していると、たくさんのいいところが見つかったのです！　せっかくだからそれを教えますね」

「お、おお……？」

リュートはステイシーの勢いに呑まれている様子だが嫌がっているようではないので、どんどん先に進めさせてもらうことにした。

「まずは……陛下がご自身で馬の世話をされているところ！　ドロテア様から聞いたのですが、乗馬は貴族のたしなみではあるけれど自分で世話をすることはまずないそうですね。理由は当然と言えばそうですが、馬は臭いますし」

「まあ、そうだな。だが俺は騎士団にいた頃から愛馬の世話は自分でしていたから、その延長でやっているようなものだ」

「でも、『王様になったから、馬の世話なんてしなくていい』とは思っていないのですよね？　それってとても素晴らしいことだと思います！　だから、陛下の愛馬は陛下にとても懐《なつ》いているのですよ。乗るときだけ乗って世話をしてくれない人より、汗まみれの体を拭いたりブラッシングしたりしてくれる人の方が好きになるの、当然じゃないですか？」

「……そうだな」

相変わらずリュートは少し戸惑いがちだが、それでも彼の口角は少しだけ上がっている。それを見ると、ステイシーもほっと安心できた。

「それから、王城を出発したとき。たくさんの方が、陛下のお見送りに出てきていましたね」

「国王の外出となれば、そういうものじゃないのか？」

「ふふ、そうですね。でも、ごらんになりましたか？　見送りの人たち、みんなとても優しい笑顔だったのですよ？　陛下のことが好きだから、心からの笑顔で見送っていたのだと思います」

国王とその婚約者の遠出となれば、「王家に興味はないけれど、まあ見に行くか」くらいの気持ちで出てくる者もいるだろう。だが、今日リュートを見送りに来た者たちの目は輝いていた。

ただ単に珍しいものを見に来たまなざしではなくて……自分たちが尊敬する国王のお出ましを心から喜び、彼が激務の合間に作った時間を満喫してほしい、という願いが込められているのがよく分かった。

「それから……」

「まだあるのか!?」

「ええ、あと二つあります」

「なんと、贅沢なことだな。ありがとう」

「どういたしまして。……次は、私とドロテア様がお弁当を準備した、とお伝えしたときです。そのとき陛下は、宮廷料理人が作るコース料理はおいしいけれど、私のお弁当にしかないうまみがあるはずだ、とおっしゃっていましたよね」

「ああ、そんなことを言った気もするな」

「……私、その言葉がすごく嬉しかったのです」

彼は宮廷料理人とステイシーの料理を比べる際、どちらかを貶《おとし》めたりはしなかった。料理人たちが作るコース料理にはコース料理の、ステイシーが作るつたない弁当には、それなりの魅力がある。そういうことが自然に言えるリュートが、素敵だと思えた。

そう伝えると、リュートは少し驚いた顔になった。

「……そんな風に思ってくれたのか。別に、深い意味があっての発言ではないのだが――」

「深い意味を持たずとも自然にそういうことを言えるのは、陛下がお優しくて平等なお方だからだと思います。普段からあなたはよく、私を褒めてくれますが……その際に、他者を貶めることで私を持ち上げるような褒め方はしないですよね？」

彼は小声で遠慮がちな貴族令嬢たちとはそりが合わないそうだが、だからといって彼女らを貶したことは一度もない。

誰かを褒める際に、「あの人と違って、君は素敵だ」のような褒め方をする人がいる。それで喜ぶ人もいるかもしれないがステイシーとしては、比較対象の価値を下げることで自分の評価を上げられても、嬉しくない。褒めてくれるのならリュートのように、ステイシーのよさだけを挙げてくれる方がずっといい。

「……それで、最後の一つは総括です。ご自分の身分に傲《おご》らずやるべきだと思うことを進んで行い、自然に人を気遣えて、いつも堂々としていて……もし困ったことがあったときや悩みがあったときには私に相談してくれるあなたが、素敵だと思います」

ステイシーは、微笑んだ。

「以前お会いしたアロイシウス様は、おっしゃるとおり本当に素敵な方でしたし、アロイシウス様の治世が安定していたことも事実です。……でも、陛下には陛下のよさがあります。素直に人を頼り、物事を平等な目で見つめ、正しい評価を下せるあなた。そんなあなたにしかできない国作りが、絶対にあります」

リュートの緑色の目が、ゆっくり瞬かれた。その澄んだ湖面には、ステイシーの顔がくっきり映り込んでいる。

「そんなあなただからこそ、私はプロポーズを受けました。完璧ではなくていい、ときには弱音を吐いてもいい。……私が、あなたを支えます」

「ステイシー……」

リュートの唇が動き、限りない優しさのこもった声でステイシーの名を呼ぶ。

彼はふっと笑い、それまでずっと握っていたステイシーの手をゆっくりと離し、親指の腹でいたわるように手の甲を撫でた。

「……参ったな。今日はあなたを喜ばせるために遠乗りに誘ったというのに、俺の方がこんなにも多幸感で胸がいっぱいになってしまうとは」

「あ、それじゃあおそろいですね。私も幸せ、陛下も幸せなら、言うことなしでしょう?」

「ふっ、それもそうだな」

リュートは満足そうに微笑む。

「本当に、あなたの強さに助けられてばかりだ。……もちろん、あなたのことを存分に頼らせてもらう。だがその分、あなたのことは俺がうんと甘やかしあなたのやりたいことも全力で応援するからな」

リュートに言われて、ステイシーは大きくうなずいた。

この力をもって悪をくじき、今を苦しむ人を少しでも助けたい。聖女を辞めて王妃になったとしても、ステイシーは自分のやりたいように振る舞って快感を得るだけでなく、人々からの賞賛も浴びたかった。

「あなたは、私が出した募集要項どおりの旦那様でいてくださるのですよね？」

「もちろんだ」

「それじゃあ、うんと甘えさせてくださいね。私、これでも結構繊細なので、寂しくなったりしたら陛下に甘えちゃいますし、愚痴を吐きたいときもあると思いますが、いいですか？」

ステイシーが小首を傾げて問うと、リュートは大きくうなずいた。

「ああ。いくらでも甘えていいし、愚痴もいくらでも聞く。もし暴れてストレスを発散したくなったなら……ううむ、そうだな。いずれ取り壊し予定の廃墟が郊外にあるから、それでも壊してくれればいい」

「うふふ、かしこまりました。そのときには遠慮なく、素敵な更地《さらち》を作りますからね！」

「俺の未来の妻は、可愛くて勇敢なだけでなくて、更地作りも上手なんだな。完璧ではないか」

「食事作りよりも更地作りの方が上手な奥さんなんて、王国をくまなく探しても私くらいでしょうねぇ」

「ああ、そこがステイシーの可愛いところだ！」

そう言って、リュートはステイシーをぎゅっと抱きしめた。彼の胸元に頬を寄せるとほんのりと、汗の匂いがした。その匂いさえステイシーをドキドキとさせてくれるのだから、なんだかんだ言ってステイシーは相当リュートに惚れ込んでしまっているようだ。

リュートの腕の中は、心地いい。このままずっと二人きりの空間で、抱き合っていたい。

……だが。

「……あ、あの、陛下……ちょっと、苦しい……」

「……え？　あ、す、すまない！」

あまりに力強くぎゅうぎゅう抱きしめられるおかげで、ステイシーは胸を圧迫されてしまった。慌ててリュートが腕をほどいてくれたおかげで酸欠になることは免れたが、空間魔法の壁越しにもサミュエルとドロテアが真っ青になって慌てているのが見えた。

壁を解除するとくたくたになったステイシーはドロテアに優しく抱きしめられ、リュートは「あなた、もうちょっと自分の力を考えてください」「ステイシーをミンチにするつもりですの!?」とサミュエルとドロテアに叱られてしまったのだった。

ステイシーが水を飲んで回復したところで、そろそろ帰ることになった。

リュートやサミュエルたちが馬の準備をして、ステイシーやドロテアたちは帰り仕度をする。もっとゆっくりしていたいし、時間があれば湖にボートを浮かべてみたりもできただろうが、リュートの帰りが遅くなってはならない。

「今日は、楽しかったです。またこうして遠乗りができればいいですね」

騎乗してリュートと馬のくつわを並べると、彼は嬉しそうにうなずいた。

「ああ、必ずまた来よう。夏になったら、湖に足を浸して涼んだりするのもいいだろうな。あと、釣りなどもできれば楽しそうだ」

「陛下は釣りをなさるのですか？」

「一応、やり方は分かる。だが俺は釣り竿でちまちま釣るより、銛《もり》を手に海に潜って魚を仕留める方が手っ取り早くて好きだな。俺、泳ぐのも結構得意なんだ」

「それはすごいですね……」

ステイシーは恥ずかしながら一切泳げないので、リュートが潜っていても自分は待つことしかできないだろう。だが、銛を手にした彼が次々に魚を仕留めて上がってくるのを見守るのも、結構楽しいかもしれない。


一行が王都に戻ったときには、夕日は既に西の空に傾きかけていた。

王城内の馬場に戻ったステイシーはやはり自力では下りられなかったので、多くの騎士たちが見守る中、またしてもリュートに抱えられて下馬することになった。

「今日は、ありがとう。疲れたでしょう。ゆっくり休んでね」

今日一日よく働いてくれた馬の脇腹を撫でて優しく声を掛けてやると、牝馬はブルルといななないてステイシーの手のひらに体をすり寄せてきた。

「おや、随分とステイシーに懐いたようだな」

自分の青毛の手綱を引いていたリュートが近づいてきて、栗毛の毛並みを優しく撫でた。

「この馬はまだ若くて、決まった乗り手がいないのだが……そうだ。せっかくだから、この子をステイシーの愛馬にしたらどうだ？」

「えっ、よろしいのですか？」

つい声を弾ませつつ問うと、リュートはもう片方の手で自分の愛馬の首筋を軽く叩いた。

「むしろ、ステイシーにはいずれ愛馬が必要になる。ドロテアから聞いているかもしれないが、歴代の王妃は結婚前に愛馬を決めるんだ。貴族の令嬢だったら自分が乗り慣れた馬を連れてくることが多いが、この子のように城で育てている若い馬を自分専用にする者もいる」

「……そういえば、教えてもらいました。確か国王と王妃は結婚後のパレードで、自分たちの愛馬に馬車を牽《ひ》かせるのですよね」

クライフ王国王族の結婚にはいろいろなしきたりがあるが、パレードも建国以来ずっと続いていた。どうやら初代国王夫妻がどちらも馬好きだったらしく、彼らが自分たちのパレードに愛馬を参加させたのが始まりらしい。

もちろん、馬車を牽く馬と乗馬用の馬では体の筋肉の付き方が違うし、成人男女二人を乗せた豪奢な馬車をたった二頭で牽くことはできない。だから馬車を牽くのは足腰ががっしりとした別の馬で、国王夫妻の愛馬は華を添えるだけにして負担が掛からないようにするそうだ。

リュートはうなずき、ステイシーに寄り添う牝馬を見つめた。

「正直なところ、その子は血統としてはそこまで優れているわけではないし、やや臆病な性格をしている。だがとても優しくて従順だし、ステイシーにこれほど懐いているのなら愛馬にしてやった方がその子も喜ぶと思うな」

「……嬉しいです。ありがとうございます！」

ステイシーが牝馬の横腹を撫でると、人間の言葉は分からなくてもだいたいのことを察したのか、馬は嬉しそうに身を震わせた。

この後リュートは大臣との会議があるそうなので、名残惜しいが本日のデートはここまでということで解散した。

だが、去り際にリュートはステイシーにある「宿題」を出してきた。

「うーん……やっぱり可愛い名前がいいでしょうか？　それとも、凛々しくて格好いい名前がいいですかね？　ああ、悩む……」

「ふふ、悩んでいる様子ですね。これからあなたの相棒になるのですから、しっかり悩んで決めればいいと思いますよ」

ドロテアと一緒に王城の廊下を歩きながら、ステイシーは考えていた。

リュートから出された「宿題」とは、愛馬になったあの栗毛の名前を考えてやること。ものすごく急ぐ必要はないがいずれ結婚の際には愛馬にも名前のプレートを付けるそうだし、「早く名前を呼んでやった方が、あの子ももっとステイシーのことが好きになるだろうからな」とのことだ。

なお、リュートの愛馬の名前は「ロロ」だ。彼曰く昔読んだ絵本に出てきた黒馬の名前らしく、自分の愛馬は絶対にロロという名前の青毛にすると決めていたそうだ。威厳たっぷりな見た目に反して、なかなか愛らしい響きの名前である。

（うーん……だからといって別に、ロロと対をなす感じの名前にしないといけないわけでもないそうだし……。でもどちらかというと、長い名前よりも呼びやすくてかつ素敵な響きの名前がいいわねぇ……）

「……ステイシー」

頭の中で名前をあれこれ考えていたステイシーは、隣を歩くドロテアが注意を促してきたため、我に返った。だが、若干遅かったようだ。

「……まあ、ごきげんよう、ステイシー様」

「何か考えごとでもなさっていたのですか？　妙な視線をされていましたが……」

前方からやってきたのは、何やら見覚えのあるご一行。わざわざ一人一人の名前を聞いたわけでもないしそもそも興味もないのだが、おそらく前に喧嘩を吹っ掛けてきた面子と同じだろう。

（……ああ、メラニー様ご一行ね……）

小柄なメラニーは、取り巻きたちを両脇に従えて歩いてきていた。今日のドレスはスカート部分がしっかりと膨らんでおり、袖や胸元には繊細なレースがふんだんに飾られている。今のステイシーは黒い乗馬ドレス姿でしかも遠乗り帰りのため少々汚れも付いているため、華やかなメラニーの衣装とは雲泥の差だ。

隣のドロテアが扇子の下で嫌そうな顔をしたのを横目で見て、ステイシーは進み出てスカートを摘まんでお辞儀した。

「ごきげんよう、メラニー様とそのお連れ様」

「ええ、ごきげんよう。……今日は陛下と一緒に遠乗りをなさったそうですね」

メラニーが、か細い声で言う。いつ見ても麗しい可憐な貴婦人だが、はてさて今日は何のために城に来ていたのだろうか。

「はい。陛下がご多忙にもかかわらずお時間を取ってくださったおかげで、とても充実した時間を過ごすことができました」

「そうですか。わたくしはそれほど乗馬が得意ではないので、陛下と遠乗りできるあなたが、うらやましいですね」

メラニーが慎ましげに言った。

（そういえば、メラニー様が乗馬をされる姿はあまり見たことがないわよね……）

メラニーの気に障ることはあまり口にしたくないので、乗馬には触れない方がいいかもしれない。

（それに、今の私はあまりきれいな格好ではないし……）

「ステイシー様。あなたにお話がございまして」

さっさと退場しようと思っていたステイシーだが、メラニーの方から話題を振ってきたためその場に留まるしかなかった。

「お話、とは何でございましょうか」

「いずれあなたとは義理の姉妹になるのですから、親睦を深めたくて。今度離宮でお茶会を開くので、そちらにあなたをお招きしたいのです」

「……」

一瞬、ステイシーは返事に迷ってしまった。

（……お茶会？）

先代王妃主催のお茶会に招かれるのは、普通なら光栄なことだ。振る舞われる茶も菓子も一級品だろうし、「メラニー様に招かれた」というだけで大きな名誉になるから、普通の令嬢なら喜んでお招きに応じるだろう。

そう、普通の令嬢なら。

（うーん……。私の立場としては応じるべきなんだろうし、一対一ならまだいいのだけれど……）

星女神教会に出入りしていた行商人が言っていた、いわゆる「サシ飲み」状態ならばステイシーもそれなりに落ち着いて茶を味わえるだろうが……。

「……光栄です、メラニー様。是非ともお伺いさせてください」

後ろからドロテアにつんつんと背中を突かれたので慌てて応じると、メラニーは微笑んだ。

「そう言っていただけてよかったです。また後日改めて招待状をお送りしますので、どうぞよろしくお願いしますね」

「はい、ありがとうございます」

「どういたしまして。では、また後ほど」

メラニーはしとやかに微笑むと、取り巻きを連れて去って行った。様子を見ていた貴族たちが、「さすがメラニー様。威厳と気品にあふれたお姿だ」「ステイシー様にも是非、見習っていただきたいところだな」と囁く声が聞こえた。


メラニーからの招待状は、三日後に届いた。

「私にはこれが招待状ではなくて、果たし状に見えます」

「奇遇ね。わたくしもそんな予感がしていましたの」

執事が銀のトレイに載せて持ってきた手紙をテーブルに置き、ステイシーとドロテアはそれをじっと見つめていた。

さすが、一流侯爵家出身の先代王妃からの手紙。封筒には薔薇《ばら》の模様が型押しされており、高価な金箔がふんだんにちりばめられている。既に封は切られているが、封筒を持ち上げるとふんわりといい匂いがした。令嬢や貴婦人たちは封筒の内部に香水を吹きかけることで、相手が開封した際にほのかに香るようにしているそうだ。

封筒の中に入っているのは、二つ折りになったカード。そこには流麗な字体で、ステイシーをアロイシウスの離宮で開催する茶会に招く旨が書かれている。

「……ドロテア様はこちらについて、いかがお考えですか」

「そうですね……」

ステイシーからカードを受け取ったドロテアはまずそれをひっくり返したり折り目の部分を反対側に曲げたりした後に、内容に目を通した。

「……文面としては、ありきたりなものですね。女性のみの茶会を開くことで腹を割って話ができるようにして、親睦を深める。わたくしたちが普段主催する茶会と、同じです」

「そうですか」

「しかし……さすがメラニー様。ちくりちくりと仕込んでいますね」

そう言ってドロテアはカードをテーブルに置き、内容がステイシー側に見えるように広げた。

「わたくしが一番気になったのは、ここ。『是非ともご友人を同伴なさってお越しください』とあるけれど……あなた、ご友人はいて？」

「……」

「イヤミなどではなくてよ。あなたには、メラニー様が主催する茶会に友人枠として同伴しても問題ないような間柄の女性はいるのか、ということですよ」

　ドロテアに指摘されて、ステイシーは小さくうめいてしまった。

「……い、いません。あえて言うならドロテア様くらいで……」

「もちろん必要とあらばわたくしも同行します。しかし……おそらくメラニー様の方は、いつもの金魚のフ――いえ、失礼しました。大切なご友人を多数お招きなさるでしょう」

　いつもの金魚のフ――つまり、あの取り巻きたちのことだろう。ステイシーはさほど興味がないが、確か四人くらいはいたはずだ。

（えええ……もしかしてあの人たち全員を参加させるつもり!?）

「それなら、私もあと三人は同伴者を連れて行くべきなのでしょうか？」

「その方がいいと思います。もちろん、わたくしの知人に声を掛けることもできますが……」

「でもそれだと次期王妃と先代王妃のお茶会ではなくて、ブルクハウセン公爵派とストッケル侯爵派の派閥争いになりません？」

　ステイシーの指摘に、ドロテアは苦い顔でうなずいた。

「ええ、わたくしもそう思います。無論、相手としてはそのつもりなのでしょうが……和やかな茶会にはならないでしょう」

　うーん、とステイシーとドロテアは頭を悩ませる。

　たとえドロテアの友人たちがうまく立ち回ってくれたとしても、彼女らに頼り切りになると「次期王妃なのに」と取り巻きたちが揶揄《やゆ》するネタを提供する結果になるかもしれない。メラニーも取り巻きの勝手な振る舞いを諫《いさ》めるつもりはあまりないようだから、頼りにはできない。

（なんとか、無事にお茶会を切り抜けられる方法があればいいけれど……）

聖女の仕事を終えたステイシーが少しだけでも顔を見られたらと思って城に足を運ぶと、多忙なリュートだがわざわざ降りてきてくれた。

「お忙しい中ありがとうございます、陛下」

夕日の差す庭園でステイシーがお辞儀をすると、リュートは朗らかに微笑んだ。

「なに、あなたに会えるのならいつだって飛んでいくとも。それに、俺はこれから会議なのだが、難しい話を聞く前にステイシーの顔を見て元気になれた。俺の方こそ、あなたが来てくれて本当に助かったよ」

「……そ、それならよかったです」

リュートの性格からして、ステイシーのことを気遣っての発言ではなくて本心から言ってくれているのだと分かり、胸の奥が少しこそばゆいような気持ちになってくる。

だがステイシーが今度離宮での茶会に参加することについての話をすると、リュートはふと難しい顔になった。

「そうか。……俺も同行したいのだが、女性だけでのお茶会ということなら仕方がないな。それに、俺はメラニー様からあまりよく思われていないようだしな」

「えっ、そうなのですか？」

それは初耳だったので、ステイシーは目を丸くした。リュートとアロイシウスは兄弟仲がよく、今でもまめに兄の見舞いに行くし彼が元気そうなときは政務の相談をすることもあるという。だから、兄嫁のメラニーとの仲も悪くないと思っていたのだが。

「ああ。俺としては普通に良好な関係を築きたいのだが、遠くからじっとにらまれたり顔を背けられたりすることが多くてな。この前はステイシーがいたから見送りに来てくれたようだが、俺一人のときだと出てきてくださらないことがほとんどだ。……まあ、俺は我ながら気が利く性格とは言えないし、兄上を愛するメラニー様からすると俺には複雑な思いを抱かれても仕方ないな」

「……そんなことはないと思いますが」

「はは、そう言ってくれると少し安心できる」

リュートは微笑み、ステイシーの髪の房を手に取った。

「……いつも思うが、この聖女の装いは本当に見事だな。清楚で神秘的で、あなたにぴったりだ」

「あ、ありがとうございます」

確かに聖女のローブは清楚で神秘的だが残念なことに、それを着る側のステイシーの中身は清楚でも神秘的でもない、ただの野蛮な野猿だ。だが聖女のローブを纏えばそれだけで着用者の欠点が全て隠されるようで、リュートはとろけるような瞳でステイシーを見つめてくる。

「結婚したらあなたには王妃のドレスを着てもらうが、たまにはこの姿も見たいな。……ああ、だが結婚したら還俗するから、もうこの姿は見られなくなるのか。では、今の間に堪能しなくてはならないな……」

「え、ええと……また今度、じっくり見てくださいね！」

甘やかしモードに入るリュートの向こうに、虚無の顔になるサミュエルの姿が見えた。この後彼は仕事があるのだからと、ステイシーはリュートの胸を軽く押したのだが――

「……あっ」

「うん？」

「あの、陛下。この聖女のローブ姿の私、きれいですか？」

「ああ！　星女神が人の姿を取ったらまさにこのようになるのだろうと思われるほど神々しく、俺が触れれば壊れてしまいそうなほど繊細には見えるがその実とてもたくましく、太陽のようにまぶしい笑顔を見せてくれるあなたは、文句なしに美しい！」

「え、あ、ありがとうございます……」

ステイシーの予想以上にリュートは張り切り、鼻息も荒く語ってくれた。これだけの台詞《せりふ》を一息で全て言えるリュートは、かなりの肺活量を持っているようだ。

それはいいとして。

（……うん。これならうまくいきそうだわ！）

頭の中でいろいろ計画を立てるステイシーはついにんまりとだらしなく笑ってしまったが、それを見るリュートはぽうっと恍惚の表情になり、「ああ、俺の婚約者はいつでも可愛い……！」とのろけていたのだった。

＊　＊　＊

アロイシウスが療養している離宮には、複数の庭園がある。

今回メラニーがお茶会の場所として指定したのは、面積こそ狭いが最も多くの花が植えられている庭園だった。パーゴラにしてもガゼボにしても少し年代を感じさせるものが多いが、アンティークで少しだけ退廃的な雰囲気さえ感じさせるこの古さがよいらしく、この庭園でお茶会を開いたり生まれて間もない王子王女の遊び場になったりすることもあるという。

そんな庭園のガゼボには、メラニーとその取り巻きたちの姿があった。今回の茶会のホスト側として、彼女らが先に到着しているのは当然のことだ。

メラニーの取り巻きは合計四人おり、彼女らが豪華なドレスを着ているのに比べてメラニーはかなり地味な装いをしている。だが小柄な彼女が清楚なドレスを着ることでいっそう、その儚げな美しさが際立っている。つまり、皆の衣装も全て、ホストであるメラニーを一番輝かせるために念入りに計画立てて決められているのである。

「ステイシー様と、楽しい時間が過ごせるといいですね」

メラニーがおっとりとつぶやくと、取り巻きたちは皆同じ笑顔、同じタイミングでうなずいた。

「ええ、間違いないですよ！」

「わたくしたちが場を盛り上げますので、メラニー様はお茶とお菓子を召し上がっていてくださいませ」

「ありがとう。でも、ステイシー様はお茶会にも慣れてらっしゃらないでしょうから……わたくしがいろいろと教えて差し上げたいわ。だっていずれ、ステイシー様はわたくしの妹になるのですからね」

そう言ってメラニーがほんわかと笑うと、取り巻きたちの間に感動が流れた。

やはり、メラニーは素晴らしい。アロイシウスに見初められて当然の、クライフ王国至高の女性だ。……もしあのステイシー・ブルクハウセンが王妃になろうと、この国で最も高貴な女性がメラニーであることに、変わりはない。

メラニーがのんびりと庭園を眺めている傍ら、取り巻きたちは笑顔の下ではぴりぴりと緊張をみなぎらせていた。

さあ、あの野蛮な聖女は、どんな装いで来るのかしら？

お友だちを連れてくるということだけれど、あんな成り上がりに付き従うお友だちなんて、いるのかしら？　まあ、いてもどうせ、あのブルクハウセン家の令嬢の伝手《つて》でしょう。

あの鬱陶《うっとう》しい野猿に、うんと恥を掻かせてやりましょう。

王妃としてふさわしいのはおまえなんかではなくてメラニー様なのだと、思い知らせてやりましょう。

期待と緊張とほんの少しの苛立《いらだ》ちのこもった気持ちで取り巻きたちが待つこと、しばらく。

「ステイシー・ブルクハウセン様がお越しです」

メイドが訪問者の名を告げたため、メラニーが嬉しそうに頬を緩めた。

「通して差し上げなさい。……ああ、楽しみだわ！」

メラニーが華やかに笑うと、それだけで場の雰囲気が和らぐ。取り巻きたちはメラニーの笑顔にほっこりし……だが、彼女をそんな笑顔にするのがステイシー・ブルクハウセンだと思うと憎らしくなってきた。

そうして、数人分の足音が近づいてきたのだが——

「お待たせしました、皆様」

メイドに案内されて、ステイシー・ブルクハウセンがやってきた。彼女の後ろには、お、お、お友だちらしき四人の女性がいる。

ここまでは、想定内。だが、絶対に同伴すると思っていたドロテア・デボラ・ブルクハウセンの姿がない。それだけでなく……。

「……まあ、ステイシー様。そのお召し物は……」

メラニーも驚いているようで、声が少し震えていた。

ステイシーは微笑むと、自分の衣装の袖を摘まんでお辞儀をした。

「はい。せっかくですので、こちらの衣装で参りました」

そう言う彼女は、黒に近い灰色の髪を一つに結わえている。馬の尻尾《しっぽ》のような形のそれは労働者階級の女性の髪型で、クライフ王国の貴族女性に許されるものではない。

だが、今のステイシーにはその髪型が許されている。なぜなら彼女は、淡い色合いの衣装——聖女のローブを着ていたのだから。否、彼女だけではない。ステイシーの後ろにいるお友だちも皆、ステイシーの衣装によく似たローブを着ている。ステイシーが連れてきたお友だちは全員、星女神教会の神官だった。

取り巻きたちは、ステイシーがどんなに立派なドレスを着てきてもそれをこき下ろせる自信があった。あてこする材料なんて、いくらでもその場で作れる。とどめには、「ドレスは確かに素敵だけれど、それを着る者に品格が足りていない」のように言えばいい。

だがこの女は、あえて聖女のローブ姿でやってきた。つまり今の彼女は貴族令嬢ではなくて、星女神教会の人間だ。神官や聖女にとっての正装はこのローブであるため、取り巻きたちはその衣装を「みすぼらしい」などと貶めることはできない。

さらに、このお茶会で多少ステイシーのテーブルマナーが劣っていても、それについてとやかく言うことはできない。なぜなら星女神教会では食事において、マナーよりも「食物に感謝し、味わっていただく」ことを重んじているからだ。ステイシーたちのテーブルマナーが貴族としては失格でも、食物に感謝しながらお茶やお菓子をおいしく食べているならば星女神の娘として正しい行いをしていることになる。

　今はまだ王妃でない、宙ぶらりんで不安定な立場にいるステイシー。今だからこそ、メラニーとの格の差を思い知らせてやれる絶好の機会だったのに……ステイシーは「星女神教会の聖女」という立場を前面に押し出すことで、全てをお咎めなしにさせてしまったのだ。

　もちろんステイシーとて、このやり方がいつまでも通用するとは思っていないだろうが、いきなり招待されたお茶会への対処としては――取り巻きたちとしては悔しくて憎らしいばかりだが、非常に効果的だった。


（おおぉ……怒りのオーラをビシビシと感じるわね！）

　席に案内されたステイシーの胸中は、びくびくとわくわくがない交ぜになったような状況だった。

　急にメラニーのお茶会に招かれてどう対応すればいいだろうかと考えあぐねていたのだが、先日リュートに聖女のローブを褒められた際に、ステイシーはこの計画を思いついた。

　ドロテアは、「あの取り巻きたちはあなたの一挙一動全てに目を光らせて、隙あらば攻撃を仕掛けてくるでしょう」と言っていた。メラニーを信奉する彼女らにとってステイシーの存在は面白くなく、「いかにメラニー様が素晴らしいか、いかにおまえがしょぼいか」ということをネチネチ言ってくるだろう、と彼女は推測した。

ならば、彼女らが何も言えなくさせてやればいいのだ。

ステイシーは、星女神教会の同僚に相談を持ちかけた。部外者は星女神教会の神官のことを慎ましくて信心深い、俗世間の穢《けが》れに触れない神聖な存在——と思いがちだが、神官とて普通の女性だ。お金も美男子も好きだし、休憩時間にはゲスい話もする。そしてステイシーほどではないがおてんばな神官も多くて、ステイシーの話を聞いて「面白そう！　行くわ！」とノリのいい者たちが同伴者として立候補してくれたのだった。

そういうことであえて同伴者からドロテアを外して彼女には後方支援に回ってもらい、神官のみを連れてお茶会に臨むことになった。皆も、タダで最高級のお茶を飲んだり菓子を食べたりできるので、わくわくしているようだ。

（ふふん。皆、いい顔を見せてくれるじゃない？）

案の定、ステイシーたちの姿を見てその作戦に気づいたらしい取り巻きたちは、顔を赤くしたり白くしたり震えたりと、実に楽しい反応を見せてくれた。ステイシーをいびろうとしたがその方法がなくて、さぞ悔しい思いをしているのだろう、とステイシーは心の中でにんまりと笑う。

さすがにメラニーはほぼ動じず、「素敵なローブですね」と衣装を褒め、茶の仕度をするようメイドに命じた。

円形テーブルを、十人の女性が囲む。それぞれのティーカップに温かい茶が注がれ、メイドたちが宝石細工のように美しいケーキやタルトなどを皿によそっていく。食い意地の張っている神官がそれを見て生唾を飲んだのを、ステイシーは横目に見た。

そうして、ホストであるメラニーの「では皆様、楽しいお茶会にしましょう」という一言により、楽しい楽しいお茶会が始まった――のだが。

「天にまします、我らが母、星女神よ」
「あなた様のお恵みに感謝します」
「日々の糧を与えてくださったことに、心から感謝いたします」
「星女神様のご慈悲に感謝して、ありがたく頂戴いたします」

貴婦人たちがさっさとティーカップやフォークに手を伸ばす傍ら、ステイシーたちは声をそろえて食前の祈りを捧げた。

毎食のたびに祈りを捧げなければならないわけではないが、アピールをする際などにはこうした祈りを捧げていた。今回のお茶会の場合、「私たちは、星女神教会の神官としてこの場におります」とアピールすることで、取り巻きたちへの牽制になる。

取り巻きたちは案の定、祈りを捧げるステイシーたちを見て少し気まずそうにしている。彼女らからすると神官の規則のあれこれなんて鬱陶しいばかりだろうが、だからといって星女神教会のやり方に異を唱える勇気はないようだ。

祈りを終えたステイシーたちはナイフとフォークを手に取り、皿によそわれたケーキを食べ始める。今回同伴している神官たちは皆平民か下級貴族の出身なので、テーブルマナーの点でメラニーたちと並べられるはずもない。

だが、魔物退治も犯罪者確保もお手の物の神官たちを、侮ることなかれ。その肝は、非常に据わっているのだ。

「まあ……ふわふわのクリームが甘くて、おいしいです」

「舌の上でとろっと崩れるようなこのような味覚に出会えて、幸福です」

「このパイなんて、中までさっくさくで。ジャムもおいしいです」

「お茶も、ほどよく甘くておいしいですね。今日ステイシー様にお招きいただけて、本当に幸運でした」

神官たちが菓子やお茶を褒めると、メラニーは笑顔で「ありがとうございます」と言い、取り巻きたちも無理矢理笑顔を張り付けてうなずいていた。

褒める言葉がつたなくても、食べる仕草が雑でも、神官たちが「女神からの糧を、おいしくありがたく味わっていただいている」だけで大正解になる。神官たちの食べるマナーを見て時折取り巻きたちの笑顔が崩れそうになったり指先がぴくっと動いたりしたが、ステイシーが笑顔でそちらを見るとぐっと黙り込んだ。

(……ふん！　星女神教会の権威、使えるところでは遠慮なく使わせてもらうからね！)

ステイシーは、聖女だ。聖女は、偉い。その偉さを利用せずして、どうするのだ。

自分の力で手に入れたこの地位と偉さを、ステイシーは自分のために使う。他人の権威を振りかざすだけの者に、とやかく言われる筋合いはない。

「本当に、おいしいですね。……ああ、そうです。メラニー様は、好きなお菓子や好きなお茶の味などはございますか？」

にっこりと笑いながらステイシーが問うと、メラニーは遠慮がちに微笑んだ。

「わたくしは……そうですね。甘いお砂糖菓子が好きです。紅茶はローズフレーバーのものをよく飲みますね。ほんのりと薔薇の上品な香りがしますのよ」

「まあ、そうなのですね！　私は柑橘系のお茶やお菓子が好きなのです。そのことも以前、陛下に申し上げたことがありまして……」

「……あの、ステイシー様。僭越ながら、申し上げます」

音を立てずに、メラニーがカップを下ろした。何やら言いたげな彼女に気づいたのか、それまではもっさもっさと遠慮なく菓子を食べていた神官や、そんな彼女らを見てげんなりしていた取り巻きたちもメラニーに視線を向けた。

「あなたのその快活なところは、魅力と言えるでしょう。……しかしあなたはいずれ、王妃となられる身。女性が異性に対してそのように自分のことを軽率に話すのは、はしたないことと思われても仕方ありません」

メラニーの言葉に、しん、とその場が静まりかえる。

ステイシーも持っていたフォークを下ろし、正面に座るメラニーを見つめた。

「……ご忠告に感謝します。女性同士だからと、つい気を緩めてしまいました」

「いいえ、そちらはよいのです。わたくしが心配なのは、あなたがご自分のことを軽々しく陛下にお話ししたことについてです」

メラニーは姿勢を正し、美しい緑色の目をステイシーに向けて言う。

「クライフ王国の貴族女性は、清く、慎ましく、夫に従順であることを求められます。いくらあなたが今寵愛を得ているとしても、いずれ陛下の尊厳を傷つけることになりかねません。王妃として陛下に末永くお仕えするのであれば、身をわきまえることも必要です」

メラニーの言葉に取り巻きたちがうんうんうなずき、食い意地の張った神官が空気を読まずに次の菓子を食べている傍ら。

(……う、うーん？　でも陛下は、そういうしきたりに困っていたわよね？　私、間違っていないはずだけど……？)

内心首を傾げつつ、ステイシーはメラニーに問いかける。

「……あの、メラニー様。以前陛下は、自分のことをたくさんしゃべるのが私のよいところだと言ってくださいました。ですから……皆の前では気をつけますが、陛下に対しては別によいのではないですか？」

「いいえ、そういうわけにはいきません。あなたの過ぎた自己主張は、陛下のお心を悩ませるでしょう。陛下はお優しいから、あなたの言葉に真摯《しんし》に耳を傾けてくださっているのでしょう。けれども、ただでさえ公務でお忙しい陛下のお心を煩わせるようなことをなさってはなりませんよ」

メラニーはあくまでも、優しく諭すように言う。取り巻きたちも、「メラニー様のおっしゃるとおりです！」「ステイシー様、ご忠言をよく聞き入れられるように」と言っている。

（うーん……これは、親切心からのお小言？　それとも嫌がらせ？）

ステイシーはオレンジのソースがたっぷり掛かったタルトを切り分けながら、小首を傾げた。

「……ご忠告、ありがとうございます。では今度、陛下に直接お尋ねしてみますね」

「まあ、陛下はご多忙でしょう」

「はい、承知しております。しかし陛下は、何かあれば相談するようにと常々おっしゃっておりますので、誤解やすれ違いが生じないためにも相談するようにします」

そう言ってステイシーは、タルトにぱくりとかぶりついた。それほどマナーを気にせずに食事ができるのは解放感があるし、高級な菓子がいっそうおいしく感じられる。

ステイシー側の神官たちも会話に参加することなくせっせと菓子を食べている傍ら、メラニー側には妙な沈黙が流れていた。最初は何やら考え込んでいる様子だったメラニーが次第にうつむき、その華奢な肩が震え始める。

（……ん？　寒いのかしら？）

「メラニー様……」

「……ステイシー様は、わたくしを信用してくださらないのですね……」

膝掛けがご入り用ですか、と聞こうとしたステイシーだが、メラニーの思ってもみない言葉に台詞を呑み込んだ。

少し顔を上げたメラニーの目元は、ほんのり赤い。彼女はレースのハンカチで目元を拭い、すぐに悲しそうに目を伏せた。

「申し訳ありません。わたくし、出過ぎたまねをしたようですね。わたくしは、ステイシー様に陛下と仲睦まじく過ごしていただきたくて……そのために先代王妃として、いずれあなたの縁者になる者として、助言をしようとしたのですが……」

「まあっ、何をおっしゃいますか、メラニー様！」

「どうか、お気を強く持ってください！」

「メラニー様は何ら、間違ってらっしゃいません！」

すぐさま取り巻きたちが立ち上がり、可憐に震えるメラニーに駆け寄った。取り巻きたちの方が背が高いので、小柄なメラニーは彼女らに埋もれるようになってしまう。

「メラニー様のご助言を聞き入れぬステイシー様こそ、反省するべきです！」

「そうです。さあ、涙をお拭いになってください」

「メラニー様は笑顔でいらっしゃるのが一番です！」

「皆……ありがとう」

励まされたメラニーが気丈に微笑むと、取り巻きたちはほっとしてメラニーを見つめた。

……そんな有様を、ステイシー側は何も言えず見守っていた。

（……んー？　何か知らないけれど、私が悪者みたいな雰囲気になっている？）

ステイシーの心の声に気づいたのか、取り巻きの一人がさっとこちらを見て顔をしかめた。

「ステイシー様！　どうか謝罪なさってください！」

「メラニー様のご厚意を無下にするなんて、いくら次期王妃としても許せません！」

「いえ、無下にしたわけでは……」

「そうですよ、皆さん。どうか、ステイシー様を責めないで差し上げて」

黙っていればいいのにメラニーがステイシーを守るような発言をしたからか、取り巻きたちはいっそう「なんてお優しいメラニー様！」と彼女を持ち上げ、黙って茶をするステイシーを親の敵《かたき》か何かのようににらんでくる。

（……こういう展開を回避したかったのに……失敗したわね）

とはいえ、ステイシーとしては自分の発言に何か瑕疵《かし》があったとは思えない。

それは神官たちも同じだったようで、四人の中でもひときわ旺盛な食欲を見せていた神官が、はい、と手を挙げた。

「あの。少しよろしいでしょうか」

「……何でしょうか」

いくらメラニーといえど、星女神教会の神官の発言を無視することはできない。

神官はフォークを置いてから、ステイシーの方を手で示した。

「私、おいしいお菓子を食べながらお話を聞いていたので、少し理解があやふやなところがございますが……つまりあなた方は、メラニー様のご助言を蔑ろにしたステイシー様に謝罪を要求されているのですね？」

「ええ、そうですよ！」

「先代王妃殿下への敬意を見せないなんて、いくら聖女、いくら次期王妃といえど看過できません！」

「なるほど。……でも、謝罪して何になるのですか？」

その発言に続き、別の神官――彼女は既に紅茶を五杯はおかわりしている――も、頬に手を添えて口を開いた。

「それもそうですね。謝罪は、己の罪を神に告白し、反省する行いです。私としては、ステイシー様のお言葉に何も反省するべき点はないと思いますが」

「そうそう。この国で一番偉いのは国王陛下なのですから、何かあれば陛下に相談するというのはおかしなことではないでしょう」

別の神官――ケーキにトッピング用のクリームを付ける際、人一倍盛り盛りにしていた――も、きょとんとした様子で言うと、その隣の神官――紅茶にドボンドボンと高価な砂糖を投入しまくっていた――もうなずく。

「もし先代王妃様と現国王陛下のおっしゃることが違えば、国王陛下の言葉を信じますよね。それが、序列というものですし」

神官たちが口々に言っている。その途中、取り巻きたちは「それはっ！」「しかし！」と何度も口を挟もうとしたが、その都度ぐっと黙っていた。

……これら全てを計算した上で、ステイシーは同僚をお友だちとして招き、彼女らともよく話をして計画を立て、皆ローブ姿でお茶会に臨んだのだ。

今回ステイシーが呼んだ神官たちは皆、肝が据わっておりなかなかたくましい性格をしている。今も茶や菓子を摘まみながらおしゃべりをしており、メラニーの取り巻きたちはぐぬぬと押し黙っていた。

ステイシーは、沈黙を貫くメラニーを見つめた。

「……そういうことですので。私は、何かがあればその都度陛下に相談し、問題があったとしても二人で解決するようにしていきます。結婚して国王夫妻になっても、自分たちが正しいと思う道を貫き、互いを支え合える夫婦になれるようにしていきたいのです。だから……私は、あなたに謝罪することはできません」

静かに、だがはっきりと口にしたこれは、ある意味宣戦布告だ。

メラニー側から求められた謝罪を、「私は自分が間違っているとは思いません」と突っぱねる。

メラニーからすると喧嘩を売られたと思うかもしれないが、最初に喧嘩を吹っ掛けてきたのはそちらだとステイシーは解釈している。

（……さあ、どう出るかしら？）

まさかティーカップを投げつけられたりテーブルをひっくり返されたりはしないだろうが、イヤミの一つくらいは飛んでくるだろうから、三倍にして返してやろう。

そんな気持ちでステイシーは表面上笑顔で、内心は凶暴な竜を前にしたときと同じような臨戦態勢で身構えていたのだが――

ふう、とメラニーは小さく息を吐き出し、持っていたハンカチを下ろした。

「……ステイシー様のお気持ちは、よく分かりました。……どうやらあなたは、わたくしなどよりずっと、陛下のお心をよく分かってらっしゃるようですね」

（おっ、分かってくれたかしら？）

「……ですが、わたくしも自分の発言を撤回したりはしません」

メラニーはにっこりと――どこか凄みのある笑顔で、続けた。

「わたくしの考えをステイシー様にご理解いただくことは、難しそうだと思いました。……あなたの先導者になれないのは残念ですが、これからはステイシー様が信じる道を進まれるとよろしいでしょう」

メラニーの言葉にステイシーは一瞬ほっと息を吐き出したが、すぐに背筋を伸ばす。

（……一応認めてくれているようだけれど、これは実質敵対宣言ね）

どうやらメラニーは、ステイシーが売った喧嘩をやんわりとご購入してくださったようだ。もう自分はおまえの味方ではないから、勝手にしろ。勝手にしたことで自分の足を掬《すく》われたとしても責任は取らない、と突っぱねている。

取り巻きたちはじろっとこちらをにらんでいるが、むしろステイシーとしてはすがすがしい気分だ。ブルクハウセン公爵派とストッケル侯爵派の溝が余計深まってしまったが、ドロテアも公爵も「あなたの信じるように振る舞いなさい」と言って送り出してくれたので、きちんとステイシーの口から経緯を報告して、納得してもらえるようにしたい。

メラニー側は最後までぴりぴりしている中、ステイシー側は星女神の教えに則り、メラニーたちが食べなかった分の菓子もおいしくいただいた。

皿の上が空になると、お茶会はお開きとなった。

「皆、今日はありがとう」

メラニーたちに「早く帰れ」と目線で促されたためさっさと庭園から離れたところでステイシーが礼を言うと、神官たちはからからと笑った。

「気にしなくていいのよ！　あたしたちも、おいしいものを食べられたんだし！」

「そうそう！　大司教猊下は『これもお仕事ですから』って有休を取らなくていいとおっしゃった

んだし、私たちは得しかしていないわ！」

「それにしても、貴族の奥様方は怖いよねぇ。あんな猛毒をまき散らされるものだから、お肌にぶつぶつができちゃったわ。長袖ローブでよかったわぁ」

「ステイシーこそ、大丈夫？　私たちと違って、あなたはこれからもあの猛毒をくらっていないといけないのでしょ？」

「王城って、想像以上にヤバいのねぇ」

仕事中は神官としてきりりとする彼女らも、オフのときは皆こんなものだ。

仲間に心配されたため、ステイシーは微笑んだ。

「大丈夫。確かに魔竜の毒並みにきっつい攻撃を放ってくるけど、気にさえしなければいいんだもの。それにたくさんの人が支えてくれているのだから、大丈夫よ」

「……あー、そういえばステイシー、ブルクハウセン公爵家のお嬢様になったんだものね」

「それに何より、国王陛下からの愛があるものね！」

「そうそう！　愛さえあればなんとでもなる！」

「うらやましいわぁ！　いつも爽やかな国王陛下が、ステイシーのことはとろっとろに甘やかしてくださるんでしょう？」

「あはは。そこまで言われるとなんだか、照れるなぁ……」

――ぱきり

（……えっ？）

何かが割れるような音が聞こえたため、ステイシーはおしゃべりをやめて振り返った。

彼女らは既に離宮の出入り口にまで来ており、少し離れたところに迎えの馬車や護衛の姿がある。

後ろが生け垣になっているので、小枝でも折れたのかもしれない。

「……ううん、何でもないわ。それじゃ、そろそろ帰りましょうか」

「そうね！」

「おいしいものをたくさん食べられたって、皆に自慢しないとねぇ！」

きゃっきゃとはしゃぐ神官たちの姿に苦笑し、ステイシーは彼女らと一緒に馬車の方へ向かった。

＊　＊　＊

ステイシーたちが去った後、生け垣の向こうでは。

「っく……！」

メラニーは絞り出したような声を上げると、手に持っていたものを放り出して去っていった。

ことん、と小さな音を立ててレンガの上に落ちたのは……骨の部分にひびの入った豪華な扇子だった。

離宮でお茶会が開催された日の、夜。

「メラニー！　卑しい平民育ちの神官ごときに、何を手こずっているのか！」

ガシャン、と音を立てて、繊細なグラスが砕け散った。

「今のおまえには先代王妃という名誉の盾があるからよいものの、何度も失態を繰り返すようであれば、王宮の連中もあの小娘に靡《なび》くかもしれん！　それが分かっているのか!?」

「お、お父様……」

「おやめください、あなた！　メラニーは頑張っています！」

怒鳴り散らす男の前には、うずくまる女性とその肩を抱き寄せる中年女性の姿が。どちらも華やかで上質そうなドレスを着ているが、その顔面は蒼白だ。

怒りにまかせてグラスを床にたたきつけて粉砕した男は、震える妻子を冷たく見やって荒々しくソファに座った。

ここは、クライフ王国王都にあるストッケル侯爵邸。先代国王アロイシウスの妃を輩出した名家として王宮でも一目置かれている一家であるが――その豪奢なリビングは今、混沌としていた。

ストッケル侯爵はうずくまる女性二人に見向きもせず、使用人が差し出した葉巻をいらいらと咥《くわ》えた。

「……ステイシー・リートベルフ……いや、今の名はステイシー・ブルクハウセンだったか。平民も同然の女が選ばれただけでなく、忌ま忌ましいブルクハウセンがその駒を手にするとは……。リュート・ランメルスはもう少し愚かな男だと思っていたが、野性の感は強いようだな。厄介なことだ……」

「あなた……どうしますの？　メラニーのこともそうですが、このままでは我が家は……」

「分かっている！」

妻に怒鳴り、侯爵は立ち上がった。

「リュート王は、王族としての自覚に薄い。よく言えば純真、悪く言えば単純。……今はあの聖女を溺愛しているとはいえ、ちょっとのことでたやすくその心は崩れるだろう」

「お父様……」

メラニーが顔を上げると、そこでようやく侯爵は妻と娘の方を向いた。

「……星女神教会の聖女だかなんだか知らんが、あの女——ステイシー・ブルクハウセンを野放しにしておくわけにはいかない。我々の野望のためには、な」

❁4章❁　聖女、戦う

　ステイシーがリュートと婚約して、もうすぐ半年になろうとしている。季節は夏を迎えており、春の間はたまに庭でお茶を飲んだりしたのだが、この時季は日差しや乾燥から体を守るために外出することが少なくなっていた。

　もともと日に焼けることにそれほど忌避感のないステイシーはそれほど気にしていなかったのだが、リュートの方が「ステイシーの繊細な肌が焼けてはいけない！」と力説したため、彼とデートをするのは涼しくなった夕方以降にしていた。

　……そんな夏の日に、ブルクハウセン公爵邸に立派な書状が届いた。いつもなら王族専任の郵便係が持ってくるのだが、なんと今日やってきたのは近衛騎士であるサミュエルだった。

「まあ、ようこそいらっしゃいました。サミュエル様にお越しいただくなんて……」

「ごきげんよう、ステイシー様。聖女のおつとめお疲れ様です」

　そう言ってサミュエルは、被っていた制帽を外してお辞儀をした。普段城で会うときの彼は、帽子は被っていない。騎士団の制服にもいろいろ種類があるが、制帽を被るのは準正装と言ってもよいものだという。

「本来なら、私が書状の配達をするものではないので……今回は、特別です」

「重要な案件なのですか」

緊張しつつステイシーが問うと応接間のソファに座ったサミュエルはうなずいて、傍らにいた従者から立派な書筒《しょとう》を受け取った。

「こちら、陛下から――というより、国からステイシー様への招待状です。国王主催の夜会なのですが、これにはステイシー様のお披露目会を兼ねております」

サミュエルの言葉を聞き、そういうことだったのか、とステイシーは納得した。

これまでステイシーはリュートとデートをしたり勉強のために王城を訪れたりはしていたが、夜会などに出たことはなかった。

(次期王妃のお披露目となれば盛大なものになるし、その招待状を近衛騎士が持ってきてもおかしくないわね)

書筒はまず傍らにいた執事に渡し、彼が内容をあらためてから銀のトレイに載せてステイシーに返してくれる。最初からステイシーが読めば時間短縮になるのだが、これも貴族令嬢としてのマナーであると分かっているのでおとなしく規則に従った。

書状にはやたら長ったらしくて修飾語を多用しすぎている文章が書かれているが――要約すると、

「この日にステイシー・ブルクハウセンのお披露目夜会を開催するので、そのつもりでいてください」ということだ。

（ここで初めて私は、皆の前に出るのね。私が王妃にふさわしいか、多くの人が見定めることになる……）

基本的に楽天家のステイシーでも、「ま、なんとかなるわね」と捉えることはできない。ステイシーがただの神官、聖女だったら全て自己責任で終わるが、この夜会でステイシーが失敗すればリュートの沽券《こけん》にもかかわる。

国王として必死に頑張っている彼の足を引っ張ることだけは、してはならない。

「……この夜会で私が特にするべきことなどはありますか」

「一番の役目は陛下の隣で堂々としていて、貴族たちからの信頼を得ることですが……具体的に言いますと、会の最初に陛下のお言葉がございますが、その後でステイシー様からのお言葉も賜ることになります」

なるほど、このスピーチで人心掌握できるかどうかが課題だと言ってよいだろう。

（聖女就任式典では長い誓いの言葉が覚えられなくて、正面の星女神様の像に台詞のメモをこっそり貼って乗り切ったけれど……今回はそうもいかないわね）

文面などはドロテアも一緒に考えてくれるだろうが、それを丸暗記しなければならないし……そもそも、暗記するだけでは貴族たちに認められる王妃にはなれない。

幸い、夜会開催までまだ時間がある。それまでにドロテアやリュートとしっかり相談して、最高のスピーチができるようになるべきだろう。

苦い紅茶を飲みながら難しい顔で考え込んでいたステイシーだが、向かいの席で茶を飲んでいたサミュエルが口を開いた。

「……このお言葉において皆がステイシー様に期待するものは、かなり大きいです。というか、連中は無茶苦茶高い理想をあなたに吹っ掛けてきます」

「……私、そんな理想を求められても応えられる自信がないのですが」

「そうおっしゃると思っていました。……ステイシー様は、社交界に慣れてらっしゃらない。連中はそれを分かった上で、あなたに無理難題を押しつけるのです」

カップを置いたサミュエルは、「つまりですね」と、少し表情を和らげた。

「無礼を承知で申しますと、私も陛下も貴族たちも、あなたがその高い要求に応えられるとは思っておりません。リンゴの木にオレンジが生《な》ることはないのと同じで、無理なものは無理です」

「正直ねぇ」

「はは……すみません、お叱りならいくらでも受けますので、魔法はちょっと勘弁してくださいね？」

「ふふ。星女神教会の神官は、善人に対して魔法を行使したりしないものですよ？」

ここ数ヶ月でようやく板に付いてきた淑女らしい笑顔で言い、とんとんと指先で書状を叩いた。

「それで？　近衛騎士様は、リンゴの木にオレンジの実を結ぶためにはどうすればいいとお考えで？」

「方法はいくらでもあります。リンゴの実をオレンジの色に塗るとか、オレンジの実をリンゴの木の枝に結び付けるとか」

「それってただのとんちでは？」

「ええ、そうです。とんちでいいんですよ」

サミュエルは楽しそうに笑った。

「オレンジにはオレンジの、ステイシー様にはステイシー様のよさがあるのですから、できないことを無理に成そうとして精神を削られたら身も蓋もないです。だからステイシー様は、貴族たちが求める『王妃像』と違ってもいいから、あなたにしかなれない『王妃像』で挑んでください」

「……たとえば、会場に響き渡るほど大きな声でスピーチして、最後には一発派手な魔法で締めくるとか？」

「はは、それもいいですね。……まあそれは冗談として、そういうノリでいけばよいということですよ。答えは一つじゃないんです。あなたがあなたらしくない『王妃像』に縛られ苦しむより、あなたらしい破天荒な姿で皆にアピールする方がいいでしょう」

「それ、褒めてます？　褒めてます？」

「褒めてます」

「ならいいです」

ステイシーも笑い、紅茶を口に含んだ。

先ほどは少し苦く感じられたその味が、今は少しだけ和らいだように思われた。

＊　＊　＊

お披露目夜会当日まで、ステイシーは毎日忙しく奔走した。

大切な夜会があるということで、大司教に「しばらくは準備に専念しなさい」と言われたため、聖女としての仕事で外出が必要なものなどはしばらく休ませてもらうことにした。だが部下の神官たちの相談に乗ったり彼女らの指導を行ったりということはステイシーの役目であるので、教会では主にデスクワークだけを行い、早めに公爵邸に帰るようにした。

（早く魔物退治に復帰したいけれど……そのためにはまずは、夜会を完璧に終えないといけないわね！）

書状を受け取った直後は柄にもなく緊張してしまったが、サミュエルがおどけながら助言してくれたことで一気に肩の力が抜けた。またブルクハウセン公爵やドロテアも、「型にはめようとする必要はない。ステイシーらしい演出ができるのが一番だ」と言ってくれたため、最初よりはずっと意欲的に準備に取り組むことができた。

「さあ、お嬢様。こちらが本日お召しになるドレスです」

当日の昼過ぎ、ドロテアと一緒に衣装部屋に向かったステイシーを迎えたのは見事なドレスだった。

歴代の王妃たちはお披露目の際、淡い青色のドレスを着るしきたりになっている。これは初代王妃が好きな色だったかららしくて、それに則っているが指定は「淡い青色」だけなので、その色をいかに生かすか、どのような装飾品を選ぶか、どのようなデザインならば着る者の魅力を一番引き出せるか……というところが勝負所らしい。

ステイシーの場合、せっかくなので聖女のローブをイメージした意匠にしていた。今のクライフ王国ではウエストラインをコルセットで固定して臀部が膨らんだデザインのドレスを着るのが流行なので、あえて流行に逆らうことになる。

ステイシーのドレスは聖女のローブと同じ、胸の下で切り替えのあるゆったりとしたデザインで、ウエストをサッシュベルトで締めている。ユウガオの花のように大きく開いた袖口や襟ぐり、スカートの裾に金色の蔦《つた》模様が刺繍されているところも聖女の衣装に似せていた。

ドレスの布地選びの際にはドロテアがひときわこだわりを見せた結果、ウエストラインではほぼ白色だが裾に向かうにつれて徐々に青色を纏っていき、金の刺繍ラインでは澄んだ秋晴れの空のような青色になっている。布地も軽やかで、優しい手触りだ。

王宮夜会用の豪奢なドレスを見慣れた下級貴族からすると、「安っぽくてしょぼい」と思われるかもしれない。だが筆頭公爵家が惜しみなく金をつぎ込んで作らせたその素材は全て一級品で、見る者が見れば目玉が飛び出るほどの値打ちものであることが分かるし――何より、性格や中身はどうであれ星女神教会の聖女であるステイシーの立場にぴったりの衣装である。

(うーん……デザイン画の時点で素敵だったけれど、いざ実物を見せられると本当に、惚れ惚れしてしまうわ!)

ドレスや靴など一式を着用したマネキンの周りをぐるぐると回りながら、ステイシーはうっとりしていた。もちろん今からこれを着るのだが、自分が着てしまったら少々残念な感じになるかもしれないので、今のうちに堪能しておきたかった。

その後、肌を丹念に磨かれた上でドレスに袖を通した。

「わあ……とっても軽いわ!　まるで着ていないみたい!」

「例えとしては最適でしょうけれど、それをよそでは言わないことでしてよ」

「わ、分かりました」

確かに、女性があまり自己主張をしないのをよしとする風潮なので、「まるで着ていないみたい」発言は破廉恥《はれんち》だと取られても仕方ないだろう。女ばかりの星女神教会ではわりとこういうジョークが当たり前だったので、気をつけなければならない。

ドレスを着て、神官の仕事をしているときは適当にくっている髪にも丁寧に櫛《くし》を通して複雑な形に結い上げる。さすがメイドたちは慣れていて、複数のピンを駆使して髪を結ってくれたが、首を動かしても髪が引っ張られる感覚がない。上手にしてくれて感謝である。

本日はお披露目をするので、遠くの方からでも顔かたちがよく分かるようにいつもより濃いめに化粧をしてもらう。ステイシーは口紅や頬紅はともかく、まつげをいじられたりまぶたに何かを塗られたりするのはあまり好きではないのだが、リュートのためだと我慢した。

「さあ、できましたよ。……いかがでしょうか、ドロテアお嬢様」

「そうねぇ」

同じく化粧をしてもらっていたドロテアはステイシーの方を見ると、目を細めた。

「……お披露目夜会仕様に華やかにしつつも、ステイシーがもともと持っているよさをきちんと生かしている。ええ、とてもいいと思うわ。ステイシー、あなたも鏡を見てみなさい」

「はい……」

ドロテア先生からの合格をもらえたため、ステイシーは振り返って鏡に映る自分をじっくりと眺めた。

なるほど、ドロテアの言うとおり鏡に映る自分はきちんと、「きれいなお化粧をしたステイシー」の顔をしている。「これが……私……!?」のような展開が小説でよく見られるが、そこまでの劇的な変化はない。だが、別人級に変わったらそれはそれでステイシーはなんとなく悲しい気持ちになるので、普段の自分を二回りほど華やかで愛らしく仕上げてくれたメイドには感謝しかない。

「そうですね。これなら、私も自信を持って今日の夜会に臨めそうです」

「ふふ。……ステイシー・ブルクハウセンの華の舞台ですからね。どんっと強烈な印象を皆に植え付けてやりましょう」

「そんなことを言われたら私、本当にどんっとやっちゃいますよ？」

それも、物理的な方面で。

ドロテアはステイシーを見ると、にやりと笑った。

「ええ、よろしいのではなくって？　どんっとやってこそ次期王妃・ステイシーなのでしょう？」

「ですね。そう言っていただけて安心できました。助かります」

「……助けられたのは、わたくしの方ですよ」

静かにドロテアは言い、ステイシーに背を向けた。

「……貴族女性が貞淑で控えめであることをよしとするこの風潮の中で、わたくしはよく異端扱いされました」

「……」

ステイシーは、黙って耳を傾ける。

ドロテアはステイシーと同じ二十歳だが、婚約者がいない。候補となる者は山ほどいるが、それら全てをドロテアの方から断っているという。前に理由を聞いたところ、「あの人たちのもとに嫁いだら、息苦しそうだもの」と苦笑していた。

王宮は、ドロテアのような令嬢にとっては息苦しい場所。

だがそこに、ステイシーが入ってきた。

「あなたが王妃になってもなおあなたらしさを失わなければ、『こういう令嬢がいてもよいのだ』と皆に知らしめることができる。だから、あなたの存在はわたくしにとってもありがたいものなのです。自分の素顔を隠して仮面を被り、自分ではない自分を演じたりしなくてもいいのだから」

「なるほど」

「よくも利用したな、とは言いませんのね」

「いや、私は厄介になっている身なのだから、そんなこと言えませんよ。むしろ、私が公爵家に来たことでドロテア様にとってもよいようになったのだと分かって、安心できました。ほら、こういうのって双方に利益があると分かった方が、納得できるじゃないですか？」

無償の善意を悪とは思わないが、相手の本心が見えにくくて少々不気味に思えることもある。それくらいなら、今のドロテアのようにあけすけに語ってくれる方がすっきりできる。

ステイシーが正直に言うと、こちらを振り返り見たドロテアは微笑んだ。

「……。……そういうあなたの合理的なところ、好きよ」

「ふふ、ありがとうございます。私もドロテア様のそういうところ、好きです」

姉妹は顔を見合わせて、笑った。

仕度を始めたのは昼過ぎだがあれこれ準備をしている間に日が沈み、公爵家の立派な馬車に乗って城に向かう頃には既にあたりは薄暗くなっていた。

「ああ……ドロテア一人でも十分すぎるくらい、我が家は華やいでいたのに……。娘二人になるとこうも視界が彩られるものなのだな！」

馬車の中で大げさすぎるくらい感嘆するのは、ステイシーとドロテアの正面に座る親バ――ブルクハウセン公爵。

彼は仕度を終えた娘二人が執務室に来るなり「我が家に妖精が二人もいる！」と大喜びして、ドロテアや執事から白い目を向けられていた。なお執事曰く、公爵にとっての娘は天使、息子は王国一の貴公子、妻は星女神とは別枠の女神らしい。

養女のお披露目夜会に参加するため、公爵はいくつもの勲章やバッジが輝くジャケットを着ており、腰には公爵家の男子が代々受け継ぐという宝剣も提げている。リュートほどではないにしろがっしりとした体躯に厳めしい顔つきの彼にますますの威厳が満ちるような装いだが、家族の前では非常にお茶目で感情的になる養父である。

「お父様……分かっているとは思いますが、王城に着いたらきちんとなさってくださいね」

「うむ、分かっているとも。会場にはなんといっても、あのストッケル侯爵もいるのだからな。弱みを見せるようなことはしないとも」

娘に忠告された公爵は、きりっと表情を引き締めて言った。

（この前のお茶会でいよいよ、ブルクハウセン派とストッケル派の間に溝ができたのよね……）

案の定というか、あれからストッケル侯爵派はステイシーのことを「メラニー様のご厚意を無下にしたクソ娘」と認識したようで、ブルクハウセン公爵家は細々《こまごま》とした嫌がらせを受けていた。

といっても、厳つい公爵が見つめれば大概の者は震えて黙る。またドロテアはカエルがたくさん詰まった差出人不明の贈り物をもらったら、「カエルの色って可愛いわよね」と翌日のパーティーにわざと鮮やかな緑色のドレスを着て行ったりするくらい、肝が据わっていた。

そしてステイシーとて、おとなしく嫌がらせを受けるたちではない。

お茶会の二日後ぐらいに、城で貴族とすれ違いざまに「無礼者」と囁かれたことがあった。ステイシーはすぐさまその者を全力で追いかけて首根っこをひっつかみ、「ねえ、無礼者はどっち？」「ここで謝る？　それとも、あなたのおうちを壊しに行けばいいかしら？」と笑顔で迫った。それからは、面と向かって文句を言われることはなくなった。

なお、その無礼者はステイシーよりも年上の青年貴族だったが、ステイシーに脅されるとぼろぼろ泣きながら這いつくばって謝っていた。態度はでかいくせに、肝は小さかったようだ。

（私は、私らしく振る舞うわ）

軽口をたたき合う公爵とドロテアを眺めながら、ステイシーは胸元に手を当てて誓った。


リュートと婚約してから、ステイシーは少なくとも十日に一度ほどの頻度で王城を訪問していた。

リュートとデートをするというのはもちろんだが、王妃教育を受ける上で必要な知識を得たり、書庫から書物を借りて読んだり、講義を受けたりもしていた。

そういうことで王城に行くこと自体には慣れつつあったが、それでも本日の王城はいつもと違って見えて、ステイシーもさすがに緊張してしまった。王城はあちこちに明かりが灯されており、夜闇の中にぽうっと浮かび上がるようにたたずむその姿は幻想的であり、なぜか少しだけ恐ろしくも感じられた。

庭園には多くの馬車が停まり、扉が開け放たれている正面玄関前では本日の夜会の招待客たちが列を成していた。だがステイシーたちはただの客ではないので、人でごった返す正面玄関前を迂回して、別の門から入った。他の貴族たちは庭で馬車から降りてそこから先は徒歩なのだが、こちらの通路は天井が高くて足下もしっかりしているため、城内まで馬車で入ることができた。

馬車止めのところで下車したステイシーたちを待っていたのは、サミュエルだった。彼も式典仕様なのかいつもの近衛騎士服よりも豪華な制服姿で、制帽も小粋な角度で被っていた。

彼はステイシーの前に立つと、制帽を取ってお辞儀をした。

「ようこそお越しくださいました。ステイシー様は、こちらへ。陛下がお待ちです」

「では、私たちは別室に向かう。ステイシー、陛下と心を合わせて頑張りなさい」

「あなたはあなたらしくいるのがよいのですからね、ステイシー」

馬車から降りた瞬間に厳格な公爵の顔になった養父と、艶然《えんぜん》と笑いながら激励してくれたドロテアにうなずいてみせて、ステイシーはサミュエルの後に続いて歩き出した。

この廊下は、これまでステイシーも歩いたことがない。ステイシーの疑問に気づいたのか、こちらをちらっと見たサミュエルが「ここは夜会会場に近い、要人用の通路です」と教えてくれた。城には、複数の専用通路があるそうだ。

「ステイシー様、本日の調子はいかがですか？」

「少しお腹がすきました」

サミュエルに問われたステイシーが正直に言うと、周りの騎士や使用人たちは一様に困った顔になったが、サミュエルは「んぶふっ」と小さく噴き出した。

「失礼しました。……申し訳ございませんが、軽食などは準備しておりません」

「いえ、お気になさらず。少し空腹なくらいが身軽に動けますからね」

ふふん、と笑ってステイシーが応えると、サミュエルは「それもそうですね」と苦笑した。

「……なんといいますか。陛下があなたのことを好きになった理由、分かります」

「そうですか？」

「ええ。ステイシー様の笑顔を見たり声を聞いたりすると、こう、胸の奥がふわっとすると言いますか。日頃の疲れが吹っ飛んだり、生きていてよかったなぁって思えたり――って、痛いっ!?」

「俺の恋人を口説くとはいい度胸だな、サミュエル」

廊下の曲がり角を曲がろうとした瞬間、飛来してきた何かがサミュエルのこめかみに命中して、彼はうずくまってしまった。ことん、と音を立てて彼の足下に落下したのは――

（……どんぐり？）

「陛下……いくらどんぐりだからって、あなたの馬鹿力で投げられたら痛いですよ！　てか、なんでどんぐりなんか持っているんですか!?」

「庭の隅に落ちていた」

「リスじゃないんですから、落ちているどんぐりを拾わないでください……」

ぶつぶつ言いながらサミュエルが立ち上がったところで、「その人」が廊下を曲がってきた。

――以前神官仲間が、「男の前髪上げは国宝」とかいう謎の言葉を口にしていたことがあった。当時のステイシーには何のことか分からなかったが……今はその神官のことを「先輩」と崇《あが》め奉《たてまつ》りたくなった。

リュートはふわっとした赤茶色の髪を結わえ、前髪も上げていた。おかげで形のよい額があらわになっており、眉毛付近の骨の形が生み出す目元の陰影がはっきりと見える。自他共に認める体育会系の彼だが、前髪を上げることで知的点数が八割増しになったとステイシーは思う。

養父やサミュエルの正装も豪華だったが、国王たるリュートはいっそう華やかだ。ジャケットやスラックスはクライフ王国のナショナルカラーである青と白を基調としており、袖の折り返し部分につける金色のカフスボタンなどには国章が刻まれている。

羽織っているマントは毛皮で裏打ちされており、右肩から左腰に掛かっているサッシュは王族が式典時のみに着用するもの。膝下まで覆う頑丈な金属製のブーツを履いているので、歩くたびに硬質で重みのある音がした。

そんな彼の姿を一言で評価するなら。

（……か、格好いい……！）

ぽわん、とつい見とれてしまったが、ステイシーは何も悪くないはずだ。

まじまじと見つめられているリュートは次第に恥ずかしくなってきたのか、少し目を逸らして首筋を掻いた。

「……その。あまり俺の柄ではないと思うのだが……さすがに今日のような式典では、相応の装束を纏わなければならなくてな。どうだ？」

「無茶苦茶格好いいですっ！」

「そ、そうか。ありがとう」

廊下の天井に響くほどの大声でステイシーが絶賛すると、リュートはこちらを見て嬉しそうに微笑んだ。

「あなたも……その衣装は、聖女のローブに似せているのだな。清楚でとても美しいが……少し、布地が薄そうだ。寒くないか？」

「今日は暖かいので、大丈夫です。でも……」

「うん？」

（……よし！　ここで甘えちゃおう！）

そう決心したステイシーは、一歩リュートに近づき、

「もし寒かったら……手を握ってくれませんか？」

そう、おねだりをしてみた。

してから、今の発言はちょっと恥ずかしすぎたかも、と後悔した。

ビクゥッ！　と大げさなほどリュートの体が揺れ、ジャケット越しに彼の両腕の筋肉が震えている様《さま》がよく見えた。彼の笑顔が少しこわばり、目が見開かれ、その頬が徐々に赤く染まっていく。

「……えー、あー……その」

「あ、あの、もちろん、夜会の後でいいですからね!?」

「……分かった。だが、寒ければいつでも言ってくれ。それから、式が終わった後は、その……」

「……」

「……ええと。手、と言わず……あなたを抱きしめるから」

リュートは手の甲で口元を隠し、眉尻を垂らして恥じらいながらそう言った。そんな彼は一国を導く若き国王ではなくて、初恋に戸惑う純粋な少年の顔をしていた。

（……んんぁ……陛下、無茶苦茶照れてる……可愛い……でも、やっぱり格好いい……）

婚約者の恥じらう姿に見入ったステイシーがほわほわと花を飛ばしていると、んおぉっほん！とサミュエルがわざとらしいほどの咳払いをした。

「ど、どうした、サミュエル。喉が痛いのか？　蜂蜜舐《な》めるか？」

「私のことはお気になさらず。それより……そろそろ参りましょうね！」

「あ、ああ、そうだな」

んんっと咳払いをしてから、リュートはステイシーの手を取った。手袋越しでも、その体温が平熱以上であることはすぐに分かった。

「で、では参ろうか、ステイシー」

「……はい」

ステイシーがリュートの手をぎゅっと握り返すと、彼の体がまた大きく振動した。

リュートが、緊張している。

だが彼のことを笑えないくらい……ステイシーの胸もドキドキしていた。

「その……ステイシー」

「は、はい……」

「……」

「……」

「……どんぐり、いるか？」

リュートは動揺しているらしく、そう言いながらポケットからどんぐりを出したので、

「……いただきます」

同じく動揺していたステイシーは、ひとまずくれるものはもらっておいた。

今回の夜会の会場である大ホールの奥には、王族専用の出入り口がある。この先はホールの階段上で、いよいよ貴族たちにステイシーの晴れ姿を披露することになる。

(ううう……さすがに緊張してくる！)

なにせ、今回の相手は一般の人間だ。悪者や魔物、竜が相手なら嬉々として殴りかかっていけるステイシーも、多くの人の前でスピーチをするのには慣れていない。

そわそわしていると、隣からそっと大きな手が差し出された。

「……大丈夫だ、ステイシー」

「陛下……」

横を見ると、爽やかに笑うリュートが。薄暗い廊下のわずかな明かりで彼の凛々しい横顔が照らされており、はっきりとした陰影を生み出している。

「俺の手を握ってみてくれ」

「……はい」

やはりリュートは、ステイシーのことをよく見ている。いつでも堂々としており、こうしてステイシーが緊張しているときには手を握って勇気づけてくれて――

「……」

「……」

「……陛下の手、震えていますね」

「ああ、震えている。俺は緊張している。……ステイシーとおそろいだ」

こちらを見つめるリュートの表情は至って落ち着いており……本当は手が震えていることなんて、誰も分からないだろう。こうして、彼と手を握ることを許されたステイシー以外は。

（ふふ！　こんなところで「おそろい」になるなんて！）

思わずステイシーがくふっと噴き出すと、リュートも満足そうに笑った。

「ああ、それくらい肩の力を抜いているのがいい。国王でさえこんなに震えているのだから、あなたが緊張するのは当然のこと。……そう思えば、少しは安心できないか？」

リュートは、おどけたように言う。

この国で一番偉い人が弱みをさらして、そのことでステイシーを励ましてくれる。

（本当に……ちょっと心配になってしまうくらい、優しい方）

「……はい。ありがとうございます、陛下」

彼の優しさに応えるべく、ステイシーは胸を張って扉に向き直った。

「国王陛下ならびに、ステイシー・ブルクハウセン公爵令嬢、ご入場！」

扉が大きく開かれ、サミュエルが改まった様子で国王とその婚約者の入場を告げる。

薄暗い廊下に慣れた目には、会場はまぶしいくらい明るい。だが、それまではぎゅっと握っていた手を一旦離し、貴族男性が貴婦人をエスコートするときの手つきに変えてステイシーを導くリュートがいてくれるから、前を向いていられた。

（うん、大丈夫）

リュートと一緒に、会場に足を踏み入れる。リュートの重厚なマントとステイシーのドレスのスカート部分が床を擦り、かすかな音を立てる。

色とりどりの衣装を身につけた貴族たちが、壇上のステイシーたちを見ている。一人一人の顔色を見る余裕はないが、一体彼らはどんな表情でステイシーを見ているのだろうか。

「皆、今宵は集まってくれたこと、感謝する」

リュートが朗々とした声で、挨拶をする。それを聞いて比較的近い場所にいた年若い令嬢が夢見心地の表情になり——そして、ステイシーの方を忌ま忌ましげににらんでくるのが見えた。

（うん、そんな目で見られてもこの場所は譲ってあげないからね！　残念でした！）

ふん、と胸を張ってリュートに寄り添い、その令嬢を見つめ返す。彼女はステイシーが真っ向から挑んでくるとは思っていなかったのか気まずそうにさっと目を逸らし、挨拶を続けるリュートの方に意識を向けたようだ。

「……さて、今宵皆に私の大切な女性を紹介したい。私の婚約者であり、未来のクライフ王国王妃である、ステイシー・ブルクハウセン公爵令嬢だ」

リュートに目線で促されたため、ステイシーは彼の手から離れて数歩進み出た。

ここからだと、会場を見渡すことができる。左手側手前にある特別席には、リュートとステイシーの関係者が座っている。そこにブルクハウセン公爵とドロテアが並んで座っているのを見ると少しだけほっとしたが……少し離れた席にメラニーがいるのに気づくと、どきっとしてしまった。

ステイシーは何度も深呼吸して、顔を上げた。

「……皆様、こんばんは。ステイシー・ブルクハウセンでございます」

ステイシーの声は、広い会場にもよく響いた。そう、貴族女性は遠慮がちでおとなしいことがよしとされる世間でありながら、ステイシーの声は朗々としていたのだ。

案の定というか、貴族たちの中にわずかな動揺が生まれた。「あんな大声を上げる女性が王妃でよいのか」という心の声が聞こえてくるかのようだ。

（でも、ここで態度を変えたら「負け」を認めることになるわ）

ステイシーは、決めたのだ。

自分らしい「王妃」になるのだと。

「わたくしは数奇な運命により、こうして国王陛下の婚約者と相成りました。わたくしは星女神教会の神官で、聖女の地位をいただいております。この地位は、わたくしが己の力で得たものでございます。……しかしわたくしは陛下との結婚を機に、還俗いたします」

ステイシーがどのような女性かは、既にほとんどの貴族が知るところだろう。

だからこそ、ステイシーの口できちんと話をしたい。

「わたくしは、リートベルフ伯爵家の婚外子として生まれました。わたくしは高い教養を身につけているわけでも、貴族としての生き方を教え込まれたわけでもありません。ブルクハウセン公爵家の養女となったのも、つい先日のことです」

そこでステイシーは公爵とドロテアの方を向いてお辞儀をしてから、聴衆たちの方に体の向きを戻した。

「わたくしはまだ、料理を美しく食べることができません。わたくしはまだ、貴族年鑑を暗記しておりません。わたくしは、クライフ王国一の美貌を持つわけでもございません」

なんとか魚料理はひっくり返さずに食べられるようになったが、ドロテアからすると「幼児でもできます」とのことだし、偉人の肖像画と名前の札を一致させるテストで全問正解したことも一度もない。そして、母のような美貌を持っていないことも子どもの頃に思い知っている。

多くの令嬢は、「わたくしの方が優秀だ」と思っているだろうし、「うちの娘の方が美しい」と思う貴族たちも大勢いることだろう。

「ですが、わたくしはこの力で陛下をお守りすることができます。わたくしは陛下を、魔竜の攻撃からも毒からも、暗殺者からもお守りすることができます。そして、陛下に安らぎの時間を提供することができます」

自分の持つ力を、謙遜したりしない。「わたくしなんか」とは、言わない。

魔力も、権力も、全てステイシーが自力で身につけたもの。そしてリュートと腹を割って話せるというのは、ステイシーだからできること。

自分にはリュートの妃に選ばれるだけの理由と力があるのだと、皆に知らしめるのだ。

「わたくしには、未熟な点も多くございます。しかしそれを上回るだけの成果を、わたくしは叩きだしてみせます。我らが国王陛下が笑顔でお過ごしいただける環境を、わたくしが作ります。陛下のためならば、聖女としての身分も全て捨ててこの身を陛下に捧げる覚悟ができております。そして、生まれ持ったこの神官としての力を存分に発揮し、一人でも多くの国民が笑顔で過ごせるよう尽力いたします。……これらのことを、わたくしの誓いといたします」

最後まで声量を落とすことなく言い切り、ドレスのスカートを摘まんでお辞儀をする。これだけはドロテアの猛特訓に耐えて、「まあ、いいでしょう」と言ってもらえるくらい磨いていた。

聴衆に背を向けてリュートの隣まで戻っても、会場はしんとしている。普通なら、拍手の一つでも聞こえてきそうなものだが――

(……失敗、した……？)

どくん、と不安で心臓が脈打つ。

差し出されたリュートの手をぎゅっと握り、目を閉ざしていると――

ぱち……ぱちぱちぱちぱちぱち！

(あ……)

固く閉ざしていた目を開き、振り返る。最初は数名だった拍手が、やがて大きな漣となって会場全体を包み込んだ。

「……とてもよかった、ステイシー」

耳元でリュートが囁いたため、ステイシーは言葉もなくこっくりとうなずいた。

（……分かっている。拍手をする全ての人が、私の存在を受け入れているわけではないことくらい）

中には、渋々拍手をしている者もいるだろう。「一応拍手はしてやるが、認めるつもりはない」と思っている者もいるだろう。

（……でも、それでいいわ）

初めから全員に受け入れられるとは、ステイシーもリュートも思っていない。

だが、この場でこれだけの拍手を得られた。それだけで十分、ステイシーにとっては「大成功」になるのだ。


リュートとステイシーの挨拶が終わると管弦楽団が入場してきて、それまではどこか厳粛だった雰囲気が一気に和らいだ。ここからは、ダンスや歓談の時間になる。

「ステイシー、とても立派だった。さあ、祝杯をあげよう！」

「陛下、陛下。お気持ちは分かりますが、ここはまだ会場なのでもう少ししゃんとしていてくださいね」

「うっ……分かっている」

サミュエルに言い返しつつも、既に少しだけうきうきしていたリュートは慌てて居住まいを正していつの間にか持っていたワインボトルを置き、給仕に「ワインを頼む」と威厳たっぷりに命じた。

サミュエルが止めなかったら、彼は自らワインの栓を開けて手酌でステイシーのグラスに注いでいたかもしれない。

「ステイシー、本当によく頑張った。あなたのような婚約者を持てて俺は誇らしいし……あなたの言葉を聞き、俺自身もいっそう気を引き締めなければと尻を叩いてもらえた気分だ」

給仕が差し出したグラスを手に、リュートはステイシーを賞賛して微笑んだ。

「さあ、今宵のあなたの勇気に乾杯だ」

「では私は、私を励ましてくださった陛下のお優しさに乾杯ですね」

リュートが笑顔で言ったのでステイシーも微笑んで返し、チン、と小さくグラスをぶつけ合った。

ここは先ほどスピーチをした場所の脇にあるソファ席で、階下でダンスを踊る貴族たちは不用意に立ち入ることができない。貴族が国王に挨拶をするだけでも、近衛騎士であるサミュエルや侍従長たちなどのチェックを受けた上でやっとこの階《きざはし》に上がり、それでもなおリュートとはかなり距離を保った状態で話をするそうだ。

(そんなお方が、私の隣でワインを飲んでいるなんて……今でも信じられないわ)

リュートはかなりの酒豪のようで、ステイシーがちびちびとワインをすすっている間に既におかわりを注いでもらっていた。

「ステイシーは、ゆっくり飲むのだな」

「あまりお酒には強くないし、星女神教会などでも飲む機会がなかったので……」

「自分の飲みやすい量と速さで飲むのが一番だ。それに……小さな口で少しずつワインを飲んでいるステイシーの姿は、とても可愛いからな」

「……陛下っ！　人前ですからね！　人前！」

「ああ、そうだったな」

ステイシーが小声で注意するとリュートはさっと前を向いたが、その唇の端は幸せそうに弧を描いており、傍らに立っているサミュエルがげんなりとした顔でこちらを見ていた。

しばらくすると、ブルクハウセン公爵とドロテアが挨拶にやってきた。さすが彼らはステイシーの家族だからかサミュエルもあっさりと通したし、どんぐりを投げれば当たりそうな距離までこちらに近づくことを許されていた。なお、先ほどリュートからもらったどんぐりはとりあえず、ドレスのサッシュベルトの隙間に押し込んで保管している。

「今宵はお招きくださりありがとうございました、陛下」

「気を楽にしてくれ、公爵、ドロテア嬢。そなたらの大切な家族であるステイシーの晴れ舞台だったからな。こちらこそ、ステイシーを鍛えてくれたことに礼を言う」

「もったいないお言葉です」

リュートと公爵が挨拶をしている傍ら、ステイシーの方に来たドロテアが微笑んだ。

「こんばんは、ステイシー様」

「こんばんは、ドロテア様。……皆さんのおかげで、なんとか無事に挨拶を終えられました。ありがとうございました」

一応義理の姉妹ではあるが場をわきまえて他人行儀に言葉を交わすと、ドロテアは艶然と笑った。

「まあ、なにをおっしゃいますか。……たとえわたくしや父が厳しく指導しようと、それにあなたが応じなければ形にならなかったのです。陛下のためにと今日まで努力した、あなただから摑んだ結果です。どうか、自信を持ってくださいな」

「……ふふ。ありがとうございます」

ドロテアたちと話ができるのは短い時間だが、彼女らとは公爵邸に帰ればゆっくり過ごせる。公爵邸ではひょうきんな公爵と優しくも厳しいドロテアの顔になるのだから、今は次期王妃として彼らと接するのがかえってよいのだろう、とステイシーは思った。

……のだが。

階段を下りる際、ドロテアがさっとこちらを向いて扇を持ち替えたため、ステイシーは背筋を伸ばした。

（あれは……。事前にドロテア様と一緒に考えた暗号の一つ、「メラニー様」だわ！）

ドロテアがそれとなく注意を促してくれたおかげで、間もなくメラニーが階段を上がってきたときにステイシーは完璧な笑顔で彼女を迎えることができた。

本日のメラニーは、透けるような淡い色合いのドレスを纏っていた。彼女は全体的にスレンダーな体型だが、胸元が大きく開かれたドレスの襟ぐりからミルクのように白い肌がよく見えていた。決して派手な色合いやデザインではないが、色香の漂うなんとも大胆なデザインである。

メラニーも先ほどの公爵とドロテアほどではないがかなり近くまで来て、優雅にお辞儀をした。胸元が覗いてしまいそうで、見ているステイシーの方がひやひやしてしまった。

「こんばんは、陛下、ステイシー様。今宵はお招きいただき、ありがとうございました。アロイシウス様からも、お二人への祝福のお言葉を預かっております」

「こちらこそ、来てくださりありがとうございます、メラニー様」

リュートが朗々と挨拶を返す。彼は以前、「自分はメラニー様から嫌われているようだ」のようなことを口にしていたが、さすがにその気持ちを態度に表すことはないようだ。

（……うーん？　でも、メラニー様が陛下を嫌っているようには見えないけれど……？）

ちらっとメラニーの方を見ると、しっかりと視線がぶつかってしまった。メラニーはしとやかに微笑み、胸元にそっと手をあてがった。

「ステイシー様、先ほどのお言葉、感動いたしました。……ご自分の強みを口にされるステイシー様のお姿はとても凛々しく、お言葉の一つ一つが胸に響いてきました」

「……もったいない言葉に、感謝します」

（……ちょっとやりにくいわね）

ドロテアに鍛えられた鉄壁の笑顔で応えつつも、ステイシーの胸中は複雑だ。

以前の離宮でのお茶会で決裂したため、メラニーの褒め言葉を素直に受け取れなかった。もしかすると、「声も態度もでかい」と遠回しにあてこすっているのかもしれず……。

だがステイシーとは対照的に、リュートの方は上機嫌だった。

「ええ、そうでしょう！　私の婚約者は、強くて美しくて凜々しい、最高の女性なのです。メラニー様にもそう言っていただけて、私も嬉しいです」

「……おほほ。陛下ったら、本当にステイシー様に首ったけですのね」

メラニーはそう言って笑ってから、「ああ、そうです」と横を見やった。

「陛下とステイシー様は、ダンスをなさるのですか？」

「もちろん、そのつもりです」

「ではその後でよろしいので、わたくしも陛下に一曲お相手お願いしたいのですが……」

――その言葉に。

きん、とステイシーの耳元で何かが唸った気がした。

王国貴族はパーティーなどで、特別な事情がない限りは最初にパートナーと一緒に踊る。その後は誰と踊ってもよいのだが、生涯を共にする相手がいるならばファーストダンスはその人と踊るのが鉄則である。

だが、メラニーにはパートナーがいない。彼女の夫のアロイシウスは離宮から離れられないので、彼女のケースが「特別な事情」にあたり――他の男性を一曲目の相手にすることが許される。そして、リュートは国王ではあるがメラニーからすると義弟なので、ダンスの相手にするのもなんらおかしなことではない。

……それは、分かっているのだが。

（……複雑。すっごく、複雑だわ……！）

ステイシーの腹の奥で何かがめらっとうごめいた気がするが、それを表情に出すのはよろしくない。そして案の定リュートが少し迷うように視線をさまよわせたので、ステイシーの方から彼の腕に触れた。

「素敵なお誘いですね。そのようにしませんか、陛下？」

「……あなたは、それでいいのか？」

リュートが小声で聞いてきたため――ほんの少し、メラニーへの優越感が得られたような気がして、ステイシーは微笑んだ。

「もちろんです。でも、あなたのファーストダンスは私ですからね？」

「当然だ！」

どうやらステイシーの一言でリュートは一気にやる気になったようで、メラニーの方を向いて「喜んで」と笑顔で応じた。

三人が護衛を連れて階下に降りると、国王たちのお出ましに気づいた貴族たちはダンスをしながら器用に場所を空けた。スペースを作ったからここで踊れ、ということだろう。

「……あの、陛下。恥ずかしながら私、まだそれほどダンスが上手ではなくて……」

ドロテアにしごかれ、公爵に相手役になってもらいながら練習もしたが、皆の前で踊るにはかなりの不安がある。それに公爵も大柄だがリュートはそれ以上に体格がいいので、勝手が全く違う。

だがリュートはからりと笑うと、大きな手で優しくステイシーの腰を抱き寄せた。

「それは心配しなくていい。なぜなら俺は体が大きすぎて、ほとんどの貴婦人にとって非常に踊りにくい相手だからな」

「……ま、まあ」

「それと。……俺は運動神経がいいから、ダンスも得意な方だ。これまでにもサミュエルたちを無理矢理女性パートにして踊らせてきた」

「そ、そうですか」

「そうだ。つまり……あなたのことは俺がしっかりリードできる。あなたは気負うことなく、俺に身を預けてくれ」

リュートがそう言って、ステイシーの腕を引っ張った。

（あっ、分かった！）

ステイシーは体の力を抜き、リュートに身を預けた。そうすると自然と体が動き、靴のつま先が立てるキュッという小さな音と共にステイシーの体が回転した。

（私は変に気を張るより、陛下に身を預けてほどよく振り回された方がちゃんと踊っているように見えるのね！）

ステイシーがふふっと笑うとリュートも微笑み、音楽に合わせてステイシーを引っ張る。彼の足の動きをよく見て同じようにつま先を動かすと、彼と息を合わせてステップを踏み、彼に引っ張られるままターンできる。

（なんだか……結構、楽しいかも！）

練習時に女性パートをさせられてリュートにぐるんぐるん振り回されたサミュエルの気持ちはどうか分からないが、こうして振り回されながら踊るのも、結構楽しい。それに次第にリズムが分かってきて、ステイシーも自然に足を動かしたりリュートの胸に身を寄せたりできるようになった。

「……楽しいか？」

他の貴婦人たちと同時にステイシーがターンをしたところで、かすかにリュートが尋ねる声が聞こえた。

「……はい、楽しいです」

リュートがリードしてくれるから、彼と踊れるから、楽しかった。

一曲を終えると、ステイシーは息が上がっていた。

（た、楽しいけれど、さすがに慣れないことをしたら疲れる……！）

これが魔物退治などだったら何連戦でもできるのだが、ダンスとなるとまだ厳しい。むしろ、あんな細身で体力がなさそうなのに何曲もぶっ通しで踊れる貴婦人たちがすごいと思う。

「お疲れ。……一緒に踊れてよかった、ステイシー」

体力おばけのリュートは当然余裕たっぷりで、ステイシーの手の甲にちゅっとキスをしてソファ席まで案内してくれた。ここは一階席だが、既にサミュエルたちが人払いをしてくれている。

「ステイシーはここで休んでいてくれ。俺はメラニー様と踊ってくる」

……ずきん。

「かしこまりました。楽しんできてくださいね」

わずかな胸の痛みはなかったことにしてステイシーが笑顔で言うと、リュートはうなずいてメラニーのもとに向かった。

メラニーは小柄なので、リュートと並ぶと大人と子どもほどの身長差がある。彼の左手に乗せられたメラニーの手も小さくて、胸囲やウエストの差は二倍ほどありそうだ。

サミュエルから冷たい飲み物を受け取ったところで、次の曲が始まった。先ほどステイシーが踊った曲はどちらかというとテンポが速めのワルツだったが、今回は半分ほどの速度のゆったりとした曲だった。

リュートの手のひらがメラニーの腰に添えられ、メラニーがリュートの腕と肩に触れる。

……ずきん、ずきん。

（……ああ、嫌だな。私、嫉妬している）

この胸の痛みがなんなのか分からないほど、ステイシーは鈍感ではない。

いくら社交辞令とはいえ、いくら義理の姉弟とはいえ、好きな人が美しい女性と踊っているのを見ると嫉妬してしまう。あの人の妻になるのは私なのに、と思ってしまう。

（メラニー様のことは……うんまあちょっと、好きになれないけれど……メラニー様はアロイシウス様のお妃様なんだし、嫉妬するのもおかしいとは分かっているし）

それでも、メラニーが胸をリュートの腹部に押しつけているのを見るとイラッとしてしまうし、周りで貴族たちが「さすがメラニー様」「見事なダンスですね」とメラニーを褒めている声を聞くと、負けたような気持ちになってしまう。

（……ううん。陛下が好きなのは私だし、メラニー様はアロイシウス様のことが――）

気持ちをすっきりさせようと飲み物を一気に呷《あお》り、サミュエルにおかわりを頼もうとした、そのとき――

（……んっ？）

踊るリュートとメラニーの横顔が、見えた。

リュートの横顔は、ある意味いつも通りだった。特にこれといった感情が見えず、メラニーの顔――より少しずれた場所を見ているようだ。

だが、メラニーは。

彼女は頬を赤らめ、とろけるようなまなざしをリュートに向けていた。

（……う、ん？　今の、気のせい……？）

一瞬のことだったので見間違いかもしれないと思ったが、またしばらくして見えたときのメラニーはやはり、リュートのことをじっと見つめていた。

……どくん。

（……え、ええと……何、今の……？）

新しい飲み物を差し出されてもそれに一度も口を付けることのないまま、曲が終わった。すぐにリュートが帰ってきて、ステイシーの隣に腰を下ろした。おかげでソファの座面が彼の方に沈み、ステイシーはリュートの方にぶつかりそうになった。

「ただいま、ステイシー。いい子で待っていたか？」

「お、おかえりなさいませ。あの、とても素敵なダンスでした！」

「ん、そうか？　ありがとう」

リュートは微笑むと、「俺も同じものを頼む」と給仕に頼んだ。

間もなくメラニーも戻ってきたが、いつの間にか彼女の周りには豪華なドレス姿の金魚のフン——もといいつもの取り巻き連中がいた。

「メラニー様！　大変素晴らしいダンスでした！」

「ああ、目を閉じれば、メラニー様がアロイシウス様の婚約者として初めて夜会にお出ましになった日のことを思い出します！」

「ええ！　あの日のメラニー様は、それはそれは見事なスピーチとダンスを披露なさって、わたくしたちは感動で胸を震わせました！」

「ふふ。ありがとう、皆」

勝手に盛り上がっているようだが。

（……それ、私の前でするやり取りかしら？）

今晩の主役はリュートとステイシーであり、二人の目の前で過去の思い出話に花を咲かせるのはどうなのだろうか。

いつも通りの彼女らにステイシーはむっとしたが、リュートの方は朗らかに笑った。

「メラニー様は本当に、ダンスがお上手でしたね。私も、兄上と一緒に踊られていたときのメラニー様のお姿を思い出しましたよ」

「……お褒めにあずかり光栄です。しかし、今回わたくしが無事に踊れたのはリュート陛下がお上手で、わたくしをリードしてくださったからです」

メラニーが頬を赤く染めて慎ましく言うと、周りからほうっと感嘆のため息が漏れた。己の才覚をひけらかさず男性を立てようとするメラニーの姿は、皆の目にはまさに「理想の淑女」として映っていたことだろう。

（まあ、そうよね。振り回されるだけの私と違って、メラニー様がお上手なのは確かだし……）

もやもやしつつも飲み物を口に含んだステイシーだが、そっと肩に重みが加わった。

「感謝します。……でも、ステイシー。俺は、あなたと踊るのがとても楽しかったよ」

「えっ」

今、ステイシーとメラニーの声が重なった。

メラニー一行がぎょっとした様子でこちらを見る中、ステイシーの肩にそっと触れていたリュートは優しく微笑んだ。

「なんといっても、あなたが俺に身を預けてくれるのが嬉しかった。信頼されている……といったところかな」

「……私、下手でしたよね？」

「下手というより、単に慣れていないだけだろう？　大丈夫、これから俺がステイシーに手取り足取り、ダンスを教える。だがまあ、こうしてあなたをリードできるのも悪くないな」

そう言うリュートは、心から嬉しそうに笑っている。

彼の言葉が、笑顔が、どれほどステイシーを喜ばせて、メラニーに嫉妬してしまった心を解きほぐしてくれているかなんて、知りもしないで。

（……も、もう！　この方は……）

リュートの腕にぎゅっと抱きついたところで、くす、と小さく笑う声が聞こえてきた。

「まあまあ、本当に……お二人は仲がよろしいのですね。うらやましいことです」

扇子で口元を慎ましく覆ったメラニーはそう言って微笑み、ステイシーに目を向けた。

「そうそう、先ほどのステイシー様のスピーチも……とても元気がよくていらっしゃいましたね。会場の隅々まで響き渡る、快活な声で……わたくしにはまねできません。その、どうしても人前だと緊張して、声が出なくなってしまうので……」

消え入るような声で言ったメラニーは、ほう、と息を吐いて自分の胸に手を添えた。それを見て取り巻きたちが、「そうですよね！」「儚くて控えめなメラニー様が素敵です！」と口々に褒め称えている。

（……えーっ！　陛下の前でもそういうことを言うの!?）

てっきりリュートの前では猫を被っているのだと思いきや、「令嬢のくせに声がでかい」とあてこすってきているではないか。

ちらっと隣を見ると、リュートは難しい顔でメラニーを見ていた。彼はメラニーからよく思われていないと思っているようだから、彼女の言葉に警戒しているのかもしれない。

もしくは……義姉の言葉に、「確かに、少し声が大きすぎてはしたなかったな」と思い始めているのかもしれない。

（……ううん、そんなことない）

ステイシーは一歩進み出ると、メラニーに挑戦的な笑みを向けた。

「ありがとうございます、メラニー様。私はよく粗暴でがさつだと言われておりますのですが、自分の考えをはっきりと述べられるところは美点だと自分でも思っております。ですから、元気がよいと言っていただけて嬉しいです！　先ほどのスピーチでも、全ての来賓の方々に私のことを知ってもらえたら、という願いで行いましたので……大成功です！」

「っ……ですがあまりにも度が過ぎたら、はしたないと思われるかもしれませんよ……？」

一瞬笑顔が崩れそうになりながらもメラニーが「心配しています」というていで言ったため、ステイシーはにっと笑って下がり、リュートの腕に寄り添った。

「ふふ、ご忠告ありがとうございます。しかし、どうでもいい人間百人にはしたないと言われようと、陛下が今の私を求めてくださる限り私はこの方針で参ります。はしたない、と言われて私が傷つくのは、陛下に言われたときだけですので！」

おまえにああだこうだ言われても、ダメージにはならない。だから黙っていろ。

そんな気持ちでメラニーをじっと見つめると、彼女は大きく目を見開き――目元を潤ませて、リュートの方を見た。

「……陛下。どうやらステイシー様は少々お疲れのご様子です。よからぬことを口走られてしまう前に、休憩をなさっては――」

「……あの、メラニー様。今さらこんなことを申し上げるのも、申し訳ないのだが……」

片手を上げてから、リュートは困ったように言う。

「……その。あなたの声は少々小さいので音楽に紛れてしまい、先ほどから何をおっしゃっているのかよく聞こえませんでした」

「…………え？」

メラニーが、普段の彼女らしくもないドスの利いた低い声を上げる。

そう、彼女は自分とリュートの身長差、それが生み出す声の届きにくさ、自分がうつむいていること、そしてここが夜会会場で管弦楽団が音楽を奏でていることなどを忘れており――この距離で話をしてもリュートの耳にはうまく聞こえないのだと、知らなかったのだ。

（……さっきから難しい顔をなさっているとは思っていたけれど……聞こえてなかったのね！）

メラニーと同じくステイシーも驚いている傍ら、リュートは続ける。

「まあ、ステイシーにはきちんと届いているようだから問題ないと思いますが。……しかし、先ほどステイシーが『はしたない』とか言いましたが、まさか彼女にそのようなことをおっしゃったのですか？」

「……えっ？　い、いえ、そういうわけでは……」

ステイシーと話している途中ならさらりと発言できたものでも、一旦冷静になってリュートから改めて問われると動揺してしまったようで、メラニーは扇子で顔を隠しそわそわし始めた。だがそれで余計に声が通らなくなったようで、ますますリュートは困った顔になる。

「もちろん、私がステイシーに『はしたない』なんて言うことは未来永劫《えいごう》ございません。私は、私の話を聞き、同時に自分のこともたくさん話してくれるステイシーのことが好きです。それに、今夜招いた全ての客人たちにステイシーの可愛らしい声とその決意を聞いてほしかったので、大きな声でしゃべってくれて私は安堵しました。彼女なら、これから私と一緒に公務に出た際なども進んで国民たちと関わってくれると思っています」

「陛下……」

「だから、ステイシー。あなたは今のあなたのままでいい。これからも堂々と俺の隣に立ってくれればいいし……それに」

そこでリュートは腰を折り、ステイシーの耳元に掛かる髪の房を掻き上げて耳朶《じだ》に唇を寄せた。

「……俺がステイシーに『はしたない』と言うことは絶対にないが……たまにはちょっとくらい『はしたない』姿も見せてくれていいからな？」

「ふゃっ!?」

熱い吐息とそれ以上に熱い言葉が囁かれたため、思わずステイシーはびくっとして奇声を上げてしまった。周りの者たちからはリュートの囁きの内容は聞こえなかったようだが、ステイシーが見る見るうちに顔を赤くしていくのを見て、だいたいのことを察したようだ。

状況を傍観していた貴族たちからは、「なんと、あの陛下が……」「それほどまで、聖女のことが好きなのか……」と呆れたり微笑ましがったりする声が聞こえる中、呆然と扇子を下ろしていたメラニーの顔色は真っ白だ。

すぐに取り巻きが駆けつけてきたがその手を振り払い、メラニーは早足で立ち去ってしまった。

「お待ちください！」と取り巻きたちが慌てて付いていくが、すぐに彼女の小さな後ろ姿は人混みに紛れて見えなくなる。

（……え、ええと。これは一応、勝った……ということでいいのかしら？）

最初はステイシーの腰を抱き寄せてにこにこしていたリュートだが、メラニーが去って行くのを見ると不安そうな顔になった。

「……メラニー様。ひょっとして――」

「……ええと」

「腹の調子でも悪いのだろうか？」

「……どうでしょうかね」

ステイシーは、いつまでも今のリュートのままでいてほしいと思った。


お披露目はなんとか終了したが、この後も華やかなパーティーは続く。

だが皮肉なことにメラニーの言うとおりステイシーは既に疲れてしまったので、リュートの厚意で早めに屋敷に帰ることにした。

「何度も言うが、今日のあなたはとても素敵だった。本当に、皆の前でスピーチをしている最中でなければ後ろから抱きしめていたかもしれないくらいだった」

「もしそうなさっていたら、それはそれで皆の印象に強く残るお披露目会になっていたことでしょうね」

サミュエルやドロテアを伴って王城裏の特殊玄関に向かう道中、ステイシーはリュートとそんな言葉を交わしていた。

「私こそ、今夜は陛下にたくさん助けていただきました。ありがとうございました」

「なに、未来の妻を支えるのは夫として当然のことだろう」

礼を言ったステイシーを見てリュートは笑い、それからサミュエルたちの方を見て、「ちょっとよそを向いていてくれ」と命じる。

サミュエルや護衛たちだけでなく、ドロテアもあきれ顔になりながらもこちらに背を向けてくれたのを確認してから、リュートはぎゅっとステイシーを正面から抱きしめた。

（……陛下の体、あったかいわ）

化粧が服に付いてしまいそうで頬ずりはできないので、額を彼の胸元に押しつけて少しでも甘える。いつも彼からは爽やかな匂いがするが、今日はいろいろな香水が混じった少し甘いような香りがしていた。

「……こうして、夜になるとあなたと離れなければならないのが、非常に口惜しいな」

「私もです。でも、結婚したらずっと一緒にいられますよね？」

「っ……ああ、ああ、そうだな。ずっと一緒だ」

リュートはどこか感慨深そうにステイシーの言葉を反芻《はんすう》してから強くその体を抱きしめ、つむじにキスを落とした。

「……気をつけて帰ってくれ、ステイシー。また、会おう」

「はい。おやすみなさいませ、陛下」

「ああ、おやすみ。よい夢を」

ステイシーの頭をひと撫でしてから、リュートはステイシーの体を離した。サミュエルが、「会場の方で、皆様が陛下とのご歓談を所望しております」と言ったためうなずき、こちらに背を向けて去って行った。

（……本当に。今日は、いい夢が見られそうだわ……）

ほう、とため息を吐き出していると、隣からつんつんと突かれた。

「もう、今のあなた、とてもだらしない顔をしていますよ？」

「え、あ……す、すみません。つい……」

「仕方のない人ですね。……でも、愛する人にあそこまで熱烈に求められたのなら、とろけてしまっても仕方がないですよね。愛、ですもの」

夢見がちなところのあるドロテアはふわりと笑ってから、閉じた扇子で庭の方を示した。

「お父様はもう少し会場に残るそうなので、わたくしたちは先に帰りましょう。あなたも疲れているでしょうから、熱いお風呂に入ってゆっくりして……それから、陛下の夢でも見なさい」

「うっ……そ、そうします」

「……本当に。わたくしなら、陛下の夢なんて見たら一気に疲れてしまいそうですけれど……愛の力は偉大ですのね」

ぶつぶつと言うドロテアを見つめていたステイシーはふと、先ほどダンスの際にメラニーが見せていた横顔を思い出した。

ほんの少し、ステイシーの胸の中にわだかまっているもの。ドロテアなら、相談に乗ってくれるのではないだろうか。

「あの、ドロテア様。実は――」

「……ステイシー様」

ステイシーの声を遮ったのは、聞き覚えのある少女の声。振り返ると、王城の玄関口に神官服姿の少女がいた。彼女は、ステイシーの直属の部下だ。

「あら……エルケ。どうしてここに？」

「お疲れのところ、申し訳ありません。大司教猊下より、ステイシー様にすぐさまお伝えしたいことがあるとの伝言を承っております」

「えっ、大司教様から？　急ぐ感じ？」

「できれば今日中に来るように、とのことでした。今度のおつとめに関する緊急のご連絡のようで……」

エルケが焦ったように言うので、ステイシーは星女神教会のある方を見やった。

（ええと……ここからなら専用通路を使ったら、すぐに教会に行けるわね。身分証明書はないけれ

ど、私は顔パスも同然だし）

「分かった、すぐに行くわ」

「あら、それなら近くまで馬車で行きますか？」

ドロテアが提案してくれたが、ステイシーは首を横に振った。

「いえ、王城から教会に続く通路があるので、そこから行きます。ですので、ドロテア様は教会の正面玄関まで帰りの馬車を回してくださいませんか？」

「ええ、よろしくってよ。でも、なるべく手早く用事を済ませなさい」

ドロテアに了解をもらったので、ステイシーはエルケに続いて星女神教会へ向かった。

（普通なら、ドレスで教会に行くのはだめだけど……今のドレスは聖女のローブに似せているから、案外このままでもいいかもしれないわね）

そう思いながら、ステイシーは通路へ向かった――

＊　＊　＊

――かさり、とかすかな音が耳に響く。

（……ん。ここは……）

ステイシーは、家具のほとんどない地下牢のような部屋で横たわった状態で目を覚ました。ほぼ立方体の部屋で、あまり清潔とは言えない。

頑丈そうな金属製のドアが見えたのでそちらに顔を向けようと身をよじると、ガシャ、と鈍い音が足下から響いた。鎖の音だ。両腕はなんとか自由だが両足には頑丈な鎖が巻き付けられており、立ち上がることはできそうにない。

（人生で初めて誘拐されたわ……）

肘《ひじ》を使って上半身を起こし、ステイシーは大きく深呼吸をする。

王城の庭でエルケに続いて歩いていたステイシーは、後ろから羽交い締めにされた。そうして真っ暗なものの中に入れられて……気を失っている間に、この部屋に放り込まれたようだ。

まずは試しに魔法を使おうとしたが、ぽしゅん、と情けない音を立てるだけだった。

（……ああ、これは部屋のどこかに魔力制御装置があるのね。……あっ、あった）

天を仰いだら、ちょうど見つけた。部屋の天井に埋め込まれるような形で、赤く光る宝石がくっついていた。もう一度魔法を使ってみたらあの宝石に魔力が吸い取られる感じがしたので、間違いないだろう。

あの赤い宝石には、神官たちの魔力を吸収して無効化する効果がある。神官の魔力を抑えてどうなるのだと言われそうだが、魔力が暴走しがちな神官のために教会で使われることが多い。

ステイシーも神官になりたての頃は魔力の制御が難しく、コントロールができなかったときには先輩神官が持ってきたあの魔力制御装置で魔力を吸い取ってもらったりした。あの宝石は特殊な品のようでかなり値が張るそうだが——クライフ王国の大貴族なら、そうそう苦労せずに購入できるはずだ。

……そう、王城の庭でステイシーを後ろから襲って誘拐して、ここに放り込んだ人なら——

そうしていると、コツン、コツン、と硬質な音が近づいてきた。

「……あら、お目覚めのようね」

ドアが外側から開き、部屋の前に立っていた人がステイシーを見て静かに言った。誘拐されてからどれくらいの時間が経ったのかは分からないが、彼女は先ほど見たときとは違うシンプルなワンピースタイプのドレスに着替えていた。

ステイシーは鎖でつながれた脚をなんとか組み替えて少しでも楽な姿勢になり、自分を見下ろす人物をじっと見上げた。

「……なんとなくそんな感じはしていましたが。私なんかを誘拐して楽しいのですか、メラニー様？」

「楽しくはないわ。でも、こうするしかないのよ」

メラニー・ランメルスは夜会会場で見たときのような笑顔の欠片もなく、冷たくステイシーを見下ろしていた。今の彼女からは、先代王妃という輝かしい栄光の冠をいただく淑女としての威厳も魅力も何も感じられない。

「残念だけれど、あなたにはここで死んでいただくわ。なぜか、とは聞かないでちょうだいね」

「リュート陛下のことが好きだからですか？」

ステイシーがズバッと問うと、一瞬だけメラニーの表情に動揺が走ったがすぐに彼女は笑顔になってうなずいた。

「おめでとう、大正解よ。どうして分かったの？」

「……ダンスのときに、あなたが陛下に向けるまなざしには恋慕の色が見られました。だから、もしかしたらと思っていましたが」

「まあ、そうなのね。でも、仕方ないでしょう。恋する人と一緒に踊れるなんて、乙女冥利《みょうり》に尽きますもの」

「……事情をお聴かせいただいても？」

ステイシーが問うと、メラニーは「そうねぇ」と不気味な笑顔のまま首を傾げた。

「どうせあなたはここで死ぬのですし、まあいいわ。わたくしとリュート陛下のなれそめを、教えてあげましょうか」

「なれそめじゃなくて、ただの横恋慕じゃ……」

「お黙りなさい」

生意気な口を利いたステイシーを黙らせ、メラニーはどこか恍惚とした顔で語り始めた。

メラニー・ストッケルがリュートと出会ったのは、今から十年以上前のこと。といっても、そのときのメラニーはリュートではなくて、アロイシウスに会うために父親に連れられて王城に参上していた。

メラニーの父であるストッケル侯爵は、娘を国王の妃にしようと企んでいた。美貌の娘に骨抜きになった国王をうまく制御して政界を牛耳り、さらに生まれた王子の祖父としてさらなる権力を握るのが目的だったらしい。

当時第一王子だったアロイシウスと挨拶をしたメラニーの感想は、「まあ、こんなものか」というったものだった。顔立ちはきれいな方だし、気品があって優しい雰囲気だ。メラニーより四つ年上なので落ち着いており、それが少々物足りなく感じられたが悪くはない相手だと思った。

……だが、そのついでに挨拶をした第二王子・リュートを見て、メラニーは恋に落ちた。知的で怜悧《れいり》なアロイシウスとは対照的な、あっけらかんとしており気さくなリュート。リュートはメラニーと同い年なのだが、騎士団で訓練している彼は既にメラニーよりもずっと背が高くて体格にも恵まれていた。

なんて素敵な人なのかしら、と思った。賢《さか》しらぶっているアロイシウスよりずっと、リュートの方がいい。王妃でなくてもいいからリュートの妃になりたい、と思った。

だが、父は権力に目がなかった。なんとしてでも娘を王妃にしたがる父に一度だけ「リュート様の妃になりたい」と言ったが、「王族の外戚となる機会を潰すつもりか!」と叱られてしまった。

アロイシウスの妃の最有力候補はメラニーと、ブルクハウセン公爵令嬢・ドロテアだった。だが父が必死にメラニーを売り込み手回しも念入りにして、アロイシウスも慎ましいメラニーを気に入ったことでメラニーはアロイシウスの婚約者になった。

父は有頂天だったが、メラニーはすっかり落ち込んでしまった。アロイシウスなんかは、ドロテアに押しつけてしまいたかった。アロイシウスの妃になったらもう、リュートと結ばれる可能性はゼロなのだから。

アロイシウスはメラニーのことを気に入ってくれたが、それでもめげずにメラニーはリュートにそれとなくアプローチをした。もしかすると美しい自分に懸想してくれるかもしれない、という淡い期待もあった。国王兄弟が美しいメラニーを巡って競い合う、というロマンス小説のような展開にも憧れていた。

だが、リュートはびっくりするほど鈍感な天然男だった。メラニーが色気を振るってもそれとなくボディタッチをしても、なぜか「メラニー様は兄上のことが本当にお好きなのですね！」という方に解釈する。どうしてそうなるのだ、というくらい変な解釈をする。

そうこうするうちにアロイシウスが国王になり、メラニーを王妃に迎えた。最初は歓喜したストッケル侯爵も、アロイシウスがあまりにも優秀で何でも一人でこなしてしまう姿を見て、「これでは自分が出る幕がない」と気づいたようだ。

メラニーは夫の弟に恋をしており、ストッケル侯爵は自分が活躍する機会がなく、親子共々歯がゆい思いをしていた。そんな矢先の、アロイシウスの落馬事故である。アロイシウスが弟に譲位すると聞き、これはきっと星女神のお導きなのだ、と親子は喜んだ。

リュートはアロイシウスとは雲泥の差の冴えない男で、一人では国王の仕事が何もできない。それにクライフ王国の歴史上には、兄王亡き後に即位した弟が兄嫁を娶ったという事例が存在する。

リュートにはまだ婚約者がおらず、後ろ盾もほとんどない。あの憎きブルクハウセン公爵家も娘を王妃にするつもりがないようなので、最大のチャンスだ。

アロイシウスの半身不随や意識混濁などを理由に彼の方から離婚を切り出させ、その後にリュートとメラニーが再婚する。そうすればメラニーは恋する人と結ばれるし、侯爵は脳筋な王に代わって政治を執り行うことができる。

だがメラニーが城に行ってリュートに会おうとしても、彼は「メラニー様は、兄上の側にいらっしゃる方がいいでしょう」と言って、追い返す。ストッケル侯爵が政治の補佐をしようとしても、「お気遣いに感謝しますが、できるところまでは自分でしたいのです」と笑顔で断る。

ある意味アロイシウスよりも厄介なリュートをどう攻略しようかと親子で頭を悩ませていた矢先、リュートが星女神教会の神官を見初めたというとんでもない情報が入ってきた。おまけにリュートはその神官をあのブルクハウセン公爵家の養女にして、淑女教育をさせるのだという。

メラニーは、嫉妬で頭がおかしくなりそうだった。

自分は、十年以上リュートだけを想っているのに。こんなに愛しているのに。

あの神官さえいなければ。

自分が、ストッケル侯爵家が、栄光を手にできるのに――

（……なるほど。だから私を誘拐したのね）

メラニーの話は自己陶酔と悲劇のヒロインぶる言い回しのせいで非常に長ったらしかったが、言いたいことは分かった。

「わたくしはずっと、リュート陛下だけをお慕いしているの。あなたのような薄汚い平民とは、年季も思いの強さも違うのよ！」

「あ、はい、それはいいんですが、エルケは無事ですか？　私に声を掛けた神官の女の子ですが」

メラニーのお気持ち表明はよいとして、心配なのはステイシーに声を掛けたあの神官のことだ。

メラニーは少しむっとした様子だが、つまらなそうに顔を背けた。

「あの神官なら、別室で捕らえています。誘拐には成功したけれどあなたを確実に始末しないといけないから、それまではひとまず放置させています」

それを聞けて、ステイシーは少しだけ緊張を緩めることができた。

（……そう。生きているのなら、いいわ）

エルケはいい子だ。貧しい農家出身で、「たくさん弟妹がいるんです！」と笑顔で言っていた。

神官として稼いだ金のほとんどは、実家への仕送りにあてているという。

そんな彼女だから、メラニーにステイシーの誘拐の片棒を担ぐよう命じられても断れないだろう。

もしかすると、家族を人質に取られたのかもしれない。いろいろな事情が考えられるしエルケのよさをよく知っているステイシーは、可愛い部下を責めるつもりはない。

エルケのことを思うステイシーを見て、メラニーは小さく笑った。

「でも、部下の心配をしているなんて余裕ね。あなた、魔法が使えないでしょう？　いくら神官、いくら聖女でも、魔法が使えなかったらただの女も同然ね」

「まあ、そうですね。でも、いいのですか？　聖女を殺すなんて、星女神教会から破門では済みませんよ？」

「わたくしたちがやったと分からなければ、いいのよ。女神なんて所詮、想像上の存在。そうでなければ善い行いをする者が苦しみ、犯罪者が逃げおおせてのうのうと生きていける世の中になるわけないでしょう？」

確かに信仰心が強くないステイシーからするとだいたい同意だが、分かっていて心のよりどころとするために、また己の行いを悔い改める機会とするために、人々は存在しない神を信じるものだとステイシーは考えている。

……だが、だからといってここでおとなしく殺されるステイシーではない。

「はあ、そうですか。それで、私を殺してご自分が陛下の妃になろうと？」

「ええ、そうですよ。アロイシウス様もいよいよ病気が悪化しているし、長くはないでしょう。そうなれば陛下はきっと心のなぐさめとしてわたくしを所望してくださるわ」

「ええぇ……ないない、それはないですよ」

あはは、とステイシーは笑い飛ばした。

笑えるような状況でないのは百も承知だが――ここで折れるつもりはない。

「おまえを殺す」と言われて、「はい、分かりました、死にます」と従順に応じられるほどステイシーは弱くも人生を諦めているわけでもない。

「まだ分からないのですか？　陛下は、私みたいに明るい女がお好きなのです。だからもし私をここで殺したとしても、陛下があなたに靡くことはないです。だって、あなた、陛下のタイプじゃないんですから」

「……なんですって？」

ぴきり、とメラニーの額に青筋が走った。普通ならここで命の危険を察するものだが、自分を奮い立たせるためにあえてステイシーは能天気を装い、きゃはは、と笑ってみせた。

笑えば、脳みそが「今は、楽しい状況なんだ」と誤解する。そうすれば、生きる気力が湧いてくる。メラニーの言葉に負けたりしない、という力が湧いてくる。

「まだ分からないんですか？　陛下は、お互い何でも話し合えて好きなことや嫌いなことなどの雑談ができるような女性がタイプなんです。王妃とは一緒に隣を歩けて、時には支え合える、そんな関係でありたいと願ってらっしゃるのです。まさに私のことですね！」

「……はぁ？　あなた、ご自分にそれだけの価値があると、本気でお思いで？」

「ええ、思っています。私、そこまで自己肯定感が低いわけではないので」

それにですね、とステイシーは親の仇かのようににらんでくるメラニーに微笑みを向けた。

「あなたみたいな猫かぶりの性悪は、陛下のお妃には向いていませんよ。これまでにもネチネチネチネチ嫌がらせをしてくるし、取り巻きの暴言を放置しているし。あれでしょう？　嫌な相手がいても、自分の手を汚さずに取り巻きに汚れ仕事をさせているんじゃなくて？　そういう人、陛下は嫌いだと思いますけど？」

「なっ……！」

侯爵令嬢として皆から傅かれて育ったメラニーにとって、今のステイシーの言葉は受け入れがたいものだったのだろう。青白かった顔色が赤くなり、一気にステイシーまでの距離を詰めてきたメラニーは美しい顔を怒りで染めた。

「な、なんて無礼な！　魔力だけが取り柄の、不細工のくせに！　自分のことを棚に上げておいて、よくも……！」

「えー、私は自分の顔が十人並みなことも性格が悪いことも、分かっていますよ？　私の趣味が魔物退治とイヤミな貴族の屋敷をぶっ壊すことであるというのも、陛下はご存じです。それでいて私でいいとおっしゃってくださるのですから、陛下の女性の趣味に文句を言えばいいんじゃないですか？」

ステイシーは、にやりと笑った。

その笑顔は、泣いて許しを請う貴族を足蹴《あしげ》にするときの表情と同じだった。

「自分があくどいことをしているという自覚がないあなたの方が私よりずっと悪質ですし、私が不細工と言うのならあなたも同じくらい心の中が不細工です。自覚がなくてやりたい放題する人って、ヤバいし。だから、私を捕らえて殺したって無駄、無駄なの。残念だったわね」

「っ！　……こ、このっ……！」

わなわな震えていたメラニーがステイシーに詰め寄り、ぐいっとドレスの襟ぐりを掴んだ。枝のように細くて華奢な体を持つメラニーだが、首を絞められたらさすがに苦しくなりステイシーはけほっと噎《む》せた。

（か、火事場の馬鹿力っ！　握力強っ!?）

「ちょっ、待って……！　これ、よくない、まずいですからっ！」

「お黙り！　そんなに死にたいのなら、今ここで殺してやるわ！」

「いやいや死にたくないです！」

ぎりぎり首を絞めてくるメラニーと、彼女の手を引き剝がそうとするステイシー。先代王妃と次期王妃という身分も何もかなぐり捨てて二人がぎゃあぎゃあ騒ぎながら転げ回っていると――

ぶぎゃあっ!?　という、男の悲鳴。続いてドカ、バキ、と何か大きなものが殴打されるような音が廊下の向こうから聞こえて、もみ合っていた女二人ははっと動きを止めた。

「……今の、何？」

「おたくの使用人の声じゃ……？」

「で、でも今のって、悲鳴じゃ……」

二人が顔を見合わせ、息を潜めていると。

……ずるり
「……な、何か、聞こえません……？」

「き、ききき気のせいでしょうっ！　おまえ、様子を見に――」

ずるり……ずずっ……

ステイシーの言葉には勇敢に言い返したメラニーだが、謎の音がだんだん大きくなってきて彼女の耳にもはっきりと聞こえたからか、びくっと大きく身を震わせた。

ずる……ずるり……

「ひっ……！」

次第に大きくなっていく音の方を見る勇気がないのか、メラニーは真っ青になって後じさり、ステイシーに抱きついてきた。先ほど首を絞めた相手に、この扱い。解《げ》せぬ。

「な、なななな何よ……！　お、おまえ、魔法を使えるでしょう!?　どうにかしなさい！」

「魔力制御装置を取り付けたのはそっちでしょう……」

「う、うるさいっ！　あ、あああ！　やだ、来ないでえっ！」

いよいよメラニーが泣き出し、ステイシーの背後に隠れて――

ずずっ……

「……ああ、やはりここにいたのか、ステイシー！」

「……陛下？」

リュートの姿が扉の向こうに現れたため、ステイシーはきょとんとしてしまった。

リュートは、夜会のときと同じ正装姿だった。その衣類には少しだけよれた跡があるが、彼自体は元気そうでほっと安心できた。

「よかった、無事だな。助けに来たぞ！」

「あ、ありがとうございます、陛下。……その」

「うん？」

「陛下が左手に引きずってらっしゃるそれは……何ですか？」

いろいろ聞きたいことはあるが、まずは「それ」が気になった。リュートは左手で何か大きなものを引きずっているようだったが、床に座り込むステイシーの位置からは見えなかったのだ。

リュートは「ああ」とうなずくと、引きずっていたものを見せてくれた。

「……っ!?　お父様!?」

「えっ、人間？」

背後にいたメラニーがおそるおそる顔を覗かせるなり叫んだため、ステイシーも「それ」の正体が分かった。

「それ」は、中年男性だった。立派な夜会服姿だがぼろぼろで、白目を剝いた状態でリュートに左足首を摑んで引きずられていた。完全に気絶しているようだが、おそらく息はしているだろう。

（メラニー様のお父様……ってことは、この人がストッケル侯爵？）

「どうして侯爵が……？」

「あなたが星女神教会に向かったきり帰ってこないとドロテアから連絡があり、すぐに捜索した。ほとんどの者が協力的な態度を取る中、どうにもストッケル侯爵は俺の動きを阻止しようとしてきてな。なんだか怪しいな、と思って少し揺さぶりをかけながら問い詰めたら、ステイシーを誘拐させたと白状したんだ」

リュートは淡々と言い、左手を離した。べちゃっと床に倒れ込んだ侯爵だが、小さなうめき声が上がったのでやはり生きているようだ。

普通、「揺さぶりをかける」というのは言葉巧みに相手を追い詰めることを言うはずだが、リュートの場合は物理的に侯爵を揺さぶった結果、命の危険を察した侯爵が白旗を揚げたのかもしれない。

「屋敷に乗り込んだ段階で、侯爵はしらを切り始めた。だが、俺には間違いなくここにステイシーがいるという確信があったし、すぐにこの部屋も見つけられた。俺の行く手を阻む者もいたが、軽く胸を押すと皆吹っ飛んでいったな」

「ど、どうしてここだと分かったのですか……？」

「廊下に、どんぐりが落ちていた。先ほど俺があなたにあげた、あのどんぐりだ」

そう言ってリュートはポケットから、小さなどんぐりを出した。

まさか、あのとき一応もらっておいてひとまずサッシュベルトの隙間に挟んでいたものがこんな場面で活躍するとは、どんぐり自身も思っていなかったことだろう。

リュートはうめく侯爵を冷めた目で見下ろし、続いてメラニーの方へ視線を移した。

「一体どういうことがあって、ステイシーを誘拐したのかは分からないが……俺の未来の妃を害そうとした以上、あなたを義姉として敬うことも擁護することもできない。ステイシー・ブルクハウセン公爵令嬢誘拐ならびに殺害未遂の罪で、捕縛させていただこう」

「……ぁ」

メラニーの喉から、小さな声が上がる。その横顔は真っ青で、絶望に染まった顔でリュートを見ていた。十年以上恋をしていた男性から放たれた言葉が、彼女の胸に鋭く突き刺さっているのだろう。

彼女はしばらくの間呆然としていたが、やがてふらりと立ち上がると部屋の隅にあるデスクに向かい、その引き出しからギラリと光るナイフを取り出した。

「……申し訳ございません、陛下。わたくしは……わたくしたちは、愚かなことをいたしました」

ナイフを手にしたメラニーは振り返りその場に座り込んで、ナイフの先を自分の方に向けた。緑色の目が潤み、目尻からこぼれた涙がドレスの膝を濡らす。

「わたくしは……陛下のことを、お慕い申し上げておりました。幼い頃から、ずっと……」

「猫かぶり……」

ステイシーのイヤミは聞こえないふりをしたメラニーは、ナイフの刃を自分の青白い喉元にかざした。その手元が震え、柔らかい肉に刃の先がわずかに沈み――

「メラニー様！」

リュートが一歩進み出たのを見て、メラニーが嬉しそうに微笑んだ……が。

「すまない、よく聞こえなかったからもう一度大きな声で言ってくれないか？」

……こういうときに雰囲気を壊す天才が、リュートであった。

メラニーは一世一代の告白が台無しになったショックなのか、ナイフを持ったまま呆然としている。リュートは大股二歩で彼女のもとまで行くと、その手からあっさりとナイフを回収してしまった。

「こんな物騒なものを持ってはならない。おまけに……ああ、やはり刃先が錆《さ》びている。ろくな手入れをしていないな。こんなので皮膚を切ったら、傷口が化膿《かのう》してしまう」

「陛下、陛下。おそらくメラニー様は自害なさろうとしたのです」

「そのようだな。だがこれではうまく血管が切れず、長く苦しい思いをするだけだ。おまけに星女神教会では、自死を禁じているだろう。いくら己が罪を犯したとしても、死ぬことでその責任から逃げようとしてはならない。それは、己のすべきことを放棄してただ楽になろうとしている、卑怯な行為だ」

リュートは義姉である先代王妃を前にしても毅然と言うと、ステイシーの方を見た。

「……そういえば、あなたは魔法が使えるだろう。その鎖とかは、壊せないのか？」

「壊したいのはやまやまですが、あれのせいで魔力がうまく出てこないので」

「ん？　ああ、あれか」

あれ、とステイシーが天井を指さしながら言うと、リュートは心得たとばかりにうなずいた。そしてちょうど手に持っていたナイフを手の中でころころ回しながら一旦扉の方に向かった。

「ステイシー、メラニー様。頭上に注意を」

そう忠告をしてから、リュートは右足を後ろにずらして大股開きで立つと――

「……せェい！」

ガシャアン！

思いっきりナイフを投擲《とうてき》して、天井にある魔力制御装置を一撃で粉々に砕いた。

「きゃあっ!?」

「おわっ!?」

「ステイシー。魔法、使えそうか？」

「……あ、はい。いけます！」

赤い宝石の破片がぱらぱら落ちてきてメラニーが悲鳴を上げる傍ら、一瞬驚いたもののリュートに声を掛けられてすぐに調子を取り戻したステイシーは、自分の両手を握ったり開いたりした。そして、まずは自分の足を戒める鉄の鎖を破壊してから、右手の指先をメラニーに向けた。

空間魔法を使い、メラニーの周囲に目に見えない壁を作り出す。その壁に押しつぶされたメラニーが悲鳴を上げて倒れ、ぎりぎりと歯を噛みしめてステイシーをにらみ上げた。

「な、なんてことをするの！　神官が一般人に対して魔法を使うなんて、許されることではないでしょう!?」

きいきい叫ぶメラニーを見下ろし、立ち上がったステイシーは悠然と笑った。

「ええ、そうですね。でもあなた、殺人未遂事件を犯した悪人ですから。私たち神官は、悪人を懲らしめるために魔法を行使することは、許されています」

「このっ……悪徳聖女！」

「身に余る光栄な称号に感謝します、性悪お妃様？」

ステイシーはふふんと笑うと、部屋の壁の方を見やった。

「陛下。ここは地下室ですか？」

「いや、地上一階だ。その壁の向こう側は屋敷の裏口で、サミュエルたちを待たせている」

「了解です。じゃあ、ちょっと近道をしますね」

ステイシーは、鎖の破片を蹴り飛ばしながら壁から離れ――

「そーれ！」

ボゴォン！

渾身《こんしん》の力で放った空気の弾丸により、頑丈なレンガの壁に巨大な穴を開けた。

きれいに丸くくり抜かれたかのように空いた穴の向こうにはしばらくの間粉塵《ふんじん》が舞っていたが、

「何だ!?」「これはきっと、ステイシー様の魔法だ！」という声が聞こえた。

しばらくして埃が収まった後には、屋敷の裏庭で待機していたらしい騎士たちの姿が見えてきた。

その中にはサミュエルもおり、リュートが声を上げる。

「皆、すぐさまストッケル侯爵ならびにメラニー様を捕縛せよ！　屋敷の中にいる護衛の大半は俺が殴り倒しているが、まだ伏兵がいるかもしれない！　用心の上で突撃して、全員捕らえよ！」

「はっ！」

リュートが命じると、すぐに騎士たちは動き始めた。床にへたり込んでいたメラニーにも容赦なく縄が掛けられ、部屋の入り口で伸びたままのストッケル侯爵もずるずる引きずられていった。

（……よかった。これで、無事に終わりそうね）

ほっとしたステイシーだが、自分の隣に立ったリュートが「兄上」とつぶやいたため顔を上げた。

サミュエルの背後に、杖を突く男性の姿があった。その姿は一度見たきりだが、忘れるはずがない。

「アロイシウス様……!?」

「ステイシー嬢、迷惑を掛けたな」

先代国王アロイシウスはそう言ってから、騎士たちに捕縛される妻を見下ろした。メラニーもまたこの場に夫がいるとは思っていなかったようで、真っ青になって硬直している。

「あ、アロイシウス様……？　どうしてここに……？」

呆然とつぶやくメラニーだが、アロイシウスが懐から出してぺらりと広げてみせた書類を見て、小さな悲鳴を上げた。

「どうしてそれをあなたが……!?」

「メラニー、君や侯爵は私が事故に遭ってから、随分勝手なことをしてくれたな」

アロイシウスの声は、淡々としている。妻が自分の未来の義妹を殺そうとしたと知っても落ち着いており……むしろ、何かを悟ったかのような凪《な》いだまなざしをしている。

「メラニー。君が私ではなくてリュートを愛しているというのには、一年ほど前に気づいた。君には、かわいそうなことをしたと思っている。だが……だからといってリュートとステイシー嬢の仲を邪魔する権利はないし、ステイシー嬢を害そうとした罪をなかったことにはできない」

夫に冷たく告げられたメラニーは既に顔面蒼白で、震えながら「そんな……！」とつぶやいた。

「ちがっ、違うのです！　わたくしはずっと、アロイシウス様のことを……！」

「……君は、早く私に没してほしかったのだろう？　そうすれば、リュートと再婚できると」

「違うっ！　違うんですっ！」

「ここしばらく侯爵家の周りを探らせた結果、この指示書のようなものが大量に見つかったし、君たちに与《くみ》する者たちの名も判明した。……悪いが、今の君の言葉を信じることはできない。せめて君がステイシー嬢を懇《ねんご》ろに扱うのならば、離縁して自由になってもらおうかと思っていたが……残念ながら、私の最後の期待も君は裏切ってくれたな」

アロイシウスの言葉に、メラニーは「違う」と壊れた人形のように何度も繰り返す。

彼女は……アロイシウスのことを、見くびっていたのだ。事故に遭ってからはぼんやりとすることが多く、自分では何もできないと。だからメラニーも侯爵も、アロイシウスへの警戒を怠っていた。彼が自分たちを疑っているとは、秘密裏に動いているとは、つゆほども思っていなかったのだ。

騎士に連れられていくメラニーを、アロイシウスはどこか寂しそうなまなざしで見ていた。だが彼はすぐに表情を改めると、「リュート」と弟の名を呼ぶ。

「私は先に、城に戻っている。おまえはゆっくりでよいから、ステイシー嬢に負担にならないように帰ってこい」

「かしこまりました。……あの、兄上」

「何だ」

「……私は、メラニー様のことは……何も気づいていませんでした」

リュートが戸惑いがちにそう言うと、アロイシウスはふっと小さく笑った。

「……ああ、おまえならそうだろうと思っていた。おまえ、洞察力はあるはずなのに変なところで鈍感だからな。だが、それくらい鈍いのがおまえにとってはいいことだろう」

「そうでしょうか……」

「……私もおまえのように実直な性格だったら、何か違っていたかもしれないからな」

アロイシウスはぼそっと言ってから、背を向けて歩き出した。側近らしい騎士が付き添っているが、彼は杖を使い自力で器用に歩いていた。足がうまく動かないのは事実のようだが、ステイシーたちが思っていたよりは健康だったようだ。

（……アロイシウス様とメラニー様がどうなるのかは、お二人に任せるしかないわね……）

どこか寂しそうなアロイシウスの背中を見送っていたステイシーだが、その肩にぽんっと大きな手が載った。

「何はともあれ、あなたが無事でよかった。……ステイシー」

「陛下……」

振り返った先のリュートは穏やかな笑顔で、太い指先でそっとステイシーの頬に触れた。

「大きな怪我はないか？　痛いところとかはないか？」

「はい。陛下が助けに来てくださったので、大丈夫です。……ありがとうございました。そして……不用意に誘拐されてしまい、申し訳ありません」

「……。……屋敷の別室で、拘束されている若い神官を保護した」

ステイシーと歩幅をそろえて歩きながら、リュートは言う。

「エルケ、といったか。彼女は家族を人質に取られ、侯爵たちの言いなりになっていたそうだ。今は彼女の身柄を騎士団で預かり、郊外で暮らしている彼女の家族のもとにも兵を派遣している」

「そう……ですか。よかったです」

エルケが誘拐に協力したのは間違いないが、彼女にもそうせざるを得ない理由があった。純粋にステイシーのことを慕ってくれる可愛い部下なので、彼女を責めるつもりはない。

ほっと息を吐き出したステイシーを見て、リュートはわずかに目を細めた。

「……もしかして、だが。あなたは本気になれば、誘拐を回避することができたのではないか？」

「……」

「だがそうすると、エルケがしくじったことになる。そうすれば、彼女の家族や……彼女本人の命の保証ができない。そう考えた上であなたはあえて、捕まったのではないか？」

「……」

ステイシーは、答えない。……答えられなかった。

（……陛下には、お見通しだったのね）

ステイシーはエルケについて歩きながら、彼女の様子がどうにもおかしいことや周りに複数人の気配があることにも気づいていた。その気になれば、襲撃犯を返り討ちにすることもできた。

……だが、いくら優秀な神官であるステイシーでも、襲撃犯を全員倒しながらエルケをも守ることは難しい。それに、その後もエルケや他の神官たちが無事でいられる保証もなかった。

捕まってもなお、勝ち目はある。そう判断した上で捕まった――ステイシーのエゴだ。

「……申し訳ありません」

「謝るな。……俺は、あなたに謝ってほしいわけではない」

「いいえ、私の判断により陛下にご足労をおかけしたことは、謝らねばなりません。罰でも何でも、お受けします。……ですが」

ステイシーは足を止め、難しい表情をするリュートの顔をじっと見上げた。星明かりを浴びるステイシーの婚約者は、神々しいほど魅力的だった。

「自分の判断が間違っているとは、思っていません。私には確かに、勝算があった。……いざとなったら助けが来なくても、自力で脱出できたのです」

「ん？　そうなのか？」

「はい。あの魔力制御装置で魔力が抑えられていたのは事実ですが……その気になれば、メラニー様一人くらいなら倒せました」

魔力制御装置は基本的に、「対象者の魔力を一定まで吸収する」という性質を持つ。下級神官ならば保有魔力より魔力制御装置の吸収量が上回り、魔法が使えなくなる。だがステイシーのように魔力生産量が桁違いの者なら、ある程度吸い取られても十分残っている。勝ち目があると分かっていたから、あの部屋で目覚めたときもかなり冷静でいられたのだ。

「私が無力なふりをしたのは……確実にメラニー様たちを捕らえるためです」

口論の末に、次期王妃であり聖女でもあるステイシーをくびり殺そうとした。なあなあで済ませずにメラニーや侯爵たちの罪を明らかにするには、その事実が必要だった。

己の欲望のためにステイシーを亡き者にし、リュートを貶めて傀儡にしようとする者たちを、許すつもりはない。

多少自分が傷つこうと、自分が守りたい、支えたいと思う人のためなら、徹底的に叩き潰すための手段を選ばない。それが、聖女ステイシーの矜持《きょうじ》であった。

リュートはステイシーの言葉を聞くと、一度だけ険しい顔になった。だがすぐに表情を緩め、ふうっと長い息を吐き出した。

「……そうだったな。あなたは、そういう人だった」

「すみません、こういう人で」

「いいんだ。俺が好きになったのは……そういうあなただからな」

リュートは苦笑すると、ぎゅっとステイシーの手を握った。

「それに俺や皆が何を言おうと、あなたはこれからも猛進していくのだろうからな」

「はい、もうそれが性分ですので」

「ああ、それでいい。……あなたがあなたの信じる正義に則るのなら、それでいい。ただ、無茶をすればさすがに多少の叱責はせざるを得ないだろう。あなたを甘やかすのが俺の役目だから、非常に心苦しいのだが……」

「いいえ、そうしてください。私は自分勝手で物覚えが悪くて性格も悪いので、私が正しいと思ったならだめと言われたことでもやってしまいます。その都度、私を叱ってください。でも、私は必ず相応の成果を叩きだして、あなたに献上します」

それだけの魔力と権力が、ステイシーにはある。傲りでも誇張でも何でもなくて、これがステイシーにとっての自己分析の結果だ。

リュートは小さく笑ってうなずくと、ステイシーの手を握る手に力を込めた。

「分かった。では俺はあなたが無事に帰ってこられるための努力を怠らないし、頑張ったあなたをうんと甘やかそう」

「ありがとうございます。……でも、それでいいのですか？」

「いい。これでいいんだ」

そう言ってリュートは、前を向いた。

「……誰かのために無茶をしてしまうけれど、それに見合うだけの結果を意気揚々と持って帰るあなたのことが……俺は、好きだからな」

❁5章❁ 聖女、未来を考える

次期王妃誘拐事件により、メラニーとストッケル侯爵やその派閥の者たちが捕縛された。

メラニーをリュートの妃にして傀儡政治をしようと企む彼らは、ステイシーの顔なじみである星女神教会の神官・エルケを脅してステイシーを誘拐させた。

ステイシーを始末したら、侯爵家の力でメラニーとリュートが結婚する利点を皆に知らせる。さらに後遺症でぼんやりするアロイシウスをだまして言質を取り、メラニーをリュートのもとに嫁がせる。そうして、邪魔なブルクハウセン公爵家を抑えこんでストッケル侯爵派が実権を握ろうとしたようだ。

アロイシウスは有能な君主だったが、だからといって全ての貴族からの支持を集めていたわけではない。特にストッケル侯爵などはアロイシウスが敏腕であるがために出る幕がなく、苛立ちをくすぶらせていた。そういう者たちは他にもおり、結果としてストッケル侯爵派を生み出してしまったという。

アロイシウスは侯爵派の動きに注視し、それとなく政治から遠ざけるなどの行動を起こしていた。

だがあの落馬事故により王として采配を振ることができなくなった彼は……悩んだ。

「私は、リュートのことを評価している。あいつは勉学が苦手だと言っていたが、人望にあふれている。人の信頼を得て味方に付ける能力は、私なぞよりずっと優れていた」

アロイシウスの離宮にて。

リュートが多忙なため一人で慰問に訪れたステイシーに、アロイシウスは疲れたような笑顔で言った。以前はベッドで上半身を起こすのが精いっぱいのふりをしていたのだが、今の彼は杖で体を支えながらではあるが椅子に座っての会話ができていた。

「だがあいつの能力に限度があるのは確かだし、あいつ自身も政務に関する自己評価が低めのようだった。……私は私の過信により、王宮の雰囲気を険悪にしてしまった。それをそのままあいつに引き継がせることはできなかった」

「……だから、事故の後遺症が重篤なふりをなさったのですか？」

ステイシーが問うと、アロイシウスはうなずいた。

「敵をだますには味方から、というからな。私の症状のことは、侍医やごく一部の側近しか知らないことだ。……リュートをも欺《あざむ》くのは気が引けたが、あいつに腹芸ができるとは思えなくてな……」

「それは分かります……」

「私があいつのためにできるのは、あいつがよい王として戦うための地盤を作ること。まずは……

メラニーを始めとしたストッケル侯爵派を蹴散らさなければならない。……メラニーのことは、私にも責任があるだろうからな」

そんなことはないと思います、なんて無責任な励ましはできないので、ステイシーはただ黙ってアロイシウスの言葉に耳を傾けていた。

（そういえば……初めてご挨拶に伺ったときのアロイシウス様は、私と陛下のことをとても心配されているご様子だったわ）

アロイシウスは事故の後遺症でぼんやりすることが多い、と聞かされていたが、ふとそのまなざしが鋭くなりどきっとしたものだと、今思い出した。アロイシウスはあのときから方々《ほうぼう》に手を回しており――侯爵一派の魔の手に負けないように、とひそかにステイシーたちに忠告してくれていたのかもしれない。

「無論、誘拐事件など起こさせずに私の方で片を付けるつもりだったが……結果として、あなたやリュートの力を借りることになった。それにあなたには怖い思いをさせてしまい、申し訳――」

「いいえ。……陛下にも申しましたが、あの誘拐事件は私が望んだのです」

謝罪しようとするアロイシウスを止め、ステイシーははっきりと言った。

「あの事件を回避すれば、アロイシウス様にご迷惑をおかけすることもなかったでしょう。しかしそうすると結果として、エルケ――侯爵たちに脅された神官やその家族の命がなかったかもしれません。最終的に私は助かり、エルケも家族も無事だった。……それが、事実ですので」

「……それもそうだな」

アロイシウスは杖を使って座り直し、うなずいた。

「あなたの気持ちを尊重しよう。……あなたの言うとおり、これが結果として大正解だった、ということになりそうだからな」

「……」

「……しかし、それにしても。先日の司法議会では大活躍だったな」

アロイシウスが小さく笑って言ったため、ステイシーも苦笑する。

(……ああ。メラニー様や侯爵たちの罰を決めた、あの議会ね)


司法議会は、かなり紛糾した。

その胸中の思惑は何であれ、王妃としてアロイシウスをよく支えたメラニー。彼女らの処分をどうするべきなのかについて、様々な意見が出た。

次期王妃であり星女神教会の大司教の信頼も厚いステイシーを誘拐し、殺害しようとした罪は重い。だが、侯爵はともかくメラニーまで重い処分を受けたならば、アロイシウスの名誉にも関わるのではないか。

アロイシウスは「私のことは気にしなくていい」と言ったが、リュートは兄の面子を守ることを重視すべきだと主張した。だがそうなると、ステイシーの殺害未遂事件の主犯が侯爵たちであることを公にできなくなる。

では、どうすればいいのか。リュートの気持ちを酌んでの減刑か、それともアロイシウスの決意を受け入れての重罰か――

そこに、はい、とステイシーは挙手した。会議内容はとても難しかったのでステイシーは右耳から左耳に会話が抜けていく状態だったが、一応自分なりにいろいろと考えてはいた。

ステイシーの提案は、「地方にある星女神教会支部での重労働任務」だった。

星女神教会は、いつでも人手不足だ。力仕事もあるので腕力のある男性労働者がほしいが、男子禁制の教会で男性が働くのには限度がある。

その点についての指摘が当然挙がったため、ステイシーは提案した。

「侯爵たちを、女の子にしちゃえばいいんじゃないですか？」と。

それを聞いた侯爵たちは真っ青になってぎゅっと身を縮こまらせていたし、その場にいた男性の多くは絶望的な顔でステイシーを見てきたが、なんてことはない。

――メラニーやストッケル侯爵は夜会の日に聖女・ステイシーを自邸に招き、彼女からありがたい説教を聞かされた。これにより彼女らは星女神への信仰心を高め、俗世における身分や栄光を全て捨てて神の道を歩むことになった。

女性であるメラニーは、地方の教会でとてもためになる訓練を受ける。男性である侯爵たちは、どうしても星女神に仕えたいのだという強い願いがあったため、女性の装い、女性の心で奉仕に励むことにした――これが、ステイシーが用意した筋書きだ。

（正直、半分冗談だったんだけど。まさか案がまるっと採用されるとはね！）

メラニーや侯爵たちへの仕返しや嫌がらせのつもりでの提案で、頭の固い重鎮たちにより却下されるだろうし「真面目にしてください」と叱られるくらいするだろうな、とは思っていた。

だがステイシーの予想を裏切り議員たちは納得して、リュートも「それなら、問題なさそうだな」と承諾してしまった。メラニーや侯爵たちはいろいろな意味で泣き叫んでいたが、国王の承認が下ってしまったため可決となった。

メラニーを預ける先は、ステイシーが懇意にしている司教が経営する教会に決まった。彼女は「素行の悪いお嬢さんをしごいて鍛えるのが、何よりの喜び」という変わり者で、メラニーのことを相談すると大喜びで受け入れてくれた。彼女のもとにいれば、メラニーが泣こうとわめこうと妥協されずに仕事をさせられるだろう。

かくして、メラニーは星女神教会の下級使用人としてこき使われ、侯爵たちは女性用修道服――ステイシー監修の特別仕様で、やたら可愛らしいデザインだ――を身に纏い、「まあ、ごきげんよう」「わたくし、お掃除が大好きですの」という言葉遣いをしなければ食事抜き、という環境で労働を行うことになった。聖女を害そうとした身でありながら星女神教会に仕えられるのだから、これくらいの罰で済んでよかったと思ってほしい。

なお、ストッケル侯爵の妻である侯爵夫人に関してはほぼ事件に関わっていないそうだが、夫人は自ら罰を受けることを望んだ。謙虚といえばそうだが今後ストッケル侯爵家は消滅して居場所がなくなるため、路頭に迷い皆の笑いものになるくらいなら、という気持ちだったようだ。

夫人に、「娘が修行する教会と、夫の働く教会、どちらに行きたいか」と聞いたところ、「メラニーと一緒にいます」と即答した。侯爵は泣いていたが、彼女は夫には見向きもしなかった。それに夫が女装した姿を見るのはきついものがあるだろうから、そちらを選んである意味正解だっただろう。

かくして、クライフ王国からストッケル侯爵家の名が消えた。メラニーの取り巻きや罰を受けなかった侯爵派たちは頼る先をなくして孤立してしまったが、散々ステイシーをいじめてきた彼女らだからいい気味だ、とステイシーは笑ってやった。我ながら、性格が悪い自覚がある。

（いろいろあったけれど……これが、皆にとって納得のいく結果だと思うわ）

ステイシーとリュートと、アロイシウスにとっての不満がない処罰であるのが一番だ。アロイシウスも肩の荷が下りたようで、これからはリュートの相談役として陰ながら弟を支えていくそうだ。

妻に裏切られたというのは彼の心の傷となっているはずだが……いずれ彼も前を向き、穏やかに過ごせるようになるだろう、とステイシーは思っている。

＊　＊　＊

ステイシーはドロテアと二人、王城のバルコニーにいた。

「ここ、いいですね。風が気持ちいいし、城下町の様子が遠くまでよく見えます」

「そうでしょう？　わたくしも幼い頃に、陛下にここを紹介してもらったのです。それからお気に入りになったのですよ」

「……………そうですか」

「あら、もしかして嫉妬している？　大丈夫よ。そのとき、周りには他の令息令嬢たちもいましたからね」

「そ、んなこと……。……いえ、嫉妬しました。すみません」

「ふふ。それだけ、あなたが陛下のことを好きってことね」

ドロテアは、余裕たっぷりに微笑む。彼女と姉妹になって久しいが、ステイシーはこの同い年の姉には永遠に勝てそうになかった。

メラニーたちが王都を離れ、ストッケル侯爵家の者たちが本人の希望で貴族籍を抜けてから、一ヶ月。今日は薄い雲がいい感じに太陽を隠してくれており風も涼しいので、ステイシーたちはバルコニーでのんびりと過ごすことができた。

「……あら、陛下がお越しになりましたよ」

ドロテアが言ったので振り返ると、開け放たれたままのドアのところにサミュエルたちを伴ったリュートが立っていた。夏用のジャケット姿で、長めの髪もくくっている。

　ステイシーは以前の夜会でリュートが髪をまとめていたのを見て、自分は長髪をまとめる男性に萌えるのだと気づいた。それを言ったからかリュートは「そろそろ髪を切ろうか……」と言っていたのを取りやめにして、たびたびこうして髪をくくってくれるようになっていた。

「ステイシー、待たせたな」

「滅相もございません。陛下こそ、公務お疲れ様です」

　ステイシーがドレスを摘まんでお辞儀をすると、サミュエルを入り口のところに残したリュートがやってきて、そっとステイシーの髪に触れた。

「今日、あなたとこうして会えることだけを楽しみに仕事をこなしてきた。すごいな、あなたのことを考えていたら億劫《おっくう》な書類確認も会議も全て、薔薇色に見えた」

「それはそれですごいですね」

「ああ。……もしかしたら、執務用デスクにステイシーの絵を置いていたらもっとはかどるかもしれない。今度、画家に描かせてもいいか？」

「描かせるのはまあ、いいですが、デスクに置くのはちょっと」

「なぜだ」

「陛下に愛でられる自分の絵に嫉妬してしまいますので」

「なんと、それはいけないな。ではやめておこう」

　素直なのが、リュートのよいところである。

ドロテアがお辞儀をして下がったため、リュートは彼女が立っていたところに足を進め、ステイシーと並んで夏の色に染まる城下町を見下ろした。

「ここが、私たちが守っていく国なのですね」

ステイシーがつぶやくと、隣でリュートが静かにうなずいた気配がした。

陛下が守っていく国、ではない。ステイシーではリュートの公務を助けることはほとんどできないだろうが、代わりにこのあふれんばかりにある魔力で悪しき者を蹴散らすことができる。

国王には国王にできる範囲で、王妃には王妃にできる範囲で、二人はこの国を守っていく。

それが、リュートとステイシーのやり方だ。

「陛下は前に、おっしゃいましたよね。これまでにも何度も、命を狙われたことがある、と」

「……ああ」

「これからも、狙われることがないとは言えませんよね」

「そうだな。きっと、何度もあるだろう」

物騒なことをはっきりと言うリュートだが、そのまなざしは落ち着いている。

「兄上も、おっしゃっていた。完璧な王など、いない。いくら有能な王でも必ずその手のひらからこぼれ落ちてしまう者はいるし、その国政に不満を抱く者はいる。皆が納得できる答えなど、出すことができない。俺のやり方に反感を抱く者が、刃を向けてくる可能性は十分にある」

リュートの声は、穏やかだ。それは、己のやり方に不満を抱く者におびえるのではなくて、もし刃向かってくる者がいたとしてもひとまずは、彼らの思いを受け止めて可能な限り気持ちを尊重していこうとしているからだろう。

彼なら、たとえ悪人だろうと頭ごなしに蹴散らしたり重刑を科したりはしないだろう。優しくて……優しすぎるところが、この王の美点であり欠点でもある。

「私が、あなたを守ります」

ステイシーの声は、広々としたバルコニーにもよく響いた。

「私はかつて、自分の自由のために権力を欲しました。強くなれば、魔物をたくさん倒せば、悪人を罰すれば、昇格できる。偉くなったら、私を縛り付ける者はいなくなる。そうして、これまで私を虐げていた者や馬鹿にしていた者を見返し、嗤《わら》ってやりたい。……私を突き動かしていたのは、そういう激情でした」

ステイシーが「悪徳聖女」とか「野猿神官」と呼ばれるゆえんの、暴力的な願いだ。無論、ステイシーは自分の行動理念を後悔したことはないし、指を差してくる者がいても「じゃあ、おまえには私に偉そうに言えるだけの力があるのか？」と嗤い返すことができた。

「その次に芽生えたのは、かつての私のように辛い思いをしている者がいたら助けてあげたいという気持ちでした。権力は、あなたを踏み潰すためにあるのではない、あなたを守るために私は権力を振るうのだ、とその人に――過去の私に教えてあげたかった」

「ああ、前にもそう言っていたな。今苦しんでいる者を救いたいのだと」

「ええ。……そのときに陛下が、私の気持ちを肯定してくれましたよね。……だから私は卑屈にならずに、私のやりたいことを貫こうと思えました」

ステイシーは微笑み、リュートを見上げながら言葉を続ける。

「それに加えて今は、あなたを守るためにも自分の力を使いたいのです。魔力も、権力も、何だって使えるものは使います。私を妻にして一生愛してくれると誓ってくれたあなたに報いるために、できることをやりたいのです」

「……それが原因で、あなたを不自由にすることはないのか？」

「ないない、ないです。だって、これが私の選んだ『自由』なのですから」

ステイシーは笑い、リュートの澄んだ瞳を見上げた。

「もちろん、旦那様にはとろとろに甘やかしてほしいし、わがままも叶えてほしいです。でも与えられるだけだったらなんというかこう、胸の奥がもぞもぞするといいますか、平等じゃない気がするのです。それに私、ちょろちょろ動き回って事件に首を突っ込むのが好きなので」

首を突っ込んだら責任を持って事件に関わり、最後には「首を突っ込んでよかった！」と胸を張って言えるだけの成果を残す。それが、聖女・ステイシーの信条だ。

最初は難しそうな顔をしていたリュートも次第に表情を緩め、うなずいた。

「……そうだな、あなたはそういう人だった。では、俺は少々無茶をしてしまうあなたを含めた、全ての国民を守れるようにしよう。……お人好しで甘ちゃんだとは分かっているが、俺は俺が信じるやり方で国を治めたい。……兄上のようにはなれなくても、兄上から受け継いだこの国を俺なりに守っていくのが……兄上に対する礼儀でもあると思うんだ」

（……そうですね。あなたは、そういう方ですものね）

だからステイシーはこの国王を支え、守りたくなるのだ。庇護欲、という言葉とは無縁そうな見た目のリュートだが、実際彼のこの真摯で実直なところが多くの人の心を動かし、「この方を支えたい」と思わせるのだと、彼に分かってほしい。

しばらく二人並んで城下町を見下ろしていたが――ふと、ステイシーは自分の左腰付近に大きな手のひらが添えられたことに気づいた。

「陛下？」

「……」

右横を見ると、リュートは何やら考え込んでいるようだった。右手はバルコニーの手すりに添え、左手はステイシーの腰に回している。だがそれ以上動く気配はなくて、彫像のように固まっていた。

おや、と思いつつあたりを見ると、それまでは比較的近い場所にいたはずのドロテアがそそくさと距離を取り、サミュエルの隣に移動した。

（……あ、あー。もしかして、気を遣っていただいている？）

リュートの横顔は少しこわばっており、その目尻と頬がほんのりと赤い。何か、逡巡しているような迷っているような、そんな横顔に見える。

……もっと、彼に近づきたい。もっと、愛情を確かめたい。

そんな想いが、ステイシーの胸を突き動かし――

「陛下」

「あ、ああ。何だ？」

「キスしていいですか？」

ステイシーが問うた、瞬間。

ビキィッ！　と音を立てて、リュートの右手が手すりに指をめり込ませた。大理石などだったならともかく、たかが金属製の手すりではリュートのフルパワー握力には勝てなかったようで、ビシビシと音を立てている。

「陛下陛下、手すりが曲がってしまいますよ。修繕費は大切にしてくださいね」

「ん、んん……あ、ああ、そう、だな。うん、金は大切にしないといけないな、うん」

ステイシーに指摘されて慌ててリュートが手を離したので、手すりはなんとか形を保つことができた。

リュートはしばらくの間うつむいて呼吸を整えていたが、やがて前髪を掻き上げて顔を上げた。

「……それで。あなたは先ほど、その……」

「キスの許可を求めました」

「んんんっ！　そ、そうだな。いや、だが、こういうのは男の方から……」

「だめですか？」

「だ、だめではない。ステイシーにしてもらうのなら、大歓迎……いやしかし、こういうのは俺から……」

「では、失礼しますね」

「だめではない」という許可をもらったので早速、ステイシーはリュートとの距離を詰めた。

彼が「うわっ!?」と悲鳴を上げるが構わず、ステイシーは彼の右手を取り――

ちゅっ
「……国王陛下に、心からの忠誠と愛情を」

ごつごつとした手の甲にキスをしてから、そっと自分の額に押し当てた。

クライフ王国で相手の手の甲へキスをしてからその手を自分の額につけるのは、忠誠の証し。家臣が主君に捧げる、最大級の敬意表現だった。

顔を上げると、左手の甲で自分の口元を覆っていたリュートと視線がぶつかった。真っ赤になって狼狽《うろた》える彼を見つめて微笑み、体を起こしたステイシーはリュートの手をぎゅっと握った。

「……別の場所へのキスは、是非ともあなたから」

ステイシーがにっこりと笑って言うと、目を見開いたリュートははっと笑い、「これは、やられたな」と相好《そうごう》を崩した。

「次期王妃殿下は、おねだりも上手なようだな」

「ええ。私、もらえるものは何でももらうたちなので、あなたからの愛情もキスも、たくさんたくさんもらうためにとことんおねだりします」

「ああ、それでいい。……だが、あなたが甘えるのもおねだりをするのも、俺だけにしてくれよ」

「もちろんです……私の、陛下」

ステイシーが囁くと、リュートの喉の出っ張りがごくん、と動いた。彼は「目をつむってくれ」と優しい声で命じ、ステイシーが命令に従うとそっと頬に手を添えた。


夏の風吹くバルコニーで、国王とその婚約者がぎこちないキスをしている。

そんな様子を、少し離れたところからドロテアやサミュエルたちは見守っていた。

「なんというか……婚約してかなりになりますし、あんなにお互いベタ惚れだというのに、やっとですね」

「ええ。ステイシーはともかく、陛下は奥手でいらっしゃるから……やっとここまでこぎ着けた、という感じですね」

サミュエルとドロテアは小声で言葉を交わし、唇を離してははにかむ婚約者たちを優しい笑顔で見守っていたのだった。

星女神教会の聖女・ステイシーは、
以下の条件全てに合致する男性を
夫として希望する。
□ とろとろに甘やかしてくれること
□ とびっきり優しいこと
□ 誠実で、浮気を絶対にしないこと
□ ステイシーが家事を一切しないのを
許可すること
□ 身長は三十ハトル以上であること
□ 猫が好きなこと
□ 金持ち（少なくとも年収二十万
クルル以上）であること
□ 筋肉質で、片手で
レンガブロックを粉砕できること

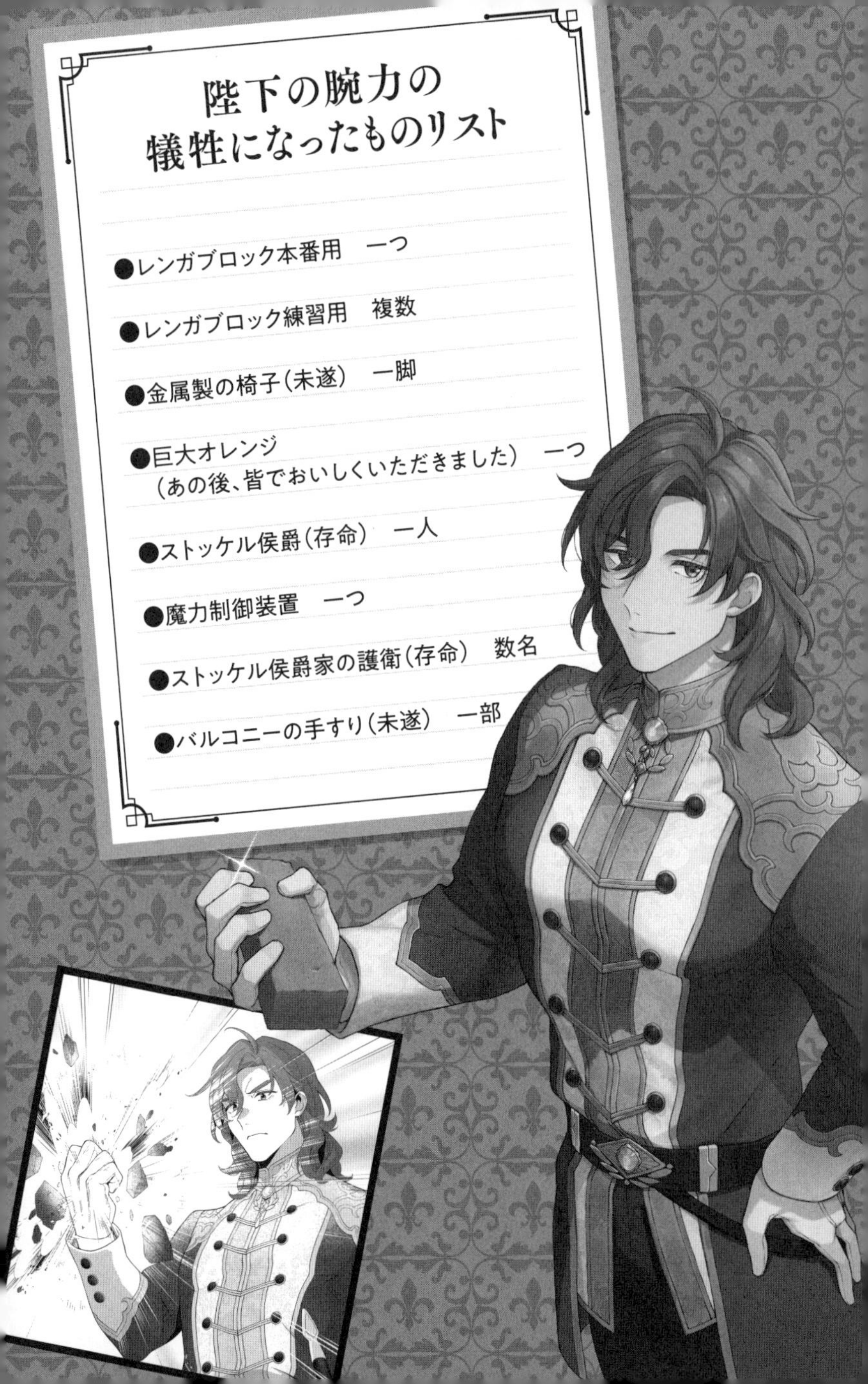
陛下の腕力の
犠牲になったものリスト
●レンガブロック本番用　一つ
●レンガブロック練習用　複数
●金属製の椅子（未遂）　一脚
●巨大オレンジ
（あの後、皆でおいしくいただきました）　一つ
●ストッケル侯爵（存命）　一人
●魔力制御装置　一つ
●ストッケル侯爵家の護衛（存命）　数名
●バルコニーの手すり（未遂）　一部

あとがき

五月のある日、私はこう思いました。

「なんかむちゃくちゃ偉そうな主人公の話を書いてみたいなぁ」と。

続いて、こう考えました。

「片手でレンガブロックを破壊できるヒーローとか、おもしろくない？」と。

かくしてこのお話、『聖女が「甘やかしてくれる優しい旦那様」を募集したら国王陛下が立候補してきた』が爆誕しました。お手にとってくださり、ありがとうございます。作者の瀬尾優梨です。

私が「小説家になろう」に小説を投稿するようになって、かなり経ちます。今確認してみたら、一番古い作品は十年ほど前のものでした。当時、私はまだ学生でした。作品を公開するようになって結構時間が経っていたんだなぁ、としみじみ思います。

そしてその長い年月でそれなりの数の作品を書いてきましたが、私が書く女性主人公はどちらかというとおっとりしていて、戦闘シーンでも後方支援を担うキャラが多いです。だからステイシーみたいなデストロイヤー主人公を書くのは、すごく新鮮でした。そして、細マッチョとかではないガチめの筋肉ムキムキヒーローも私としては珍しいです。

そんなステイシーとリュートですが、恋愛模様はピュアッピュアです。どちらも無意識のうちに相手をメロメロにしますが、リュートの方が天然要素が強いのでステイシーの方が押されがちです。戦闘においては最強で権力が大好きな悪女っぽいキャラのステイシーですが、リュートの前では恋する乙女になります。そんなギャップも楽しんでいただければ幸いです。

本作品は「小説家になろう」に掲載しております（以降、WEB版）が、そちらにあるものは三万字にも満たず、書籍化するにあたり四倍以上書き下ろしました。

WEB版のお話は、書籍版の1章で終わっております。一応ここで区切りもつくのですが、実は連載当初から続きの内容は考えていました。その時点ですでにどのキャラを悪役にするのかも決めていたのですが、まあこのあたりで筆をおこうか……と完結したところで書籍化打診をいただき、お蔵入りになる予定だったその後のお話を書くに至りました。

せっかくなので、本作品で活躍するキャラクターについてご紹介します。ネタバレはないので、本文未読の方もご安心ください。

ステイシー、リュート、サミュエルはWEB版の時点で登場していたキャラです。書籍化にあたり、キャラクター性をぐっと掘り下げました。ＷＥＢ版ではリュートの握力の犠牲になるのはレンガブロック（と魔竜）くらいでしたが、書籍版ではもっと多くの被害者（被害物？）が出ました。ステイシーも、いろいろなものを破壊しています。とんでもないカップルですねぇ。そんな二人のお守り係のサミュエルには、たくましく生きてほしいところです。

アロイシウスは、ＷＥＢ版では名前だけ登場していたキャラです。彼の設定にはいろいろ手を加えました。出番は少ないけれど、物語でかなり大きな役割を果たしています。

ドロテアとメラニーは、書籍版で誕生したキャラです。ドロテアとステイシーの仲良しシーンは、書いていてとても楽しかったです。女の子がキャッキャしている場面は、書いていても読んでいても癒やされます。メラニーに関しては……彼女がどんなキャラなのかは、是非とも本文を読んで確かめてみてください。

ではここからは、謝辞を。

イラストは、昌未様に担当していただきました。まずステイシーたちのデザインをしてくださいましたが、その中でも筋肉ムキムキでありながら爽やかな美男子であるリュートのキャラデザインは本当に大変だったと思います。リュートのデザイン案を見せていただいたときには、あまりにも素敵すぎて悲鳴を上げて悶えました。

素敵なイラストを描いてくださり、ありがとうございました。読者の皆様は是非、本作品のカバーを外してみてください。悶えますよ。

担当様には、本作品が最高の形で書籍になるために細やかにアドバイスをしていただきました。うっかり屋な私がたくさんの見落としをしている中、一つ一つ的確な助言をしてくださったおかげで無事に書籍化に至れました。イラストでヒーローにレンガブロックを持たせるか否か、のような相談をしたのは今回が初めてです。大変お世話になりました。

そして、書籍化するにあたりお世話になった全ての方、そして読者の皆様に、心からのお礼を申し上げます。


またどこかで、お会いできることを願って。

ありがとう
ございました!!

レンガシーンで
笑わんことある?

マンガUP!
毎日更新
名作&新作300タイトル超×基本無料=最強マンガアプリ!!
GC UP! 毎月7日発売
紋の最強賢者
~世界最強の賢者が更に強くなるために転生しました~
原作:進行諸島 (GAノベル/SBクリエイティブ刊) 漫画:肝匠&馮昊 (Friendly Land)
キャラクター原案:風花風花
悪役令嬢は溺愛ルートに入りました!?
原作:十夜・宵マチ
作画:さくまれん
構成:汐乃シオリ
転生賢者の異世界ライフ
~第二の職業を得て、世界最強になりました~
原作:進行諸島 (GAノベル/SBクリエイティブ刊) 漫画:彭傑 (Friendly Land)
キャラクター原案:風花風花
神達に拾われた男
原作:Roy 漫画:蘭々
キャラクター原案:りりんら
お隣の天使様にいつの間にか駄目人間にされていた件
原作:佐伯さん (GA文庫/SBクリエイティブ刊)
原作イラスト:はねこと
作画:芝田わん 構成:優木すず
ここは俺に任せて先に行けと言ってから10年がたったら伝説になっていた。
原作:えぞぎんぎつね (GAノベル/SBクリエイティブ刊)
漫画:阿倍野ちゃこ
ネーム構成:天王寺きつね
キャラクター原案:DeeCHA
勇者パーティーを追放されたビーストテイマー、最強種の猫耳少女と出会う
原作:深山鈴 漫画:茂村モト
https://sqex.to/mup
※一部アプリ内課金あり
●「攻略本」を駆使する最強の魔法使い ~<命令させろ>とは言わせない俺流魔王討伐最善ルート~
●おっさん冒険者ケインの善行
●魔王学院の不適合者 ~史上最強の魔王の始祖、転生して子孫たちの学校へ通う~
●二度転生した少年はSランク冒険者として平穏に過ごす ~前世が賢者で英雄だったボクは来世では地味に生きる~
●異世界賢者の転生無双 ~ゲームの知識で異世界最強~
●冒険者ライセンスを剥奪されたおっさんだけど、愛娘ができたのでのんびり人生を謳歌する
●落第賢者の学院無双 ~二度目の転生、Sランクチート魔術師冒険録~
他
©Roy ©Saekisan/SB Creative Corp. ©Shinkoshoto/SB Creative Corp.
©Suzu Miyama ©Ezogingitune/SB Creative Corp.

月刊ビッグガンガン
BG
Monthly BIG
毎月25日発売
BG COMICS ビッグガンガン 毎月25日発売
シノハユ
原作：小林立
作画：五十嵐あぐり
ゴブリンスレイヤー
原作：蝸牛くも（GA文庫／SBクリエイティブ刊）
作画：黒瀬浩介
キャラクター原案：神奈月昇
薬屋のひとりごと
原作：日向夏（ヒーロー文庫／主婦の友インフォス）
作画：ねこクラゲ　構成：七緒一綺
キャラクター原案：しのとうこ
怜-Toki-
原案：小林立
漫画：めきめき
ハイスコアガールDASH
押切蓮介
咲-Saki-阿知賀編 episode of side-A
原作：小林立
作画：五十嵐あぐり
スーパーの裏でヤニ吸うふたり
地主
BADON
オノ・ナツメ
●SHIORI EXPERIENCE ジミなわたしとヘンなおじさん　●結婚指輪物語
●やはり俺の青春ラブコメはまちがっている。―妄言録《モノローグ》―
●父は英雄、母は精霊、娘の私は転生者。　●千剣の魔術師と呼ばれた剣士　他

YOUNG GANGAN
ヤングガンガン
毎月
第1・第3
金曜日発売
YG COMICS ヤングガンガン
毎月25日発売
不器用な先輩。
工藤マコト
その着せ替え人形《ビスク・ドール》は
恋をする
福田晋一
咲-Saki-
小林立
ダンジョンに出会いを求めるのは
間違っているだろうかⅡ
原作：大森藤ノ　漫画：矢町大成
キャラクター原案：ヤスダスズヒト
デッドマウント・
デスプレイ
原作：成田良悟
作画：藤本新太
ゴブリンスレイヤー外伝：
イヤーワン
原作：蝸牛くも　作画：栄田健人
（GA文庫／SBクリエイティブ刊）
キャラクター原案：足立慎吾／神奈月昇
メカニカル　バディ
ユニバース
加藤拓弐

SQEXノベル

聖女が「甘やかしてくれる優しい旦那様」を募集したら国王陛下が立候補してきた

著者
瀬尾優梨

イラストレーター
昌未

2023年1月7日　初版発行

発行人
松浦克義

発行所
株式会社スクウェア・エニックス
〒160−8430
東京都新宿区新宿6−27−30　新宿イーストサイドスクエア
（お問い合わせ）スクウェア・エニックス　サポートセンター
https://sqex.to/PUB

印刷所
図書印刷株式会社

担当編集
増田翼

装幀
小沼早苗（Gibbon）

ISBN978-4-7575-8343-6 C0093　Printed in Japan